KB177766

이순신의 7년
2

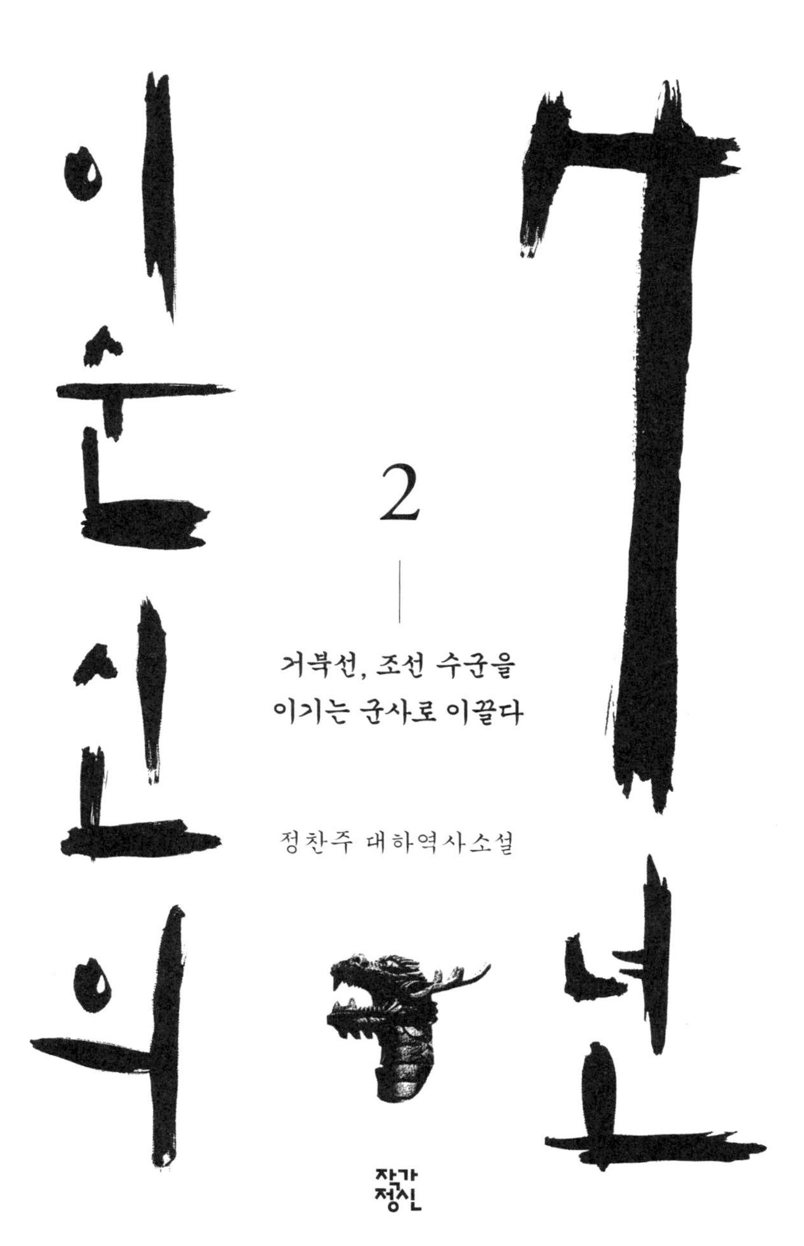

이순신의 거북선 2

거북선, 조선 수군을
이기는 군사로 이끌다

정찬주 대하역사소설

작가정신

차례

2권

거북선, 조선 수군을 이기는 군사로 이끌다

부산진 전투 7
첫 승전 24
동래성 분투 39
효시 60
활과 애첩 75
그믐밤 90
첨자진 105
천지신명 120
옥포 해전 1 134
옥포 해전 2 147
합포 해전 164
적진포해전 177
파천 190
귀진 205
새 전술 219
통인 232
전공 시비 246
전하, 자책하소서 260
임진강 275
거북선 출전 290
당포 해전 305

부산진 전투

다대진과 서평포진, 그리고 가덕도와 거제도의 수군들은 왜군 침략 사실을 뒤늦게 알았다. 이곳의 진들은 소라고둥 속처럼 해안 깊숙한 곳에 위치하였으므로 절영도를 지나 부산포로 가는 왜선 함대를 직접 볼 수 없었던 것이다. 수졸들은 군관과 진무들의 지시를 받고 나서야 허둥지둥 전투태세로 돌입했다.

문제는 군사를 지휘하는 수장들이었다. 경상 우수영과 좌수영의 관내 첨사와 만호들은 응봉 봉수대와 천성보 봉수대의 별장으로부터 왜군 침략의 급보를 받긴 했지만 아직 전쟁을 실감하지 못했다. 수장들은 휘하의 수졸들에게 전투태세를 명했으나 정작 지휘관으로서 무엇부터 할지 몰라 직속상관인 경상 우수사와 좌수사의 지시만을 기다리고 있었다. 실제로 전투를 경험한 적이 한 번도 없었기 때문이었다. 휘하 장졸들 목숨이 자신의 전략과 전술에 달렸다고 생각하니 두렵고 초조했다. 지휘 능력을 스스로 발휘하고 있는 수장은 부산진 첨사 정발과 다대진 첨사 윤흥신뿐이었다.

윤흥신은 경상 좌수사 박홍의 명을 받기에 앞서 즉시 군관들에게 성의 방비를 돌아보게 조치했고, 다대포 굴강에 있는 전선들을 점검했다. 굴강을 다녀온 뒤 윤흥신은 동헌 마당에서 다대진성 북문 쪽을 보고 도리질을 했다. 다대진성 뒤쪽 아미산 정상에 있는 응봉 봉수대가 수상했다. 상상할 수 없는 이상한 일이었다. 왜군이 침략했다는 급보를 받았는데도 봉수대에서는 아직도 연기가 피어오르지 않고 있었다. 이는 봉수대 봉군들 다수가 근무지를 이탈했거나 무슨 실수가 있음이 분명했다.

정발의 명을 받은 부산진성 전령 진무가 다대진성 동문에 도착하여 창을 들고 있는 성문 수졸에게 소리쳤다.

"첨사 나리를 뵈러 왔데이!"

"어디서 왔는교?"

"부산진성에서 왔다, 아이가. 어서 열어뻬라."

다대진성 수문장 진무가 군령기를 보고 나서야 성문을 열었다. 부산진성 전령 진무는 바로 동헌으로 가 첨사 윤흥신에게 왜적의 침략을 전했다.

"나리, 왜적이 부산포에 쳐들어왔십니더."

"벌써 부산포까지 침범했느냐?"

봉수대 별장의 급보로는 절영도 남쪽 바다에 왜선 함대가 떠 있다고 했는데 어느새 초량목을 지나 부산포를 점령했다는 말이었다.

"소바우 쪽으로 상륙했십니더."

"알았다."

"급합니더. 아미산 봉수대에 지금 알려야 합니데이."

"알았으니 돌아가거라."

다대진 첨사 윤흥신은 바로 휘하의 군관에게 명했다.

"봉군은 최소 인원만 남겨놓고 귀대시켜라. 연기를 올려 왜적의 침입을 한양에 알려야 하느니라."

응봉 봉수대에는 봉군을 지휘하는 오장이 있고, 별장 진무가 여섯 명, 봉군 백여 명이 항상 주둔하고 있었다. 윤흥신은 다대진성의 방어를 강화하기 위해 봉수대에 최소 인원만 남겨놓고 귀대할 것을 명했다.

아미산 응봉 봉수대는 낙동강 하구와 다대포 바다로 침입하는 적을 감시하고 가덕도 천성보 봉수대에서 피어오르는 연기나 횃불을 받아 동쪽 석성 봉수대와 서쪽의 김해 자암산 성화 예산 봉수대로 적정敵情을 전달하여 경북, 충북, 경기도, 한양으로 보고가 올라가게 하는 봉수대였다. 밤에는 횃불[烽], 낮에는 연기[燧] 횟수(홰)로 적정을 알리는데, 멀리서 적이 나타나면 2홰, 우리 바다와 땅을 접근하면 3홰, 침범하면 4홰, 접전하는 전투 상황이면 5홰를 올렸다. 지금은 4홰를 올려야 할 상황이었다. 부산에서 한양 남산까지 한나절이면 도달하므로 봉수의 속도가 느린 것은 아니었다. 종사관이나 전령이 장계를 가지고 달리는 군마보다 몇 배나 빨랐다.

윤흥신은 모든 군관과 진무, 수졸들을 모아놓고 명을 내렸다.

그의 목소리는 오십삼 세의 나이가 믿기지 않을 만큼 우렁우렁했다. 기백이 넘쳐 비장했다.

"왜적이 부산진성에 쳐들어왔다. 나는 정발 장군이 성을 방어하리라고 믿는다. 왜적은 부산진성 공격이 여의치 않으면 틀림없이 우리 성을 공격할 것이다. 우리는 그동안 피땀을 흘리며 훈련과 방비를 해왔다. 그러니 두려워 말라. 나를 믿으라."

"예, 첨사 나리."

장졸들이 창과 활을 높이 들고 크게 소리쳤다. 윤흥신을 따르겠다는 맹세의 함성이었다. 윤흥신은 인종의 외삼촌이자 무인이었던 아버지 윤임을 닮아 강골이자 외모가 준수한 장수였다. 윤흥신이 여섯 살 되던 을사사화(1545) 때 아버지 윤임이 유배를 가던 중에 사사되고 이어서 본부인이 난 형 세 명도 사약을 받아 집안은 풍비박산 났지만 관노가 되어 목숨을 부지한 그는 유년기부터 불우한 시절을 보냈음에도 불구하고 기질만은 억셌고 당당했다.

윤흥신이 신원이 된 것은 선조 10년 때였다. 아버지 윤임이 복관되고 그도 32년간의 억울한 관노 신분에서 벗어났다. 그리고 다음 해에 조부 윤여필이 중종반정의 공신인 데다 무과 급제자 출신인 그의 아버지 윤임이 수군절도사, 의정부 좌찬성 및 오위도총부 도총관이었다는 점이 참작되어 무과별시에 합격하는 행운을 얻었다.

관노가 되어 하급 구실아치들에게조차 멸시를 받았지만 그에게는 망망대해의 파도처럼, 들판의 야생초처럼 다시 일어나는 근성이 있었다. 후부인 현풍 곽씨의 세 아들 중 둘째였는데 중종 반정의 공신인 조부와 아버지에 대한 자부심이 컸다. 특히 관노가 되어서도 십육 세 때까지는 고령인 할아버지의 보살핌을 받아 희망의 끈을 놓지 않고 버틸 수 있었다.

윤흥신은 사사를 면하고 품계가 절충장군에 이르렀으므로 적과 싸우다 죽는 것에 미련이 없었다. 오히려 이런 기회를 만들어 준 유성룡을 새삼 고마워했다. 윤흥신은 살아오면서 은혜를 갚아야 할 이가 있다면 오직 유성룡 한 사람뿐이라고 생각했다. 무과별시에 합격한 뒤 삼 년 만에 진천 현감으로 나갔지만 문자를 모른다고 사헌부 탄핵을 받아 물러났다. 여섯 살 때부터 관노가 됐으니 문맹일 수밖에 없었다. 다시 복관되었지만 십여 년 동안 조정 대신들에게 홀대받으며 함경도 변방을 전전했다. 윤흥신은 대장부 무부로서 이대로 인생을 마감할 수는 없다고 생각했다. 그래서 그는 우의정 유성룡 집으로 찾아가 자신의 뜻과 파란만장한 삶을 토로했다.

"대감, 저는 출세하고 싶어 찾아온 것이 아닙니다. 무부로서 임금님께 충성을 하고자 찾아왔습니다. 무장이 가기를 꺼려하는 가장 위험한 요해지로 보내주십시오."

"나라에 은혜를 갚겠다는 말씀 같소만."

"그렇습니다."

유성룡은 그의 기백에 반했다. 비록 수염은 반백이었지만 그의 목소리는 삼십 대 젊은이처럼 힘찼고 눈빛은 형형했던 것이다. 무인의 피가 흐르는 그의 집안 내력을 잘 알고 있는 유성룡이었다.

"장군의 뜻을 펼 수 있는 자리가 생기면 반드시 천거하겠소."

윤홍신에게 기회가 왔다. 선조 23년 10월에 어전회의가 열렸다. 왜구들의 출몰이 잦은 다대포를 만호영에서 첨사영으로 승격시켰다. 그날 다대진 첨사를 천거하라는 선조의 지시가 떨어지자마자 유성룡은 소상하게 아뢨다.

"전하, 무부로서 기백이 출중하고 충성심이 강한 윤홍신을 천거하옵니다. 홍신은 정국공신 윤여필의 손자이고 수군절도사를 지낸 윤임의 아들이옵니다. 충정과 장재將材가 있사옵니다."

대신들은 다대진 첨사를 천거하는 데 주저했다. 왜구들이 언제 쳐들어올지 모르는 위험한 요해지인 데다 별로 대접받지 못하는 수군의 벼슬이기 때문이었다. 선조는 대신들을 한 번 둘러보고는 유성룡의 추천을 받아들였다.

"홍신을 당상관 절충장군으로 올려 다대 첨사에 명하노라."

윤홍신은 이복의 막내 동생 윤홍제와 다대포를 향해 떠나면서 부인 신씨에게 외아들을 반드시 공부시키라고 당부했다. 삼십팔 세에 관노 신분에서 벗어나 마흔이 넘어 혼인하고 마흔둘에 아들 하나를 얻었다. 을사사화로 집안이 풍비박산 나 팔 형제 중 유일하게 대를 이을 열 살 된 아들 성을 두고 천리 밖 요해지로 가기에 눈에 밟혔다. 윤홍신은 아들 성을 한 번 껴안고는 바로 고향 고양을 떠났다. 천 리 변방의 부임은 윤홍신이 스스로 원해서 가는 길이었다.

윤흥신은 장졸들에게 군기고의 창과 화살을 성 위로 옮기도록 지시했다. 성 밖에 사는 양민들도 모두 성안으로 들였다. 양민들에게는 대나무를 베어 오게 하여 죽창을 만들었다. 다대진의 성 높이는 부산진성과 같았다. 어른 세 사람의 키 정도로 높았다. 왜적은 성을 넘기 위해 사다리나 나뭇단을 이용할 것이므로 활과 창은 물론 쇠도리깨와 불화살을 준비했다. 다대진의 장졸들은 윤흥신을 믿고 일사불란하게 움직였다. 어느새 날은 어둑어둑해지고 있었다. 그 무렵이었다. 다대포에 협선과 포작선들이 닻을 내리더니 삼사십 명의 군사가 성을 향해 달려오고 있었다. 군관이 윤흥신에게 소리치며 보고했다.

"첨사 나리, 적들이 나타났십니더!"

"깃발을 보아라."

"적들의 위장 전술이 아닌교?"

"아니다. 배들이 왜선이 아니고 아군의 협선이다. 깃발에 물수水 자가 쓰여 있지 않느냐?"

흰색 천에 물수 자가 쓰여 있다는 것은 조선 수군의 깃발이라는 뜻이었다. 그러나 성문 앞에 그들이 나타나 신분을 밝힐 때까지는 안심할 수 없었다. 윤흥신은 만에 하나 적의 위장술일 수도 있으므로 성문을 바로 열어주지 말라고 지시했다.

"성문을 함부로 열어주지 마라."

"네, 첨사 나리."

그런데 성문 앞에서 수졸들을 거느리고 있는 우두머리는 절영도 권관이 분명했다. 윤흥신이 절영도로 사냥 나가서 보았던 낯익은 얼굴이었다. 절영도 권관이 외쳤다.

"첨사 나리, 다대진 증원군으로 왔십니더. 문 열어주이소."

"알았다. 누구의 명이더냐?"

"정발 첨사 나리의 명입니더."

"왜 부산진성으로 가지 않고 이리 왔느냐?"

"부산진성은 이미 왜적들이 에와싸삐맀십니더."

삼사십 명이 일시에 성문 안으로 들어와 무릎을 꿇었다. 권관이 보고했다.

"왜적들은 신시(오후 3시-5시)에 절영도 남쪽을 돌아 초량목을 지나서 현재는 부산포 바다를 점령하고 있십니더."

"알고 있다. 지금 적들의 동태는 어떠한가?"

"이미 왜선 구십여 척의 군사들은 먼저 부산진성으로 갔고, 왜 수군은 몰운대를 지나 가덕도, 거제도 쪽으로 움직일 것 같십니더."

"너희들은 객사로 가 대기하고 있거라. 권관은 유군장으로 임명한다."

유군장이란 예비군의 장수를 말했다. 성의 방어선이 무너지면 그곳을 보충하는 병력이 유군이었다. 다대진 수졸들은 절영도 권관이 이끄는 수졸들까지 합류함으로써 사기가 충천했다.

한편, 부산진성의 정발은 아미산 응봉 봉수대의 연기를 보고는 안심했다. 적어도 하룻밤 사이에는 왜적의 침입에 대한 방어 전략이 조정에서 세워질 것이기 때문이었다. 응봉 봉수대의 연기가 올랐으니 경상도의 각 봉수대는 물론이고 전라도 남해안

봉수대들을 거쳐 서해안을 따라 한양으로 갈 것이고, 또 하나는 경북에서 충북으로, 충북에서 경기, 한양으로 갈 터였다. 어느 봉수대를 거쳐 가든 늦어도 내일 아침에는 병조에 알려질 것이고 또한 임금에게 왜적의 침입이 보고될 것이었다.

그러나, 정발의 예상은 빗나갔다. 응봉 봉수대의 연기는 남쪽 가덕도 연대봉의 천성보 봉수대로 전달되고 나서는 끊어졌다. 김해 자암산 봉수대로 가서 다시 북상해야 하는데 남쪽인 가덕도 천성보 봉수대로 가서 단절되고 만 것이었다. 봉수대에 비축해두었어야 할 땔감이 없거나 봉군들의 근무 태만이 틀림없었다. 봉수를 통한 왜군 침략의 보고는 불행하게도 즉시 한양으로 전해지지 못했다.

초저녁에 정발은 또다시 북문을 통해서 좌수사 박홍에게 전령 진무를 보냈다. 부산포에 정박한 왜선들을 불 질러 왜적들의 퇴로를 없애버리자는 건의였다. 왜군들이 부산진성을 겹겹이 에워싸고 있는 사이에 좌수영 본영 수군들을 왜선에 잠입시켜 불을 지르는 작전이었다. 일종의 후방 교란 전술이었다. 그러나 박홍은 무모한 작전이라며 전령 진무 앞에서 욕설을 내뱉었다.

"멍청한 장군이군. 섶을 지고 불로 뛰어드는 것과 무엇이 다른가."

"수사 나리, 왜선에 불이 붙는다면 적들이 당황하지 않겠는교?"

"이놈아, 성을 지키면서 왜적을 단 한 놈이라도 더 죽여야지 뜬금없이 빈 왜선을 왜 공격한단 말이냐!"

진무는 더 이상 말하지 못하고 부산진성으로 돌아오고 말았다. 박홍의 판단을 전해 들은 정발은 자신의 귀를 의심했다. 수사 박홍이 왜적과 싸울 의사가 있는지 없는지 헷갈렸다. 먼저 보낸 진무 편에 본영 수군을 지원해달라고 부탁했지만 그에 대한 답변도 없었다. 아직 전투는 시작되지 않았지만 일촉즉발의 팽팽한 긴장감이 성을 감싸고 있었다. 정발은 퉁소장이를 남문루로 불렀다. 조선 수군에게는 낯익은 곡조로 두려움을 없애주고 왜적에게는 고향 생각이 나게 하는 곡을 연주하도록 했다. 퉁소의 구슬픈 곡조가 이어지는 동안 둥근 보름달이 바다안개에 가려지고 있었다. 노란 보름달이 백지장처럼 창백해지더니 이내 사라졌다. 바다안개는 보름달을 야금야금 삼켜버렸다. 그러나 퉁소의 애달픈 곡조는 비릿한 바다안개를 타고 왜군 진영 깊숙이 전해졌다. 왜군들 중에는 눈물을 흘리고 가슴을 치는 병사도 생겨났다.

그때 고니시의 편지가 화살에 묶여 성안으로 날아왔다. 남문루에서 장졸들을 지휘하고 있던 정발은 고니시의 편지를 보고는 입꼬리를 올리며 웃었다.

"흠, 명나라를 치러 가니 길을 비켜달라고? 어림없는 일이다. 왕명은 조선을 침범한 너희들의 목을 치라고 할 것이다."

중위장 장희식이 침을 뱉었다.

"미쳤나. 문디 자슥들!"

정발은 고니시의 무례함을 나무라는 편지를 화살로 보내놓고는 이를 악물었다. 자시(밤 11시-1시)부터는 바다안개가 더욱 짙어졌다. 바다안개는 아군과 왜군들을 엄폐해주었다. 스무 걸음 밖의 사물은 아무것도 보이지 않았다. 왜군들은 이미 부산포에 속속 상륙하여 남문과 서문, 동문 밖에서 삼중 횡대 공격 대형으로 정렬해 있었다. 그러나 왜군들은 바다안개 때문에 조준사격을 할 수 없었다. 조선 수군 역시 마찬가지였다. 왜군이 보이지 않으므로 함부로 화살을 쏠 수는 없었다. 조선 수군의 유리한 점이 있다면 성 위에 거치된 총통 공격이었다. 총통은 먼 거리까지 군집한 왜적들을 박살 내는 화포였다.

남문 건너편에 붉은 깃발을 세운 임시 군막이 고니시의 지휘본부였다. 고니시는 휘하의 칠천 명, 소 요시토시 휘하의 오천명, 마쓰라 시게노부의 삼천 명, 아리마 하루노부 휘하의 이천명, 오무라 요시아키 휘하의 천 명, 고토 스미하루 휘하의 칠백명 등 도합 만 팔천칠백 명의 군사를 지휘하고 있었다. 고니시는 다른 장수보다는 사위인 소 요시토시와 조선 지리에 능한 승려 겐소에게 자주 자문을 구했다. 겐소는 사신 자격으로 조선을 몇번 왕래하였으므로 한양 가는 길을 익히 알고 있었고, 조선말의 해독과 통역이 가능했다.

인시(새벽 3시-5시)에 요시토시와 겐소가 정발에게 다시 편지를 묶은 화살을 보냈다. 고니시의 편지와 같은 내용이었지만 문장은 조금 달랐다.

'우리는 조선과 사신 왕래를 하고 있어 싸울 의사가 없소. 길을 비켜준다면 지난날의 우호가 유지되지 않겠소? 우리는 만 팔천칠백 명의 군사이지만 첨사의 군사는 고작 육백여 명, 있으나마나한 양민 사백여 명인데 어찌 무모하게 목숨을 버리려고 하

는 것이오.'

요시토시와 겐소를 통한 고니시의 최후통첩인 셈이었다. 정발은 모욕감에 치를 떨었다. 즉시 2차 방어선으로 삼은 남문루 밖의 텅 빈 민가에 불화살을 쏘았다. 불길이 치솟으며 왜군들의 모습이 바다안개 속에서 희미하게 드러났다. 왜군들은 조선 수군의 화공에 주춤했다. 이에 정발은 정면 승부를 걸었다. 화포장에게 명했다.

"발포하라!"

조선 수군의 총통이 천둥소리를 내며 불을 뿜었다. 남문과 서문, 그리고 동문 밖에 정렬한 왜군들의 삼중 횡대가 단번에 흐트러졌다. 왜군의 첫 사상자가 고니시 앞에서 비명을 지르며 쓰러졌다. 전력의 열세 때문에 쉽게 성을 내줄 것으로 판단했던 고니시를 비롯한 왜군 장수들이 당황했다. 왜군들이 바닷가 쪽으로 후퇴했다.

그러나 날이 밝아지는 묘시(새벽 5시-7시)를 기다렸다는 듯 후퇴했던 왜군들이 남문과 서문, 동문으로 다가왔다. 전열을 가다듬은 왜군들이 조총 공격을 시작했다. 정발도 물러서지 않았다. 왜적과의 거리가 더욱 좁혀지기를 기다렸다가 사부들에게 소리쳤다.

"활을 쏘아라!"

묘시 내내 총통 소리와 비명 소리가 난무했다. 드디어 날이 훤히 밝았다. 성을 삼중으로 에워쌌던 왜군들은 또다시 후퇴하여 보이지 않았다. 조총 탄환이 박힌 부산진성의 성문들은 굳게 닫

혀 있었다. 성 위의 군사들이 일제히 함성을 질렀다. 수졸들이 후퇴한 왜군들에게 야유를 보냈다.

왜군은 어두운 성 밖에서 조총을 쏘아댔지만 전력은 위력적이지 못했다. 먼 거리에서는 화살이 더 정확했다. 왜군들은 고니시의 독전에도 불구하고 부산진성의 성문 중 어느 하나도 공략하지 못했다. 성 아래에는 성문에 접근할 수 없게 나무 장애물과 마름쇠들이 깔려 있었고, 성 위에서는 화살이 비 오듯 쏟아졌기 때문이었다. 왜군 백여 명이 피를 흘린 채 널브러져 있었다. 총통에 맞은 왜군은 형체를 알아볼 수 없을 정도로 시체가 찢겨져 있었다. 아군의 피해는 여남은 명의 부상자뿐이었다.

부산진성 새벽 전투는 정발의 승리였다. 그렇다고 전투가 끝난 것은 아니었다. 왜군들은 사시(오전 9시-11시)를 기해 일제히 인해전술로 공격해 왔다. 이번에는 서문 밖의 산자락으로 올라가 성을 내려다보며 조총을 쏴댔다. 새벽 전투와 달리 고지를 선점한 공격이었다. 성 위의 수졸들이 쓰러지자 그 틈을 이용해 사다리를 성벽에 붙이고 기어올랐다. 수졸들이 끓는 물을 붓고 쇠도리깨로 기어오르는 왜군들을 후려쳤다. 그러나 쇠도리깨를 든 수졸들이 하나둘 조총에 쓰러졌다. 활을 쏘던 진무도 얼굴에 탄환을 맞고 피투성이가 되었다. 서문 쪽 고지에서 쏘아대는 조총 사격에 성안의 수군들은 속수무책으로 당했다.

이윽고 북문이 열렸다. 수졸들이 맞섰으나 왜군의 인해전술에 밀렸다. 수천 명의 왜군들이 밀물처럼 북문으로 밀고 들어왔다. 수졸들이 왜군들과 뒤엉켜 백병전으로 맞섰다. 성안 거리는 피로 얼룩졌다. 왜군의 잘린 머리통이 굴러다녔다. 양민들은 죽창과 몽둥이로 맞섰고, 아녀자들은 돌멩이를 던졌다. 그러나 이만 명에 가까운 왜군들과 대적해 싸우기에는 역부족이었다. 성안이 왜군들로 넘쳐나자 수졸들은 객사와 동헌, 군기고, 장청, 진무청 지붕으로 올라갔다. 기왓장을 뜯어 던졌다. 기왓장을 맞은 왜군이 뒹굴면 내려가 목을 쳤다. 검은 전포를 입은 정발도 객사 지붕으로 올라가 외쳤다.

"성을 버리는 자는 목을 벨 것이다!"

정발 좌우에는 군관 이정녕과 중위장 장희식이, 뒤에는 부사맹 이정현이 호위하고 있었다. 군관 이정녕이 소리쳤다.

"사또, 성을 빠져나가 구원병이 올 때까지 기다리이소. 그때 다시 싸우십시더."

정발의 눈에 핏발이 서렸다.

"나는 마땅히 이 성의 귀신이 될 것이다. 다시는 그따위 말을 하지 말라."

정발은 왜군들의 표적이 돼 있었다. 왜군들은 정발을 향해서 조준 사격을 했다. 그러나 정발이 객사 지붕을 이리저리 뛰어다니며 전투를 지휘하고 있었기 때문에 조준 사격은 정발을 빗나가곤 했다.

정오가 되어서는 수군의 항전 기세가 수그러들었다. 성안 거리를 수졸들과 양민들의 시신이 뒤덮었다. 왜군들은 죽은 어린아이까지 확인 사살하고 다녔다. 정발이 결국 조총에 맞아 쓰러졌다. 호위하던 군관들까지 모두 객사 지붕에서 굴러 떨어지자

항전의 기세는 더욱 잦아들었다. 왜군 장수 마쓰라 시게노부가 고니시에게 보고했다.

"적장을 쓰러뜨렸습니다."

"바보 같은 놈들! 대군을 가지고도 고작 천여 명의 군사들과 일전일퇴를 하다니."

"독한 놈들입니다. 모두 죽을 때까지 싸우고 있습니다."

시게노부가 머리를 절레절레 흔들며 말했다.

"시체 더미에 숨은 놈들도 있을 것이고 도망친 놈들도 있겠지."

"장군, 시체 더미를 뒤져 숨은 적을 찾아내겠습니다."

"그럴 시간이 없다. 우리는 군사를 나누어 다대성과 동래성을 공격해야 한다."

고니시는 전투를 중지시켰다. 그리고 객사로 가 정발의 시신을 확인하고는 말했다.

"적장이지만 존경스러운 장수다. 정 장군의 고향을 물어 장사 지낼 수 있게 옮겨주어라."

"예."

소 요시토시가 얼굴에 묻은 피를 닦으며 대답했다. 전공 세우기에 혈안이 된 마쓰라 시게노부가 객사 마당에 제1군기를 꽂았다. 1군기는 붉은 비단의 긴 깃발로 상단에는 열십자가 그려져 있었다. 잠시 후에는 부산진성의 대장기가 내려지고 왜군의 대장기가 올라갔다.

"장수의 부인은 어디 있느냐?"

그제야 왜군들이 내아로 몰려갔다. 정발의 부인을 잡아다 바치기 위해 서로 다투며 달려갔다. 소첩 애향의 몸종 용월이 나서서 내아문을 막았다.

"여기는 사또 나리만 출입하는 곳이지예."

"이 성의 주인이 바뀌었다. 그러니 비켜라."

"무신 말을 하는 깁니꺼? 못 들어갑니더."

마쓰라 시게노부가 나타나 망설이지 않고 긴 칼을 휘둘렀다. 용월은 피를 뿌리며 단칼에 쓰러졌다. 그러나 마쓰라 시게노부는 내아문을 들어서지 못하고 물러났다.

"조선 여자도 독하다!"

왜군들도 내아문을 들어서지 못하고 멈칫거렸다. 애향이 내아 대청 대들보에 목을 매 숨져 있었다. 보고를 받은 고니시는 곧 객사에서 일어났다. 그는 정발의 소첩이 자살했다는 보고에 몹시 낙담했다. 규슈를 떠난 이후 여자가 그리웠는데 못내 아쉬웠다. 그러면서도 목숨을 버리면서까지 정조를 지키는 조선 여자가 부러웠다.

"군막으로 돌아가 쉬겠다. 마쓰라 장수는 항복한 포로를 심문해 보고하라."

항복한 부산진성 수군은 단 세 사람이었다. 그것도 왜군과 조선 수군의 시체 더미 속에 숨어 있다가 발견된 수졸 가은산 등이었다. 가은산은 부산포에 정박하고 있는 왜선으로 끌려갔다. 나머지 두 명은 다른 왜선으로 끌려갔다.

왜선 창고에 갇혀 있던 가은산은 한밤중에 마쓰라 시게노부에게 불려 올라가 심문을 받았다. 마쓰라는 다대진성과 동래성의 석성 높이와 성문, 군사 규모를 물었다. 석성 높이부터 물은 것은 부산진성의 성문을 공격하려다 새벽 공격에서 실패했기 때문이었다. 새벽 공격에 실패하고 서문 쪽 산자락의 고지로 올라가서야 비로소 조총 사격의 위력을 발휘할 수 있었던 것이다.

"높이는 모두 어른 키 세 사람만 하고 동래성이 제일 큽니더."

그러나 가은산은 끝내 다대진이나 동래성의 북문 쪽에 산자락이 있다는 것은 밝히지 않았다. 부산진성이 무너진 것은 왜군이 성보다 높은 서문 쪽의 산자락에서 조총 공격을 했기 때문이었다.

고니시는 부산진 전투에서 백사십여 명을 잃은 제1군의 군사를 둘로 나누어 오무라 요시아키 휘하의 천 명과 고토 스미하루 휘하의 칠백 명은 다대진성으로, 나머지 만 칠천여 명은 동래성으로 보냈다.

첫 승전

정오가 지난 미시(오후 1시-3시)에 한 무리의 장졸과 양민들이 다대진성으로 달려왔다. 부산진성을 탈출한 사람들이었다. 성한 장졸들은 한 사람도 없었다. 얼굴이 찢기고 팔다리가 탈골한 중상을 입고 있었다. 양민들도 마찬가지였다. 머리를 싸맨 사내, 얼굴에 하나같이 검댕을 칠한 처녀와 아낙네, 겁에 질린 아이들이 성문 안으로 들어왔다. 윤흥신은 부산진성이 무너졌음을 직감했다. 여자들이 얼굴에 검댕을 바른 것은 왜군들에게 더럽고 추하게 보이려는 위장술이었다. 부산진성 여자들은 추한 모습으로 겁탈을 피했다. 뿐만 아니었다. 왜군들에게 붙들리면 갑자기 불구자 흉내를 내며 도리질하거나 다리를 절거나 괴성을 질렀다. 윤흥신 앞에 무릎을 꿇은 부산진성 군관이 울부짖었다.

"첨사 나리, 왜놈에게 포로가 되가꼬 왜국에 끌려가느니 차라리 다대진에서 싸우다 죽으려고 왔십니더."

반백의 수염을 부르르 떨며 윤흥신이 대답했다.

"그렇다. 우리 다대진 수군은 결코 성을 내어주지 않을 것이다. 나 윤흥신은 방어만 하지 않고 왜적들에게 먼저 공격할 것이다."

윤흥신이 군관들과 세운 육전의 전술은 매복이었고, 해전은 선제 화공이었다. 왜군이 다대진성으로 오는 길목에 매복하고 있다가 타격을 가하고, 왜군 선봉대의 수군이 다대포로 상륙하기 전에 불화살을 날려 왜선을 침몰시키는 전술이었다. 매복 작전에 나가는 수군은 백병전에 능한 군사를 뽑았다. 그리고 화공 작전에 투입되는 수군은 명궁수를 차출했다.

윤흥신은 서평포진 수군들을 다대진성의 2차 방어군으로 편성했다. 서평포진 수군은 부산진성이 무너졌다는 급보를 받고는 좌수사 박홍의 허락을 받아 두 식경 전쯤 다대진성 수군에 합류했던 것이다.

윤흥신은 다대진 일대의 지리에 밝은 토병 출신 군관을 매복조 장수로 정한 뒤 지시했다.

"왜놈들은 부산진성 남쪽에 있는 천마산을 우회하여 부산포에 떠 있는 왜선들의 엄호를 받으며 해변 길로 내려올 것이다. 그러다가 동매산과 봉화산 사이의 산길을 타고 들어와 우리 성을 공격하지 않겠느냐. 이곳 지리에 밝다는 것이 우리의 장점이다. 우리는 협곡에 매복하여 일렬종대로 산길을 타는 왜군의 허리를 여지없이 지자총통으로 타격할 것이다. 그러면 왜놈들은 겁을 먹고 오합지졸이 되어 갈팡질팡 흩어져버릴 것이다."

윤흥신의 이복동생 윤흥제도 다른 매복조에 따라나섰다. 윤흥제가 위험을 무릅쓰고 매복 작전에 나서는 것은 수졸들의 사기를 충천케 하기 위해서였다. 윤홍제는 매복조 군관의 만류를 망설임 없이 뿌리쳤다.

"매복은 우리에게 맡겨주이소. 처사님은 첨사 나리를 보좌하는 기 더 낫지 않겠는교."

"왜놈들이 지나는 길목을 지키고 있다가 공격하는 매복은 위험하긴 하지만 효과가 아주 큰 전술이오. 내 목숨을 내놔야 군사들도 목숨을 내놓고 싸우지 않겠소? 내가 형님을 따라온 것은 바로 이런 때를 기다린 것이오. 그러니 말리지 마시오."

사실, 윤홍신이 매복 작전을 구상했을 때 적극 지지한 사람은 윤홍제였다. 전력이 열세인 수군이 육전에서 전과를 올릴 수 있는 작전은 봉화산 산자락을 타고 오는 왜군 공격조를 불시에 덮쳐 놈들을 오합지졸로 만들어버리는 매복밖에 없었다.

또 하나의 작전은 절영도에서 온 권관이 이끄는 선제 화공 작전이었다. 벌써 다대포 굴강 너머의 바다에는 왜 수군 전선들이 밀물이 되기를 기다리고 있는 상황이었다. 밀물을 기다렸다가 다대포에 상륙할 것이었다. 절영도 권관은 윤홍신의 명을 받은 상태였다.

"우리 전선에 은폐하고 있다가 왜놈들이 가까워질 때까지 기다려라. 불화살은 멀리 나가지 못하니 최대한 근접할 때까지 기다렸다가 일제히 쏘아야 한다. 그래야 왜선들을 한꺼번에 불 지를 수 있을 것이다."

선제 화공 역시 매우 위험한 전술이었다. 공격 명령이 떨어지기 전에 불화살이 단 한 발이라도 날아가면 작전이 노출되어 조총의 집중 공격에 수군이 몰살될 수도 있기 때문이었다. 늙은 권관은 오늘을 기다렸다는 듯이 말했다.

"늙은 놈이 왜선들을 반드시 침몰시킬 낍니더. 첨사 나리께서는 성을 막아주이소."

"나이 든 권관이 나서니 젊은 장졸들이 물러서지 않겠다는 각오를 보여주고 있소. 고맙소."

"정발 첨사께서 순절하셨다고 하니 이보다 원통한 일이 어딨는교? 분합니더."

늙은 권관만 분한 것이 아니었다. 부산진성이 무너졌다는 소식에 다대진성의 수군들 모두가 울분을 참지 못했다. 두려움을 느끼기보다는 왜군이 나타나면 한 명도 살려 보내지 않겠다고 장수와 수졸에 이르기까지 전의를 다졌다. 순절한 부산진성의 토박이 장졸들 중에는 친인척은 물론이고 낯익은 얼굴들이 많았던 것이다. 수군 진무 하나가 굴강 밖에 떠 있는 왜선들을 향해 고함을 쳤다. 왜선 세 척은 붉고 흰 깃발을 세우고 있었다. 왜선들 중에 대장이 타는 안택선에는 붉은 깃발의 대장기가 펄럭였다.

매복조 군관과 윤홍제는 각각 봉화산과 동매산 산자락 숲에 엎드려 숨었다. 지자총통은 봉화산 산자락 바위에 거치한 뒤 상수리 가지와 잎으로 위장해놓았다. 왜적이 봉화산 쪽으로 지날지, 아니면 동매산 쪽으로 돌아서 내려갈지 모르므로 두 곳에 매복조를 백여 명씩 투입하여 잠복시켰다. 한쪽이 적의 허리를 공격하면 또 다른 쪽은 우왕좌왕하는 적의 후방을 차단하여 격퇴하는 작전이었다.

매복조 군관은 봉화산 쪽에 붙어서 왜군을 기다렸다. 그런데 왜군은 쉽게 나타나지 않았다. 고니시의 명을 받은 오무라 요시아키 부대 천 명과 고토 스미하루 부대 칠백 명의 본대는 좀체 모습을 드러내지 않았다. 본대보다 앞서 정탐하는 척후병을 발견했다는 보고도 없었다. 매복조 군관이 고참 진무에게 작은 소리로 말했다.

"매복을 눈치챘다믄 밤에 이동할 끼다."

"왜 수군이 다대포에 온 걸 보믄 왜 육군도 곧 나타날 낍니더."

왜군은 수군까지 합치면 총 이천 명으로 천 명이 지키는 다대진성을 공격하는 셈이었다.

"왜놈들이 우릴 깔보는 기다. 동래성에 선봉군 주력군을 다 보내는 걸 보믄 말이다."

군관이 알고 있는 첩보대로 고니시의 군사 운용은 다대진성 전투에 이천 명, 동래성 전투에 만 오천 명을 투입하는 것이었다. 고니시의 주요 공격 목표는 다대진성이 아니라 동래성이기 때문이었다.

매복조 수졸들의 긴장이 조금 풀릴 무렵이었다. 건너편 숲에서 꾀꼬리 울음소리가 들려왔다. 찔레꽃이 필 무렵이면 꾀꼬리 울음소리가 잦아졌고, 무논에 모심는 시기가 되어 일손이 바빠졌다. 집에서 숙식을 하는 토병 출신 수졸들은 매복을 서면서도 농사를 걱정했다. 하필이면 농사철에 쳐들어온 왜군이 원망스러웠다.

"미친 자슥들! 와 남의 농사짓는 땅을 탐하노."

"저 알라들, 숫자만 벌거지 떼같이 많지 밸거 없데이."

수졸들의 태도가 느슨해지자 매복조 군관이 풀피리로 짧게 한 번 새소리를 냈다. 경계를 철저하게 서라는 신호였다. 그제야 삼삼오오 모여 잡담을 나누던 수졸들이 제자리로 돌아가 엎드렸다.

동매산 산자락에 숨어 있던 윤흥제의 매복조도 마찬가지였다. 왜군들이 나타나지 않자, 진무와 수졸들이 찔레나무 여린 줄기를 꺾어 와 잘근잘근 씹으며 단물을 삼켰다. 엉덩이를 까고 변을 보는 수졸도 있었다. 윤흥제는 엄하게 단속하고 변을 감쪽같이 묻으라고 지시했다. 인분 냄새가 퍼져 적에게 아군의 위치를 들킬 수 있기 때문이었다.

유시가 되자 응봉 봉수대 너머로 석양이 기울었다. 봉화산 산자락 숲은 이미 그늘이 짙어졌다. 산길은 더 적막해졌다. 간간이 초여름 풀벌레 소리가 났다. 새들이 하루를 마감하듯 가지 사이를 낮게 날았다. 그때였다. 봉화산 매복조 군관이 풀피리로 새소리를 날카롭게 냈다. 처음에는 길게 네 번을 불었다가 차츰 다급하게 연달아 냈다. 왜군이 출현했다는 신호였다. 과연 척후병 십여 명이 협곡의 산길에 들어서 두리번거리고 있었다. 군관이 팔을 위아래로 저으며 침착하게 더 기다리라는 신호를 보냈다. 아무런 기척이 없자 왜군 척후병들이 멀리 손짓을 보냈다.

그제야 검은 투구와 전포를 입은 왜군들이 일렬종대로 전진해 왔다. 형형색색의 기를 든 기수 뒤로 척후병과 같은 차림의 왜군들이 물소 떼처럼 몰려왔다. 군관은 여전히 손을 위아래로 흔들며 기다리라는 신호만 보냈다. 동매산 매복조도 왜군들을 발견하고 몸을 더 숨겼다. 아직은 봉화산 매복조 군관이 효시를 쏘아 올리기 전이었다. 수졸들은 입안의 침이 바싹바싹 말랐다. 매복조 군관이 중얼거렸다.

'쪼매만 기다리자, 기다리자.'

매복조 군관은 눈앞에 나타나는 왜군의 숫자를 세고 있었다. 왜군이 눈앞에서 오륙백 명쯤 지나가고 있을 때였다. 그제야 허공에 효시를 쏘았다. 그런 뒤 소리쳤다.

"발포하라! 화살을 쏴라!"

갑자기 화포 공격을 당한 왜군들이 방향을 잡지 못하고 도망치다가 쓰러졌다. 엎드려 조총을 쏘지만 당황하여 허공을 향할 뿐이었다. 엎드린 왜군에게는 매복조 수졸들이 화살을 쏘았다. 다시 한 번 더 화포 공격을 하자 왜군의 허리가 힘을 쓰지 못하고 허물어졌다. 뒤따라오던 후미의 왜군들은 다급하게 후퇴를 했다. 그러나 선두의 왜군들이 방향을 잡고 조총 공격을 해왔다. 화살보다는 조총이 더 위력적이었다. 수졸들이 하나둘 쓰러지자 매복조 군관이 다시 소리쳤다.

"이선으로 물러나 공격하라."

매복조는 군관의 지시에 따라 산자락으로 더 올라가 쫓아오는 왜군에게 화살을 쏘았다. 지휘관을 잃은 왜군이 더 응전하지 못하고 왔던 산길을 따라 물러섰다. 바로 그때 이번에는 윤흥제가 이끄는 매복조 수졸들이 후퇴하는 왜군들을 공격했다. 왜군들이 순식간에 장작개비 넘어지듯 쓰러졌다. 그러나 동매산 매복조 수졸들은 후퇴하는 왜군을 뒤쫓아 가지는 않았다. 전력이 왜군보다 열세였으므로 협곡에서 타격만 가하는 것으로 끝냈다.

다대진 굴강 전투도 선제 화공으로 왜선들이 물러났다. 세 척의 왜선 중 한 척이 불에 타 침몰했던 것이다. 바다로 뛰어내린 왜 수군들은 갈고리로 건져 올려 죽였다. 굴강의 바다가 피로 붉게 물들었다. 부산진성 전투에서 죽은 장졸들에 대한 복수였다.

윤흥신은 성문을 열고 나와 승전한 다대진 군사를 맞이했다. 성 위에서는 꽹과리와 징, 바라와 소라고둥을 불며 승전을 자축했다. 윤흥신이 군관들을 일일이 포옹한 뒤 소리쳤다.

"그대들이야말로 조선의 장졸들이다. 이것이 바로 임금님께 충성하는 길이다. 허나 승리를 자축하기에는 아직 이르다. 왜놈들은 반드시 다시 공격해 올 것이다. 나 윤흥신의 전술은 방어가 아니라 공격이다. 공격이 최선의 방어라는 것을 오늘 그대들에게 보여주었다. 놈들이 오면 나는 또다시 선제공격으로 격퇴할 것이다."

윤흥신의 목소리는 오십삼 세의 중늙은이답지 않게 쩌렁쩌렁했다. 단호한 목소리는 수졸들의 전의를 북돋았다. 이윽고 천 명의 다대진 장졸들은 윤흥신을 따라 망궐례를 지내기 위해 객사 앞으로 모였다. 전시였으므로 보름날 지내는 망궐례를 하루 앞당긴 것이다. 윤흥신 휘하 군관과 윤흥제만 객사에 들었고, 장졸들은 객사 마당에 도열했다. 윤흥신이 향로에 불을 붙였다. 푸른 연기가 임금을 상징하는 궐패를 휘감았다. 향내가 윤흥신과 군관들의 코끝에 전해졌다. 향이 타는 동안 천 명의 군사들이 일제히 사배를 올렸다. 윤홍신은 궐패를 향해 사배를 하는 동안 이를 악물고 다짐했다.

'신 윤홍신은 아뢰옵니다. 신은 중종반정의 정국공신 여 자 필 자의 손자이옵고, 조부님의 딸이자 중종 임금님의 제1계비인 장경왕후의 조카이오며, 수군절도사를 지낸 선친 임 자의 아들이옵니다. 일찍이 선친께서 을사사화에 연루되어 화를 입으시고 신은 관노가 되어 목숨을 부지하다가 임금님의 은혜를 받아 조부와 선친 모두 신원되어 복관되고 신 또한 32년간의 관노에서 벗어나 무과에 나아간즉 벼슬을 받았사옵니다. 임금님의 은혜를 어찌 한 목숨을 다해 갚겠습니까만 돌이켜 생각해보면 신이 충성할 길을 찾아 내려온 다대진성이옵니다. 다대진성을 지키는 것이야말로 임금님께 충성하는 길이오니 이 또한 임금님의 은혜가 더욱 산처럼 쌓일 뿐이옵니다. 신 윤홍신은 죽더라도 성을 베개 삼아 적을 막아내어 은혜 갚을 것을 맹세하옵니다.'

윤홍신은 자신을 추천해준 유성룡에게도 마음을 전했다.

'유 대감의 고마움을 어찌 잊겠습니까? 소신의 장재를 알아주고 충정을 믿어준 이는 유 대감뿐이었습니다. 유 대감이 없다면 어찌 오늘의 윤홍신이 있겠습니까? 대감께서 윤홍신을 천거한 이유를 증명할 날이 이제 다가오고 있습니다. 대감께 승전의 소식을 올릴 것이니 기다리소서.'

윤홍신은 마지막으로 고양에 사는 부인 신씨와 열두 살이 된 아들 성을 떠올렸다.

'부인, 을사년에 집안이 화를 입어 외롭게 살아남은 나를 받아주었으니 부인의 비단결 같은 마음을 내 어찌 잊겠소? 조상님의 음덕이 아니라면 어찌 부인을 만났겠소? 세상의 시간은 금생에만 있는 것이 아니니 어느 생에 가더라도 부인을 다시 만나 못다한 사랑을 이루겠소. 집안의 대를 이어야 할 성아, 조상님의 명예를 지키는 아들이 되기를 바란다. 어머니에게 효도를 다해라. 아비가 바라는 것은 오직 그것뿐이다.'

객사 문을 나온 윤흥신은 마당에 도열한 장졸들을 향해 섰다. 장졸들은 매복과 선제 화공 작전의 승리에 들떠 웅성대고들 있었다. 윤흥신이 큰 소리로 말을 시작하자 그제야 부동자세로 돌아왔다.

"장졸들은 듣거라. 왜군들은 우리 조선의 성을 넘을지라도 절대로 우리 조선 사람의 혼과 기백은 넘지 못할 것이다. 우리 조선 사람의 혼과 기백이 꺾이지 않는 한 우리 조선 사람들은 이미 승리한 것이다. 다대포 바다를 보아라. 바람이 강할수록 바다의 파도는 더욱 살아난다. 우리 조선 사람의 혼과 기백이 그렇다. 우리는 저 들판의 야생초처럼 살아남아 임금님이 계시는 이 땅을 지킬 것이다. 알겠느냐?"

"예, 첨사 나리!"

윤흥신의 명령은 천둥소리와 같았고, 장졸 천 명의 복창 소리는 우렛소리와 같았다. 윤흥신이 다시 말했다.

"여기 이 자리에 범어사에서 온 의승 수군이 모였다. 범어사 승려들이 목탁 대신 칼을 쥐고 있다. 부처의 가르침은 살생하지 말라는 것이나 여기 모인 승려들은 우리 백성들의 목숨을 빼앗는 왜적들을 향해 자비심의 창과 칼을 든 것이다. 우리 군사들은 승려들을 실망시키지 않도록 불퇴전의 마음으로 더욱 용맹스럽게 싸워야 한다. 알겠느냐?"

"예, 첨사 나리!"

범어사 승려들은 경상 좌수영 의승청 소속이었다. 경상 좌수사 박홍은 부산진성 전투가 치열할 때 경상 좌수영 의승청에 소속된 범어사 승려들을 동래성에 투입시키고 나머지 수십 명을 다대진으로 보냈던 것이다. 박홍은 왜 수군의 전력을 과대평가한 나머지 해전을 포기하고 육전에 치중했다.

이는 박홍만이 아니라 첨사들의 생각도 마찬가지였다. 왜군은 해전에 강하고 육전에 약하다는 것이 장수들의 생각이었다. 개전한 지 이삼 일 만에 박홍이 좌수영 굴강에 정박한 백여 척의 전선을 자침시켰어도 비난하는 장수는 단 한 사람도 없었다. 왜군을 육전으로 유인하여 부산진성과 동래성, 다대진성만 수성한다면 경상도를 지킬 수 있다고 판단했던 것이다.

그러나 부산진성은 첨사 정발의 분투에도 불구하고 일진일퇴의 격렬한 공방을 벌이다 왜군 작전인 인해전술에 밀렸다. 고니시가 지휘하는 왜군은 여세를 몰아 다대진성과 동래성으로 방향을 틀었다.

"한양에 입성하기 위해서는 부산의 세 성이 중요하다. 세 성을 거점 삼아야 마음 놓고 북진할 수 있다."

고니시는 본토에서 보내오는 군사나 군수물자를 관리하는 보급 거점으로 세 성을 활용하겠다는 계획을 세워놓고 있었다. 보급로가 끊어지지 않아야만 한양으로 진격할 수 있기 때문이었다. 고니시는 동래성이 보이는 산자락에 임시 군막을 쳤다. 그런 뒤 투구를 벗고 군막 안에 앉아서 작전 회의를 주도했다. 고니시를 보좌하고 있는 장수는 소 요시토시, 아리마 하루노부, 승려 겐소 등이었다.

고니시는 부산진성에서 뜻밖에 공방을 벌이며 진땀을 흘렸기 때문에 동래성을 바로 공격할 생각은 없었다. 젊은 마쓰라 시게노부 역시 부산진성 전투를 생각하고는 고개를 절레절레 흔들었다.

"고니시 장군님, 조총은 야간 공격에 무력했습니다. 그러니 오늘은 적을 포위한 채 내일로 공격을 미루어야 합니다. 부산진성 새벽 공격은 악몽이었습니다."

"나도 조총만 믿다가 당했지. 목표가 보이지 않는 캄캄한 밤에는 무용지물이야."

총통 파편에 상처를 입은 소 요시토시도 끼어들었다.

"조선 총통에 죽는 줄 알았습니다. 새벽 전투는 조선 총통과 우리의 조총 싸움이었으니 이미 승부가 난 것이었습니다. 다행히 첫 개전에 쓴맛을 보았으니 이제 더 이상의 작전 실패는 없을 것입니다."

돌부처처럼 잠자코 있던, 휘하에 이천 명을 거느린 장수 아리마 하루노부가 무겁게 한마디 했다.

"우리 군사들은 이익을 취하고자 출병했지만 조선 군사들은 왕을 위해 싸웁니다. 우리는 조선 군사의 충성심 때문에 곤란을 겪을지 모릅니다."

고니시가 동래성 공격작전을 단호하게 하달했다.

"부산진성에서 나도 한때 좌절했다. 이대로 퇴각하는 것이 아닌가 하고 낙담했다. 그러나 우리 관백님의 장수들은 둑이 터진 듯 많은 군사로 밀어붙였다. 동래성도 마찬가지다. 내일 날이 밝으면 공격을 개시한다. 그사이 군사들을 배불리 먹이고 휴식을 주어라."

조선말과 한자에 밝은 겐소에게도 임무를 주었다.

"동래성 부사를 잘 안다고 했습니까? 부사에게 띄울 편지 초안을 잡아주시오. 내용은 정발 첨사에게 띄운 것과 같습니다."

"알겠습니다."

고니시는 임시 군막을 나와 얼굴을 찡그렸다. 부산진성 전투의 잔상이 눈앞에 어른거렸다. 만 팔천칠백 명의 군사가 천 명의 조선 수군들에게 밀렸다는 사실이 믿어지지 않았다. 어느새 석양이 지고 하늘에 핏빛 놀이 가득했다. 까마귀 떼들이 놀이 번진 하늘을 가로질러 갔다. 까마귀 울음소리가 멀리서 음산하게 들려왔다. 까마귀 떼가 사라진 쪽에서 말 한 마리가 달려왔다. 검은 투구를 쓴 왜군이었다. 왜병이 고니시 앞에 무릎을 꿇었다.

"장군님!"

"무엇이냐?"

"적들에게 불시에 당했습니다."

"오무라 장수는 어디 있는가?"

"후퇴한 군사를 점검하고 있습니다."

"다대진성에서 당했단 말이냐?"

고니시는 믿어지지 않았다. 불길한 예감이 맞는 것 같아 전율이 등골을 타고 흘렀다.

"아닙니다. 다대진성으로 가는 도중에 당했습니다."

"적들이 매복이라도 하고 있었단 말이냐?"

"그렇습니다. 장군님."

"우리 사상자는 얼마나 되느냐?"

"정확하게 파악하지 못했습니다만 이삼백 명은 될 것 같습니다."

고니시는 진저리를 쳤다. 부산진성에서 백사십여 명의 사상자가 났는데 또 이삼백 명의 군사를 잃다니 고니시는 잠시 현기증을 느꼈다.

"후퇴한 군사들에게 저녁을 먹이고 휴식을 주어라. 다대진성 공격 부대를 바꾸겠다."

그러자 아리마 하루노부가 자원했다.

"고니시 장군님, 소장의 부대 이천 명은 다대진성을 무너뜨릴 자신이 있습니다."

"고맙소. 군사들이 충분한 휴식을 취했으니 다대진성으로 출병하시오."

고니시는 소 요시토시의 오천 명 군사 중에서 다대진성 공격 부대를 차출할까 잠시 생각하다가 아리마 장수의 단일 부대로 결정했다. 소 요시토시의 오천 군사는 대마도 출신들로 주로 장사를 하던 상인 출신이었다. 그러므로 전쟁 경험이 없는 데다 이익을 따지는 소 요시토시 부대보다는 전투 경험이 있는, 아리마가 이끄는 부대가 더 잔인하고 용감할 것 같았다.

"오무라와 고토 장수의 군사들을 출병시킨 것이 실수다. 아무리 작은 성이지만 고양이가 쥐를 잡듯 해야 한다. 아리마 장수의 군사들은 잔인하다. 전투는 잔인해야 한다. 너그러워서는 안 된다."

아리마 휘하의 군사가 다대진성으로 출병하는 것을 본 고니시는 비로소 안심했다. 그는 야릇한 미소를 지었다. 고니시는 첫 전투에서 실패한 오무라와 고토를 문책하지 않았다. 동래성 전투에서 만회할 기회를 주기로 했다.

"조선에 출병해서 처음으로 패전했다. 그러나 우리는 몇백 배 몇천 배로 복수해야 한다. 오무라 장수와 고토 장수에게 기회를 주겠다."

날빛이 스러졌다. 동래성 십 리 밖의 산자락과 들판을 왜군들이 까마귀 떼처럼 시커멓게 덮었다. 동래성을 삼중 사중 오중으로 겹겹이 에워싼 왜군들이었다. 잠시 후 어둠의 장막이 드리워지자 바다안개가 스멀스멀 기어올라 왔다. 보름달이 빛을 잃었다. 이윽고 바다안개는 구렁이가 먹이를 감아버리듯 곧 보름달을 휘감아버렸다.

동래성 분투

밤새 성벽을 타고 올라온 바다안개는 이른 아침까지도 성안에 머물렀다. 날씨가 맑았던 며칠 사이에 가장 짙은 바다안개였다. 성을 수비하는 수졸들은 바다안개의 한기로 얼굴에 도톨도톨 소름이 돋아 있었다. 자시를 넘어서는 바다안개가 서늘한 밤공기에 섞여 살얼음처럼 차가워졌던 것이다. 윤흥신은 전시였지만 수졸들에게 모닥불을 허락했다. 나뭇가지들이 젖어서 잘 타지 않았지만 수졸들은 곁불을 쬐는 것만으로도 한기를 견딜 수 있었다. 왜군에게 성의 위치가 이미 노출된 상태였으므로 굳이 모닥불을 꺼릴 필요는 없었다. 양민들과 군노들은 나뭇가지를 주워 날랐고, 윤흥신은 새벽까지 쉬지 않고 순찰을 돌았다.

"왜군이 밤새 공격하지 못한 것은 부산진성 새벽 전투에서 패했기 때문이다."

짙은 바다안개 속에서는 조총이 무력했다. 왜군은 전날의 실패를 되풀이하지 않고자 안개가 걷히기를 기다리고 있었다. 다대진성을 포위만 한 채 공격을 미뤘다.

"우리는 수졸들이 결불이라도 쬐었지만 왜놈들은 추워서 달달 떨고 있을 것이다. 그러니 기회를 보아 우리가 먼저 성문을 열고 공격해야 한다."

그러자 참좌 군관이 만류했다.

"왜놈들은 조총을 가지고 있다, 아입니꺼? 우리가 몬자 공격해 오기를 바라고 있을 낍니더. 잘 판단하이소. 공격하믄 왜놈들 함정에 빠질 낍니더."

"우리 군사들은 새벽에 따뜻한 국밥이라도 먹은 뒤라 사기가 충만하다. 하지만 왜놈들은 추위와 두려움에 떨고 있다. 이때가 바로 공격할 호기이지 않겠느냐?"

왜군들은 총통의 공격 목표가 되므로 밤새 모닥불을 피우지 못했다. 짙은 바다안개를 믿고 왜군의 한 진영에서 모닥불을 피웠다가 여지없이 총통 공격을 받았던 것이다. 전날 다대진성 군사의 매복 작전으로 적잖은 군사를 잃었으므로 사기가 꺾인 요인도 있었다. 전투 경험이 많은 아리마 장수 휘하의 왜군이라 해도 별수 없었다. 다대진성 윤흥신 첨사의 담대한 전술에 두려움을 느끼고 있었다.

"형님, 왜놈들은 이제 곧 공격을 할 것입니다. 그러니 우리 군사가 성문을 열고 나가서는 안 됩니다. 전력이 약한 우리는 성을 의지해서 싸울 수밖에 없습니다."

윤흥제가 앞으로 나와 말하자 참좌 군관도 거들었다.

"첨사 나리, 왜놈들은 우리가 성문을 열고 나와 공격하기를 유인하고 있십니더. 말려들어서는 안 됩니더."

"허참!"

윤흥신은 판단을 내리지 못하고 망설였다. 윤흥제가 다시 말했다.

"형님, 왜놈들의 조총 대열을 무너뜨리는 것이 쉽지 않습니다. 우리에게 기마군이 있다면 대열을 무너뜨릴 수 있습니다만 우리는 수군입니다. 성을 방패 삼아 싸울 수밖에 없습니다."

"왜놈들이 두려버서 말씀드리는 기 아입니더, 첨사 나리."

그제야 윤흥신이 생각을 바꾸었다.

"좋다. 성을 방어하는 전술로 바꾼다. 대신 왜놈들의 대오가 흐트러지면 성문을 열고 나가 가차 없이 적의 목을 벨 것이다."

"형님, 잘 결정하셨습니다."

"다만, 북문 산자락에 군사를 보내 우리 성이 내려다보이는 고지만은 내주지 않을 것이다."

이는 윤흥신이 부산진성에서 정발의 군사가 패한 이유를 분석하고 있음이었다. 윤흥신은 왜군에게 고지를 내주지 않겠다는 전략을 세우고 있었다. 그러나 윤흥제는 반대했다.

"형님, 그것도 지극히 위험한 전술입니다. 적에게 노출된 전술은 매복이라 할 수 없습니다."

군관이 윤흥제의 말에 동조했다.

"첨사 나리, 그짜 밀리믄 군사들 사기가 억수로 떨어질 낍니더."

"왜놈들이 북문을 먼저 칠 것이 분명한데 너희들의 대책은 무엇이냐?"

"다른 성문 앞보다 마름쇠를 억수로 깔 낍니더. 그라고 그짜 앞에는 나무 몽디이를 싸놓꼬 불 질러삐면 왜놈들이 무서버서 달라들지 못할 낍니더."

"알았다. 북문 쪽에 방어 군사를 더 보충하라."

"형님, 북문 앞은 걱정하지 마십시오. 어젯밤에 이미 목책을 세우고 마름쇠를 깔고 나뭇단을 더 많이 쌓아놓았습니다."

바다안개가 차츰 걷히고 있었다. 아침 해가 다대포 바다 위에서 빛을 뿌리고 있었다. 갈치 떼처럼 은빛으로 반짝이는 바다가 멀리 보였다. 건너편 산자락에는 적장의 임시 군막 앞에 대장기가 장대 끝에 올라가 있었다. 윤흥신은 붉고 노란 대장기를 바라보면서 이를 악물었다.

"남의 땅에 함부로 깃발을 꽂다니. 너희들은 반드시 남의 땅을 침략한 대가를 치를 것이다."

"왜장을 제 손으로 죽일 낍니더."

참좌 군관도 턱을 부르르 떨며 말했다. 윤흥신은 다시 성안을 순찰하러 나섰다. 어제 승리를 맛본 수졸들의 사기는 충천해 있었다. 밤새 바다안개의 축축한 한기에 떨었다고는 하지만 눈빛은 살아 있었다. 윤흥신은 장졸들을 보면서 콧잔등이 시큰했다. 아녀자들은 부산진성에서 온 피난민들의 조언대로 얼굴에 검댕을 발랐다. 일부러 흉하게 보이려고 황토까지 바른 여자도 있었다.

아리마는 영리했다. 임시 군막에서 꼼짝 않고 공격의 때를 노리고 있었다. 밤을 새운 부장들은 애가 탔다. 짙은 바다안개로 야간 공격을 하지 못한 것까지는 이해했지만 아침이 돼도 도무지 아리마의 명령이 떨어지지 않고 있기 때문이었다. 부장들 중 일부는 빨리 성안으로 쳐들어가 노략질하지 못해 안달이 나 있었다.

"아리마 장수는 겁쟁이다. 고니시 장군 앞에서는 용감한 척했지만 지금 보니 겁쟁이다."

공격 명령이 자꾸 늦춰지자 부장들이 불만을 터뜨렸다. 더구나 시간이 지날수록 왜군 병사들의 사기는 몹시 위축되어갔다. 아침 일찍 찬밥을 먹였지만 오한이 든 환자들처럼 덜덜 떨고 있었다. 그러나 아리마는 바다안개가 말끔히 걷히기를 기다리고 있을 뿐이었다. 바다안개는 왜군의 편이 아니었던 것이다.

이윽고 아리마는 부장들을 임시 군막 안으로 불러들였다.

"전투 준비는 다 되었는가?"

"네, 아리마 장수님. 성을 삼중으로 에워쌀 준비가 다 돼 있습니다."

"틀렸다."

"우리 조총 공격의 전술은 늘 그래왔지 않습니까?"

"그건 군사가 적보다 압도적으로 많을 때 쓰는 전술이다."

"장수님 전술은 무엇입니까?"

"우리 군사는 이천 명이다. 적은 천 명이지만 성안에 있다. 우리가 절대로 불리한 것이다."

"불리한데도 왜 고니시 장군님께 지원군을 요청하지 않았습니까?"

"지원군 따위는 필요 없다. 내게는 이길 수 있는 전략이 있다."

아리마는 벌떡 일어나 말했다.

"고지를 선점하는 것이 승부의 관건이다. 부산진성 전투도 서문 산자락에 올라 공격한 것이 주효했다. 다대진성도 북문 쪽 산자락을 확보해 조총 공격을 해야 한다. 그러면 무너뜨릴 수 있다."

아리마는 공격 지점과 시점을 정확하게 분석하고 있었다. 그는 다대진성을 삼중으로 포위하는 척하면서 북문 쪽에 승부를 거는 전략을 짜놓고 있었다.

"장수는 두 번 실수해서는 안 된다. 우리 군사가 부산진성에서 한때 좌절했지만 나는 두 번 다시 반복하지는 않을 것이다."

아리마는 다대진성의 매복조에게 당한 분함을 이기지 못해 휘하 장졸들에게 잔인하게 보복할 것을 주문했다.

"저항하는 적들은 철저하게 보복하라. 그래야 항복하는 놈들이 생긴다. 생포했더라도 의심이 가면 가차 없이 죽여도 좋다."

독이 올라 있기는 고니시도 마찬가지였다. 어제 오후 동래성 십 리 밖에서 작전 회의를 끝낸 고니시는 부산진성으로 돌아가 전과를 보고받은 뒤, 새벽이 되어서야 지원군과 보급 부대 군사들까지 총동원하여 임시 군막으로 돌아왔다. 어제 야영한 군사와 지원군까지 합치면 총 삼만여 명의 군사였다. 고니시의 전략은 단순했다. 전력을 최대한 증강하여 속전속결로 동래성을 함락시킨다는 것이었다.

고니시는 부산진성 전투와 달리 새로운 전술도 지시했다. 일선 공격의 왜군들 등에는 붉은 깃발을 달게 했고, 이선 공격의 왜군들에게는 장수처럼 붉은 복장을 한 허수아비를 들게 했다. 부산진성 전투에서 당한 조선군의 화살 공격에 대한 방어책이었다. 깃발로는 조선군을 현혹하고 왜장 전포를 입힌 허수아비는 화살 공격을 유도하기 위한 위장술이었다.

하룻밤 휴식을 취한 휘하 장수들도 고니시의 심정과 같았다. 부산진성의 공방과 다대진성에서 조선군의 매복 공격에 일격을 당해 자존심이 몹시 상해 있었던 것이다. 고니시는 휘하 장수들에게 동래성을 공격하여 무자비하게 보복하라는 명을 내려놓고 있었다.

선조 25년 4월 15일 진시.

동래 부사 송상현은 삼만 명의 왜군들이 동래성을 포위하기 전에 이미 관민을 성안으로 불러들여 방어 작전을 펴고 있었다. 정발 장군의 전령에게서 왜군 침략의 급보를 받은 뒤부터 수성 전략을 수립했던 것이다. 해자가 없는 성문 밖에는 마름쇠를 깔고 목책을 세웠으며 가시덩굴로 울타리를 쳤다. 곳곳에 웅덩이를 파 인분을 넣고 나뭇잎으로 덮었다. 남문 앞 해자에는 물을 끌어와 벙벙하게 채웠다. 양민들에게는 널빤지를 구해 오게 하고 목수들에게는 그 널빤지로 방패를 만들게 했다.

"부산진성 전투서 우리덜은 조총 공격에 당해부렀느니라. 그란께 우리덜은 조총 공격을 막을 방패가 필요헌 것이여."

송상현.

문인이었지만 무인 못지않은 지략을 가지고 있는 동래성 성주였다. 전라도 정읍 태생으로 재주가 뛰어나 십여 세에 경사經史에 통달했고, 십오 세에 승보시에 장원하면서 문재를 드러냈으며 선조 3년에 진사시, 선조 9년에 문과 급제하여 승문원 정자로 관원 생활을 시작했다. 그 후 몇 년 만에 승정원 주서注書 겸 춘추관 기사관記事官에 임명되어 봉직하다가 외직인 함경도 경성 판관으로 나가 변방 사람들에게 유학을 진작시켰으며 다시 내직으로 돌아와 호조, 예조, 공조의 정랑과 군자감의 정正을 지냈다. 그리고 사헌부 지평 및 배천 군수로 나갔다가 선조 24년에 사헌부 집의로서 통정대부가 되어 동래 부사로 임관했다.

사십이 세의 송상현은 야심과 패기가 넘쳤다. 작년에 동래 부사로 부임해 온 뒤 곧바로 성 밖에 나무를 심어 숲을 조성했는데 왜침에 대비하여 복병을 배치하려는 전술적 계산이었다. 멀리서는 성이 숲에 가려 보이지 않는 이점도 있었다.

"양민덜은 기왓장을 뜯어서 성 우그로 옮겨부러라."

일부러 깬 기왓장은 날카로워 성 위에서 던지면 흉기로 변했다. 군기고와 열여섯 채의 곡식 창고와 동헌, 객사, 내아 등 주요 건물만 남겨놓고 모든 건물들의 기왓장을 전투 전에 걷어내 성 위로 옮겼다. 물론 돌멩이도 성 위에 수북이 쌓아 격전에 대비했다.

송상현은 마지막 사열을 받으려고 남문루 호상胡床에 앉았다. 장수가 앞에 서고 창과 활을 든 군졸들이 종대로 줄을 지어 섰다. 동래부의 군사가 가장 많았고, 경상 좌병영의 군사가 가장 적었는데 도합 삼천사백여 명이었다.

동래부 천오백여 명
양산군 칠백여 명
울산군 칠백여 명
경상 좌병영 사백여 명
범어사, 국청사 의승 수군 백여 명

경상 좌병영 병사는 이각이었고, 양산 군수는 조영규, 울산 군수는 이언함이었다. 주장主將은 이각, 좌위장은 울산 군수 이언함, 중위장은 양산 군수 조영규, 의승장은 만홍과 성관이었다. 그런데 중위장 조영규가 아직 보이지 않았다. 송상현에게 허락을 받고 양산으로 갔다가 돌아온다고 했는데 여태 보이지 않고 있었다.

송상현 좌우에는 군관 송봉수와 김희수가 보좌하고 있었다. 원래는 조방장 홍윤관이 송봉수의 자리에 있었는데 그는 척후병들과 함께 정탐하러 나가고 없었다. 군관 송봉수가 조영규를 의심하며 말했다.

"부사 나리, 양산 군수는 고마 이자뿝시더."

"아따, 조 군수는 도망칠 위인이 아니랑께."

"왜놈들이 성 밖에서 얼씬거리는 기 급헙니더. 우짤라꼬 지달리십니꺼."

"으쩌믄 왜군을 피해 돌아오니라고 늦는지 모릉께 쬐끔만 더

기둘러보드라고."

송상현이 안도하는 미소를 지었다. 조영규에 대한 믿음이 통했다. 장성 출신의 조영규가 북문을 통해 달려와 엎드렸다. 말을 타고 힘껏 달렸는지 그의 얼굴은 땀과 흙먼지로 범벅이 돼 있었다. 조영규가 굵은 땀을 훔치며 말했다.

"부사 나리, 왜놈덜에게 안 들킬라고 오다봉께 늦어부렀습니다요."

"노모는 뵈얐소?"

조영규가 이른 아침에 갑자기 양산의 노모를 뵙고 오겠다고 하소연하여 허락했던 것이다. 전투를 앞두고 있었으므로 난감했지만 어머니란 말에 인정상 막을 도리가 없었다.

"인자 나라를 위해 사사私事를 돌아볼 수 읎는 몸이라고 말씀디렸지라우."

"내 맴이 시방 숯땡이멩키로 타부렀그만. 으짜든지 와줘서 고맙소."

조영규는 노모와 헤어지면서 다시 보지 못할 것 같은 생각이 들어 울었다. 아들 조정노에게 할머니 봉양을 부탁했고, 장성 집으로 돌아가라고 일렀다. 자신이 죽는다면 아들이 대를 이어야 했다.

그때였다. 정탐을 나갔던 조방장 홍윤관이 돌아와 보고했다.

"부사 나리, 적은 많고 우리는 적으니 당해낼 수 없을 것 같소. 사태가 위급하니 일단 소산蘇山에 물러나 험고한 지형을 의지하여 방어하는 것이 어떻겠소?"

"성주가 자기 성을 지켜야제 워디로 가겄소?"

송상현이 단호하게 거절하자 장사와 같이 생긴 병사 이각이 얼굴을 찌푸렸다. 술을 마셨는지 콧등이 붉었다. 큰 몸집에 비해 목소리는 의외로 작았다. 홍윤관에게 묻고 있었다.

"왜놈들은 어디까지 와 있소?"

"남문 십 리 밖에 진을 치고 있소."

"군사는 얼마나 되던가요?"

"메뚜기 떼처럼 밭은 물론이고 농주산 산자락을 뒤덮고 있소."

"대군이라는 보고가 사실이구먼요."

경상 좌병영 병사 이각은 왜군에게 공포를 느끼는지 모기만 한 소리로 중얼거렸다. 이윽고 무언가를 작심한 듯 큰 몸집을 뒤뚱거리며 송상현에게 다가와 말했다.

"부사는 이 성을 지키시오. 나는 절제장節制將이니 본영(울산)을 지켜야 하오. 여기에 있을 수 없소."

송상현이 항의하듯 말했다.

"동래성을 구원해줄라고 왔음서 으째서 주장께서 성을 떠나신단 말씸이오?"

"싸우기 용이한 소산역으로 나가서 지원하겠소."

송상현은 이각을 더 붙잡지 못했다. 이각은 이십여 명의 장졸만 남긴 채 북문으로 빠져나갔다. 송상현은 자존심이 상해 더 사정하지 않았다. 장졸 삼천여 명과 성안으로 들어온 양민 만 칠천여 명 등 이만여 명으로 왜군과 맞서 싸울 생각을 했다.

왜군은 고니시 휘하의 만 오천 명의 선봉대와 부산진성에서 새벽에 출발하여 합류한 왜 수군이 섞인 지원군 만 오천 명 등 삼만여 명이 움직였다. 동래성을 이중, 삼중, 오중으로 포위할 수 있는 대군이었다. 공격 선봉대는 고니시의 부대이고 지원군은 뒤에서 엄호할 것이었다.

고니시는 사시가 되자 동래성 남문 앞으로 왜군 척후장 야나가와와 시게노부를 보냈다. 말에 탄 야나가와는 남문 앞에서 팻말을 들고 흔들었다. 그러자 남문을 열고 군관 송봉수가 나갔다. 야나가와가 든 팻말에는 이렇게 쓰여 있었다.

싸우려면 싸우고, 싸우지 않으려면 길을 빌려달라.

戰則戰矣 不戰則假道

군관 송봉수는 야나가와가 건네준 팻말을 들고는 침을 퉤 뱉으며 성안으로 돌아와 즉시 남문루로 올라갔다. 지켜보고 있던 송상현도 고니시가 보낸 팻말을 보고는 비웃었다. 송상현은 직접 붓으로 팻말에 글을 썼다. 남문루에는 벼루와 붓이 준비돼 있었다.

싸우다 죽는 것은 쉽지만, 길을 빌려주기는 어렵다.

戰死易 假道難

송봉수가 성 아래로 팻말을 던졌다. 그러자 야나가와가 팻말을 주워 들고는 성 위를 노려보더니 말을 타고 돌아갔다. 동래성 장졸들도 가만히 있지 않았다. 징과 꽹과리를 치며 돌아가는 야나가와를 야유했다. 송상현은 군관들에게 각자의 위치로 돌아가도록 명했다.

"싸움은 시방부텀이여. 우리는 하나로 뭉쳤응께 왜놈덜은 우리 기세를 결코 꺾지 못헐 것이여. 알겄능가?"

"예, 부사 나리!"

널빤지방패를 든 군사들이 성 위에서 소리쳐 대답했다. 양민들도 성안에서 기왓장과 농기구, 죽창을 들고 복창했다. 아전과 군노, 여종 할 것 없이 송상현을 따르겠다고 맹세했다.

드디어 황령산 산자락과 농주산 취병장에 진을 치고 있던 왜군들이 검은 물소 떼가 달려오듯 남문 밖에 나타났다. 송상현은 왜군들이 총통 유효 사거리 안에 들자 남문 화포장에게 큰 소리로 명했다.

"발포해부러!"

총통이 천둥 치듯 폭음을 내며 불을 뿜었다. 왜군 대오 앞에서 흙먼지가 일어났다. 왜군 서너 명이 보릿단처럼 솟구쳤다가 나동그라졌다. 잠시 후, 왜군은 일제히 조총 공격으로 맞대응했다. 전투는 거의 같은 시각에 다대진성에서도 벌어졌다. 먼 거리에는 조총보다 총통이 더 위력적이었다. 그러나 조총 공격도 만만찮았다. 뎃뽀[鐵砲]라 불리는 격발식 조총은 명중률이 좋았다. 조선군의 화포장들은 총통 포신이 식을 때까지 기다려야 했지만 조총 공격조는 일진, 이진, 삼진이 돌아가며 연속 사격을 했다. 오십 보 이내서는 살상력이 대단하여 꿩의 몸통을 갈기갈기 찢어버릴 정도였다. 그래서 조총鳥銃이라 불렸다. 널빤지방패가 무용지물이 됐다. 조총의 총알이 날아와 뚫어버렸다.

"활을 쏴부러!"

널빤지방패 뒤에 있던 사부들이 활을 쏘아 조총 사격수들을 쓰러뜨렸다. 그러나 왜군들이 인해전술로 몰려왔다. 사부들은 활을 쏘면서 지쳤다. 왜군과 성벽 사이의 거리는 점점 더 좁혀졌다. 양민들은 성 위에서 왜군들을 향해 있는 힘껏 돌멩이와 기왓장들을 집어던졌다. 왜군들은 돌멩이와 기왓장들이 비 오듯 쏟아져 내리자 목책 뒤로 피하거나 뒤로 물러섰다. 이윽고 허수아비를 든 왜군들이 물러났다.

잠시 후에는 조총을 든 왜군들이 다시 앞으로 나와 공격했다. 조총 총알이 또다시 널빤지방패들을 관통했다. 사부들이 피하지 못하고 거꾸러졌다. 그 틈을 이용해 왜군들이 성벽에 사다리를 붙였다. 양민들이 죽창으로 밀고 뜨거운 물을 부어 거머리처럼 성벽에 달라붙은 왜군들을 떼어냈다. 의승 수군들도 긴 장창으로 왜군들의 접근을 저지했다. 등에 깃발을 단 왜군들은 성을 넘어오는 데 필사적이었다. 깃발에는 열십자가 그려져 있었다. 의승장 만홍이 소리쳤다.

"저기 뭐꼬?"

"절 만卍자 같심더."

"열십자 아이가, 부처님 믿는 자들은 아니다카이!"

장창을 든 승병들이 만홍 앞으로 나아갔다. 왜군 하나가 바로 성 위까지 올라와 있었다. 승병이 왜군을 죽창으로 찌르자 왜군 역시 긴 칼을 휘두르며 거꾸러졌다. 만홍이 왜군의 장도를 빼앗아 들었다. 만홍이 승병들에게 소리쳤다.

"물러서지 말그래이! 이것이 시은을 갚는 길이데이."

시은施恩이란 나라와 중생들로부터 받은 은혜라는 말이었다. 의승장 성관은 서문 누각에서 승병을 지휘하고 있었다. 그 역시 만홍의 생각과 조금도 다르지 않았다. 서문 쪽에서 방어하는 승병들에게 두려워하지 말라고 외쳤다.

"성을 지키는 일도 공덕이다. 생사일여인데 무엇을 두려워하랴!"

송상현은 남문루에만 있지 않고 동서남북의 성문들을 돌아다니며 독전했다. 그러면서 주변 군현과 경상 좌수영에 보낸 통인 향리들을 초조하게 기다렸다. 연못 안으로 흙탕물이 번지듯 왜군들이 하나둘 성을 기어 넘어오고 있었다. 그러나 양산군과 울산군의 군사와 범어사, 국청사의 승려들만 응한 상태였고 다른 군현에서는 소식이 없었다. 경상 좌수영 수사 박홍이 이끄는 수군은 본영에서 동래성 쪽으로 오다가 왜군들을 보고는 돌아가버렸다. 그것도 모르고 송상현은 박홍의 지원군을 기다렸다.

"좌수영 수군 지원군은 으째서 소식이 읎다냐?"

"오다가 왜놈들을 보고 돌아가삔 거 같십니더."

"좌수사께서 시방 내빼부렀단 말이여?"

"다대진성으로 내려가다가도 왜놈들 땜시 길이 막혀 가질 못했다꼬 합니더."

"워디서 들은 것이여?"

"수사 나리의 장계를 가지고 달리는 전령에게 들었십니더."

"수사께서는 싸움은 허시지 않고 장계만 올리고 있능갑서야."

"임금님께만 잘 보여 수사 나리만 살라꼬 그란다, 아입니꺼."

"믿을 수 없는 일이그만."

"그짜 포기하이소. 척후병이 수사 나리의 전령을 만나 전해 들은 얘기라카니 확실합니더."

송상현은 입술을 깨물었다. 주장인 병사 이각은 소산역 쪽에서 전투를 치르겠다고 핑계 대며 이미 후퇴해버린 뒤였고, 좌수사 박홍은 수군을 이끌고 어디론가 가버렸다고 하니 성주로서 가슴이 미어졌다. 의승 수군과 양민들이 있다고는 하지만 군사로만 치면 왜군이 삼만 명이니 십 대 일의 싸움이었다.

성안의 군사들은 싸우면서 힘을 잃어갔다. 목숨을 내놓겠다는 전의도 소용없었다. 토병인 김상의 아내와 딸조차도 지붕 위로 올라가 기왓장을 뜯어 내리지만 그것을 받아 나르는 손길이 끊어졌다. 성안의 양민들이 남문과 서문 쪽으로 한꺼번에 밀렸다. 우왕좌왕하는 양민들 사이에 밟혀 죽는 아녀자들이 생겨났다. 이언함이 지키던 동문의 방어선이 먼저 무너졌던 것이다. 북문을 집중 공격하리라는 예상을 뒤엎고 왜군들은 동문을 뚫고 들어왔다. 고니시는 휘하의 장수들에게 두 가지를 명했다.

"반항하는 자는 모조리 죽여라."

"성주를 찾아 반드시 잡아 와야 한다."

어느새 성안은 조선의 군사와 왜군, 양민, 승병들로 뒤엉켰다. 곳곳에서 목숨을 주고받는 백병전이 벌어졌다. 기왓장을 뜯어내던 양민들과 김상의 아내와 딸도 지붕에서 굴러 떨어져 죽어갔다. 송상현의 지시는 더 이상 전달되지 않았다. 명을 전하는 군관과 통인들도 전사해 나타나지 않았다. 송상현의 눈가에 눈물이 주르륵 흘렀다. 목멘 소리로 명을 내리지만 입술에 피가 맺힐 뿐이었다.

송상현은 조방장 홍윤관, 군관 송봉수와 김희수 등과 함께 남문루를 지켰다. 남문 성벽 위에는 아직도 많은 군사들이 왜군을 방어하고 있었다. 그러나 한 식경 전부터 전세는 기울고 있었다. 송상현이 충직한 관노 신여로를 불러 말했다.

"나는 마땅히 여그를 지켜야 할 신하여. 그런디 니는 봉양헐 노모가 있지 않느냐. 어서 여그를 빠져나가부러라잉."

"부사 나리와 함께 있겠십니더."

송상현을 시중들었던 신여로는 꿈쩍을 안 했다. 신여로의 말이 떨어지자마자 향리 대송백과 소송백, 그리고 관노 철수와 매동도 무릎을 꿇고 엎드려 끝까지 함께하겠다고 맹세했다. 그러자 송상현이 신여로에게 동헌으로 가서 조복과 사모를 가져오라 일렀다. 곧 내아에 있던 첩 김섬과 여종 금춘이 조복과 사모를 가지고 남문으로 왔다. 김섬은 함경도 경성 판관으로 있을 때부터 인연을 맺은 첩이었다. 송상현은 투구를 벗고 사모를 쓴 뒤 붉은 조복을 입고 호상에 앉아 부하들에게 말했다.

"내 배꼽 아래 껌정 콩알만 헌 점이 있응께 죽거든 시체를 살펴 거두어라잉."

"나리."

"정읍에 부친이 겨시니라. 글을 지을 텡께 느그덜 중에 아무라도 전해주믄 좋겄다."

송상현은 남문루에 비치된 벼루에 먹을 갈게 한 뒤 붓을 들었지만 손이 떨려 잠시 호흡을 가다듬었다. 벼루에 굵은 눈물이 서너 방울 떨어졌다. 이윽고 송상현은 평소에 사용하던 부채에다 아버지 송복흥에게 남기는 시 한 수를 써 내려갔다.

고립된 성을 적이 달무리같이 에워싸니
큰 진에서 구원을 오지 못하고
임금과 신하 간의 의리가 더 중하나니
자식으로서 부모 은혜를 가볍게 했나이다.

孤城月暈
大鎭不救
君臣義重
父子恩輕

붉은 조복을 입은 송상현은 왜군들 눈에 띄었다. 왜군들이 장도와 창을 들고 달려들었다. 그러나 왜군 한 명이 송봉수와 김희수의 장창에 쓰러졌다. 송상현 앞에서 관노 철수와 매동은 죽창을 들고 막았다. 첩 김섬은 내아로 돌아가다 왜군들에게 잡혀 목이 베였고, 여종 금춘은 포로로 잡혔다. 조방장 홍윤관이 송상현에게 애원했다.

"부사 나리, 전세가 이 지경에 이르렀으니 성 뒤에 있는 험고

한 소산으로 가야 합니다. 소산에 의지해 싸운다면 가히 지킬 수 있을 것입니다."

그래도 송상현의 마음은 움직이지 않았다. 송상현이 조용히 말했다.

"조방장, 나는 성을 죽음으로써 지킬라요. 여그서 물러간들 워디로 가겄소? 왜놈덜에게 조선 선비의 절개라도 보여줘야 쓰지 않겄소?"

"그렇다면 저도 부사와 같이 죽겠소."

송상현 곁에서 공무를 도왔던 충직한 향리 대송백과 소송백이 큰 소리로 통곡을 했다. 송봉수와 김희수는 장창을 들고 가까이 오는 왜군의 목을 찔렀다. 그때 왜군 장수 야나가와 시게노부가 다가와 외쳤다.

"부사, 전세는 이미 기울었습니다. 어서 몸을 피하시오."

"무도하그만. 그대덜은 도리를 모르는 야만인이여."

왜군의 척후장인 야나가와는 대마도주 소 요시토시의 부관으로 겐소 등과 조선 사신 일행으로 드나들었던 적이 있는데 환대해준 송상현과 구면이었다. 야나가와가 소 요시토시의 제의라며 다시 숨을 것을 권했지만 송상현은 거절했다.

바로 그때 왜군들이 무지막지하게 밀려들었다. 숫자를 앞세운 백병전이었다. 살육전은 순식간에 끝났다. 왜군들이 지나간 남문루에는 송상현을 호위하고 있던 조방장, 군관, 향리, 노비 등의 시신이 뒹굴었다. 부산진성에서 당한 왜군들의 보복전은 멈추지 않았다. 아녀자들을 무릎 꿇린 채 뒤에서 칼로 내리치고 어린아이들 머리통에 조총을 겨냥해서 쏘았다. 서문 밖에 있던 동래 향교의 교수 노개방은 성안으로 들어와 객사에 봉안된 임금님의 궐패를 지키다가 유생 문덕겸, 양조한과 함께 정원루에서 죽었고, 그의 아내 이씨 부인은 밀양에서 왜군을 만나자마자 남편의 과거 합격증을 품은 채 낙동강으로 투신하여 자살하고 말았다. 왜군들은 성 안팎에서 투항하지 않고 맞서는 조선 관민들을 인정사정없이 칼로 베고 조총으로 쏴 죽였다.

한편, 대장 고니시는 왜군들을 시켜 성안의 시신들을 남문 앞 해자에 던져버렸다. 해자는 물 대신 시신으로 메워졌다. 해자가 가득 차자 시신을 성 밖의 야산에 버렸다. 조선 장졸과 양민을 합친 전사자는 오천여 명, 왜군의 사상자는 오백여 명이었고, 조선인 포로는 오백여 명이었는데 그중에는 울산 군수 이언함과 피난 갔다가 송상현이 순절했다는 소문을 듣고 돌아온 소첩 이양녀도 끼어 있었다.

고니시는 생포한 이언함을 공조판서 이덕형과 협상하는 데 활용하려고 했다. 이덕형에게 보내는 편지를 이언함에게 주어 보냈던 것이다. 그러나 이언함은 자신이 포로가 됐다는 것을 숨기기 위해 고니시가 이덕형에게 전하라고 준 편지를 몰래 찢어 버렸다.

다대진성도 동래성과 비슷한 시각에 함락되었다. 형제인 윤흥신과 윤흥제가 서로 두 손을 잡은 채 최후를 맞았다. 형제가 목숨을 내놓고 분투했지만 전력의 열세를 극복하지 못했다. 말 그대로 중과부적이었다.

왜군 장수 소 요시토시는 조선 장수들의 꺾이지 않는 충성심에 혀를 내둘렀다. 그는 송상현을 생포하지 못하고 죽인 왜군 병사를 잡아 죽이라고 명했다. 포로가 된 향리 소송백과 관노 철수가 소 요시토시의 묵인 아래 송상현의 시신을 찾아 밤꽃이 피기 시작한 북산 밤나무 숲에 매장하고 조선충신송공상현지묘朝鮮忠臣宋公象賢之墓라는 푯말을 세웠다. 그리고 조총에 맞아 숨진 다대진성 첨사 윤흥신과 윤흥제의 시신은 서로 잡은 손이 풀어지지 않았으므로 관 하나에 담은 뒤 힘센 충복의 지게에 얹혀 그의 고향 집이 있는 고양으로 몰래 보내졌다.

효시

이순신은 술시(밤 7시-9시)에 경상도에서 오는 여러 통의 공문을 한꺼번에 받았다. 쏙독새가 숨넘어갈 듯 자지러지게 우는 해 질 무렵이었다. 경상 우수사 원균, 경상 좌수사 박홍, 경상 감사 김수 등이 보낸 급보였다. 공문을 전달하는 역졸들이 바쁘게 동헌을 드나들었다.

"사또 나리, 급보이옵니다요!"

술시에만 세 명의 역졸이 동헌을 다녀갔다. 내용은 거의 같았다. 왜군 침략이었다. 왜군이 부산포에 침략한 지 이틀 만에야 전라 좌수영까지 급보가 전해진 것이다. 사흘 전, 거북선 함포사격을 마지막으로 한 다음 날에 왜군이 부산포를 침략한 셈이었다. 이순신은 당황하지 않았다. 이미 일전을 불사하겠다는 각오가 서 있었다. 푸르스름한 명검의 칼날을 바라보는 것처럼 야릇한 쾌감마저 들었다. 왜군 침략은 예견한 대로였다. 이순신은 붓을 들어 먹을 묻혔다. 묵향이 다른 날과 달리 무겁게 코끝을 스쳤다. 한지에 먹이 스며들어 나타난 글자는 단 두 글자였다.

여시如是

이순신은 암호문 같은 여시의 뜻을 풀듯 중얼거렸다.
'내가 예견한 대루 왜란인 겨.'
이순신은 심호흡을 했다. 작년 2월에 전라 좌수영으로 부임해 온 뒤부터 줄곧 이때를 기다려온 듯도 했다. 거북선 함포사격을 마지막으로 한 뒷날에 왜군이 쳐들어온 것이다. 마음이 초조하거나 두렵지 않았다. 전라 좌수영 장졸들의 사기도 정점에 치달은 시점이었다. 이순신은 방문을 닫은 채 동헌 숙직 수졸에게 큰 소리로 말했다.
"송 군관은 워디 있는 겨?"
"영 안에 있습니다요."
"얼릉 오게 혀."
쏙독새가 어스름이 깔리는 숲에서 쫒쫒쫒 하고 숨 가쁘게 울었다. 좌수영 수졸들은 머슴새라고도 불렀다. 애기머슴이 소 풀을 뜯기러 산속으로 갔다가 나무 아래서 소나기를 피하던 중에 소를 잃고 주인의 매가 무서워 밤새 찾아 헤매다가 산속에 쓰러져 죽었는데, 애기머슴의 넋이 머슴새로 변해 봄이 되면 날아와 운다고들 했다. 쏙독새는 낮에는 이끼 낀 바위 옆에 숨어 있다가 해가 지고 나면 자지러지게 울었다.

"수사 나리, 찾으셨는게라우?"

"나나 희립이가 예상한 대루 왜란이 난 겨."

송희립도 놀라지 않았다. 주먹을 쥐었다 폈을 뿐이었다. 작년부터 내내 왜적이 쳐들어온다는 가상하에 훈련과 방비를 혹독하게 해왔기 때문에 겁날 것이 없다는 얼굴이었다. 이순신은 송희립에게 지시했다.

"오관 오포에 비상경계령을 내리고 모든 군사는 정위치에서 명을 기다리도록 전하게."

"예, 수사 나리."

"왜군허구 일전을 불사해야 헐 날이 온 겨."

"나리, 저도 오늘을 지달렸그만이라우. 명을 내리시믄 내일 아척이라도 당장 수졸덜을 이끌고 겡상도로 가불랍니다."

"고건 아녀. 우덜 군사가 겡상도로 움직일라믄 임금님 명이 있으야 혀."

"겡상도에 왜적놈덜이 침범혔는디도 그래라우?"

"기여."

송희립은 이순신의 군령을 전하러 동헌을 나갔다. 진무청의 전령 진무들이 오관 오포에 이순신이 내린 군령을 신속하게 전할 것이었다. 이순신은 방금 받은 급보들을 종합하여 공문을 작성한 뒤 역참의 역졸들을 불러들여 전라 순찰사, 병마사, 전라 우수사 이억기에게 급송했다. 그리고 조정의 비변사에 올릴 장계를 써서 띄웠다. 장계의 내용은 전라 순찰사에게 보낸 공문과 흡사했다. 비변사에서는 왜군 침략 사실을 먼저 보고받았을지도 몰랐다.

잠시 후, 동헌을 나온 이순신은 객사로 들어가 군관과 진무들을 불렀다. 보름달 빛이 객사 문틈으로 비집고 들어왔다. 보름날이었지만 성종 임금의 초비初妃 공혜왕후의 제삿날이었으므로 따로 망궐례를 지내지 않았던 것이다. 그러나 상황은 비상경계령을 내려야 할 전시였다. 본영에 있는 군관과 진무들만이라도 임금에게 목숨을 바쳐 적을 물리치겠다는 맹세가 필요했다. 물론 이순신의 판단이었다.

이순신이 향로에 향을 피웠다. 이순신 뒤로는 의승청의 수승과 군관, 그리고 객사 문 밖에는 진무들이 도열했다. 지난 초파일 뒤부터 수승은 성운이 가고 의능이 맡고 있었다. 이순신이 절을 시작하자 일동 모두가 따라 했다. 절은 궐패를 향해 네 번을 했다. 사배가 끝나자 이순신이 말했다.

"왜적이 4월 13일 부산포에 침략혔다는 급보를 방금 받았는디 우덜은 이때를 예견허고 방비를 해온 겨. 오관 오포의 용맹스러운 장수덜이 있구, 장수덜을 따르는 충성스러운 군사가 있구, 우덜을 믿구 의지허는 백성덜이 있는디 뭣을 걱정헐 것인감. 뭣보담두 우덜에게는 거북선 두 척이 있으니께 두려워헐 것이 없는 겨! 방금 상감마마 앞에서 우덜 맴을 하나루 모았으니께 바다를 건너온 왜적과 싸운다믄 반다시 이길 것이여."

바다안개가 서서히 성 북봉을 향해 올라왔다. 안개 무리가 긴 명주 천을 펼치듯 굴강의 바다를 덮더니 성을 넘어왔다. 그러나 어제의 기세와 판이하게 달리 엷었다. 보름달은 망사 같은 바다안개를 뚫고 빛을 뿌렸다. 안개의 물방울들이 달빛에 반사되어 반짝였다. 진무들이 서성거리는 객사 뜰은 훤했다. 석인들 앞에 있는 노주대爐柱臺에서도 횃불이 불티를 내며 타올랐다. 불티는 반딧불이처럼 날아다녔다. 이순신이 갑자기 귀밑머리가 허연 의능을 불러 말했다.

"수승은 헐 말이 읎시유?"

"임금님을 모시는 객사에서 소승이 무신 헐 야그가 있겄습니까요."

"오늘은 공혜왕후 제일이니께 한마디 혀봐유. 중덜이 명복을 잘 비니께 권허는 거지유."

그제야 의능은 공혜왕후의 명복을 빌어달라는 뜻으로 알고 예를 갖추어 말했다.

"송광사에서 중이 된 소승은 메칠 전에 여그 의승청 수승으로 왔습니다요. 성종 임금님의 원비이신 공혜왕후께서 열아홉에 서거허시자 광평 대원군 아내이신 신씨 부인께서 견성사 중덜을 시켜 공혜왕후님의 명복을 빌고자 『지장보살본원경』을 간행허셨지라우. 소승은 그 『지장보살본원경』을 송광사에서 보고 독송한 적이 있었습니다요. 잊아불고 있었습니다만 오늘이 공혜왕후 제삿날이라고 하니 참으로 인연이 지중헙니다요."

의능은 붉은 가사가 어깨 쪽으로 처지자 한 손으로 끌어올리며 대답을 마저 했다.

"수사 나리, 명복을 비는 일은 여러 가지가 있겄지라우. 염불을 허기도 하고, 능을 찾아가 참배허기도 하고, 배고픈 사람덜에게 재물을 나눠주기도 하는 등 여러 가지가 있겄지라우. 허나 소승은 왜적이 쳐들어왔으니 목심을 내놓고 싸워 우리 땅을 지키는 일이야말로 중답게 명복을 비는 일이라 생각헙니다요."

"수승의 이름을 올봄에 흥양 순시하는 동안 들은 바 있는디 듣던 대루 인품이 훌륭허구먼유."

"과찬입니다요. 역대 임금님과 왕비마마들께서 불교를 외호허셨는디 그 은혜를 뭣으로 다 갚겠습니까요. 왜란이 일어났응께 기꺼이 목심을 아끼지 않고 싸우는 것이 마땅헌 일이겄지라우."

이순신은 의능의 인품에 반했다. 왜군이 침략한 위중한 상황이었으므로 한가하게 의능의 이야기나 듣고 있을 시간이 없었지만 이순신은 심중을 숨기고 의능에게 말을 더 시켰다. 평소에 은근히 승려를 얕보던 군관이나 진무들이 고개를 갸웃거렸다. 그러나 이순신은 군관이나 진무들에게 의능을 돋보이게 각인시켜 때가 되면 크게 쓰려고 계산하고 있었다.

"조선은 유교를 숭상허구 불교를 눌러왔는디 목숨을 바쳐 은혜를 갚고자 헌다니 믿어지지 않는구먼유."

"아닙니다요. 태조 임금께서는 신덕왕후님의 명복을 빌고자 흥천사에 부처님 사리를 봉안한 사리전을 지서주셨고, 손자인 세종 임금께서는 왜왕이 달라는 해인사 팔만대장경을 끝내 지켜내신 분입니다요. 또한 세조 임금께서는 신미대사로 하여금 수많은 불경을 언해허게 허셨으며, 성종 임금님의 어머니이신 인수대비께서는 해인사에 베 천이백 필과 쌀 천오백 가마를 하사허시어 학조대사가 팔만대장경을 봉안한 해인사 장경판전과 대적광전을 중수허셨습니다요."

"팔만대장경은 고려조에 나라를 구허고자 만든 경판이지유?"

"수사 나리, 그렇습니다요. 조선조의 역대 임금님과 왕비님들께서 무릇 불교를 이와 같이 외호허셨으니 이제는 우리 중덜이 성은에 보답헐 차례입니다요. 의승청 중덜은 수사 나리의 명을 받들어 왜적을 물리치는 데 온 힘을 다할 것입니다요."

의능이 이순신에게 거듭 충성을 맹세하자, 수졸 고참인 진무들의 태도가 달라졌다. 건들거리며 의능의 얘기를 듣던 자세가 어느새 부동자세로 바뀌었다. 이순신에게 예를 지키면서도 거침없이 말하는 의능의 기개에 자못 놀랐다. 사실 이는 이순신이 기대한 바였다. 의능을 의승장으로서 권위를 세워주고자 하였던 것이다.

"각자 자기 자리로 돌아가 사변에 대비혀."

이순신은 군관들과 진무들을 해산한 뒤 진해루로 내려갔다. 드디어 예견했던 사변이 오고야 말았는데도 마음은 평온했다. 머릿속은 얼음처럼 차가웠다. 굴강의 바다를 내려다보는 이순신의 얼굴에서 안광이 번뜩였다. 호상에 앉으니 해 질 무렵에 쓴 장계의 끄트머리 문장이 절로 떠올랐다. 임란의 사태를 맞아 조정의 비변사에 올리는 첫 장계였다. 이순신은 마치 임금 앞에서 조아리듯 중얼거렸다.

'신은 군사와 전선들을 낱낱이 정비하여 바다 어귀에서 사변에 대비하면서 전라 관찰사, 전라 병마절도사, 전라우도 수군절도사에게 모두 급히 공문을 띄우고 연해안 각 고을과 포구에도

동시에 공문을 돌려 단단히 조치하였나이다.'

굴강의 전선들은 연막 같은 어둠과 바다안개에 가려 보이지 않았다. 거북선이 정박한 두산도 진의 횃불 불빛만 껌벅껌벅 명멸하고 있었다. 좌수영 본영 선소에서 만든 거북선은 진즉에 출전이 용이한 두산도 진에 숨겨놓았던 것이다. 송희립이 달려와 말했다.

"수사 나리, 오관 오포 고을과 포구에 모다 군령을 전했습니다요."

"동헌에 가서 내 활을 가져오게."

"밤인디 뭣 땜시라우?"

"희립이 활도 가져오고."

"오매, 지 것까정도라우?"

"기여. 그라고 군관덜을 다 불러와. 각자 활을 들구."

이순신은 몹시 궁금해하는 송희립에게 더 이상 말하지 않았다. 송희립은 이순신의 번득이는 안광에 기가 죽었다. 결단의 순간에 보아왔던 안광이었다. 송희립은 머리끝이 쭈뼛했다.

잠시 후, 수승 의능이 왔다.

"수사 나리, 의능입니다요."

"부르지 않았는디 무신 일이유?"

"송 군관님이 여그 겨신다고 혀서 왔습니다요. 의승청 중덜은 모다 바깥에 나와 무술을 익혀불고 있습니다요."

"무너진 성 쌓구 해자 파니라구 고단헐 텐디."

"중덜이 목탁은 잘 쳐도 무술은 시원찮혀서 그럽니다요."

"수승이 그래주니께 믿음직허구먼유."

"수사 나리, 고맙습니다요. 아까 나리께서 지 체통을 겁나게 세워줘불드그만요."

"무술 지도는 누가 시키구유?"

"중덜 가운데 무부 출신도 있어라우. 엥간헌 담도 뛰어넘을 정도니께 솔찬헙니다요."

"중덜이 우덜보다 잘허는 재주가 있다믄 뭐유?"

"재주라기보담도 산에서만 사는 사람덜이라 산길을 잘 타붑니다요. 또 탁발을 산지사방으로 다닝께 손금 보듯이 지리에 밝고라우."

순간, 이순신은 승려들에게 해안을 정탐하는 척후병 역할을 주어도 잘할 것이라는 믿음이 생겼다. 산지사방으로 탁발을 다녔다고 하니 그런 판단이 들었다. 또한 왜적과 마주쳤을 때 살아남으려면 승려들에게도 군사훈련이 필요하다고 생각했다.

"내일부텀은 군관을 의승청에 보내 군사훈련을 시켜야 쓰겄구먼유."

"알겄습니다요. 근디 나리, 날씨가 쌍크롬헝께 고뿔 조심허셔야 헙니다요."

의능이 합장하고 돌아가자 바로 송희립과 함께 여남은 명의 군관들이 진해루로 올라왔다. 조방장 정걸, 군관 정대수, 정린, 정철, 서춘무, 이대립, 김두일, 이봉수, 황상중, 박대복, 박진현, 나대용, 황득중 등과 고참 진무 박만덕이었다.

이순신이 앉은 호상 좌우로 조방장과 군관들이 좌정했다. 송진 타는 냄새가 진해루까지 흘러와 군관들의 코를 자극했다. 노주대의 횃불을 간솔 무더기로 태우고 있었다. 이순신이 말했다.

"유기종 군관은 워디 간 겨?"

"나리의 공문을 가지고 광양 갔습니다요."

"워째서 위중한 이때 군관이 간 겨?"

"백운산으로 돌아간 성운 수승까정 만난다고 헙니다요."

"그려? 성운도 돌아와 나를 도울 때가 있으야지."

송희립은 이순신 바로 뒤에 서서 대답했다. 보름달이 얼룩진 창호처럼 어느새 빛을 잃고 있었다. 분화구가 수증기를 뿜어 올리듯 굴강의 바다는 쉬지 않고 안개를 토해냈다. 정걸이 말했다.

"공께서 또다시 부른 이유가 뭣이당가요?"

"군관덜 모다 활쏘기를 해야 쓰겄소."

달려온 군관들이 놀랐다. 바다안개가 자욱한 사장(활터)으로 나가 활쏘기를 하겠다니 이해할 수 없었다. 송희립이 먼저 반대했다.

"수사 나리, 좀 전만 해도 활을 쏴불 만했는디 시방은."

"이 공, 해무로 아무것도 안 보이는 시방 활을 쏴부러야 헐 이유가 있습니까요?"

"우덜은 이런 해무 속에서 한 번도 시위를 땡겨본 적이 읎슈. 고것이 이유지유."

이순신은 군관들에게 바다안개와 상관없이 활쏘기를 명했다. 눈앞이 안 보이는 안개 속에서도 전투가 치러질 때가 있을 것이므로 비슷한 상황에서 한 번이라도 훈련해야 한다는 것이 이순신의 판단이었다.

"그렇다믄 활터에 횃불을 밝혀야 헐 것 같습니다요."

이순신은 여러 군관들을 둘러보며 단호하게 말했다.

"싸움은 때를 개리지 않는 겨. 고것이 시방 활을 쏘자구 헌 이유니께 군관덜은 각자 활을 들고 사장으루 몬자 가 집합혀! 박 진무는 여기 남구."

군관들이 진해루에서 다 내려가고 난 뒤 이순신이 박만덕에게 말했다.

"박 진무는 글을 안다고 혔지?"

"예, 쪼깐 알지라우."

"내 다시 부를 테니께 지달려."

"고것뿐인게라우?"

"기여. 몸이 아픈 포작 수졸덜은 읎는가?"

"모다 사또님 덕분에 잘 지내고 있그만이라우."

"알았으니께 사정으루 가봐."

무더기로 몰려온 바다안개가 성안을 덮어버렸다. 보름달도 이제는 바다안개 저편에 탈바가지처럼 걸려 있을 뿐이었다. 그러나 이순신의 고집은 아무도 꺾지 못했다. 자신이 명한 대로 남문 앞 사정에서 활쏘기 훈련을 강행했다. 미리 간 군관들은 과녁 주위에 횃불을 켜놓고 한 발이라도 더 맞추고자 습사를 하고 있었다.

이순신은 군노가 이끄는 말을 타고 사장으로 갔다. 활시위를 당기는 습사대 뒤에서는 모닥불이 탁탁 소리를 내며 타고 있었다. 차가워진 바다안개로 시위를 당기는 손이 곱을까 봐 누군가가 피운 모닥불이었다. 연기를 쐰 이순신이 얼굴을 몹시 찡그렸다. 이순신은 가장 연장자인 조방장 정걸을 불러 나무랐다.

"조방장님, 이건 훈련이 아니쥬."

"군관덜 모다 원해서 불을 피와뻔졌습니다요."

"전시니께 불을 모다 꺼유."

이순신이 밤안개가 짙은데도 불구하고 활쏘기 훈련을 시키는 이유를 아는 군관은 드물었다. 송희립마저 이해를 못 하고 과녁의 횃불은 그냥 두자고 말했다.

"수사 나리, 과녁의 횃불은 그냥 두겄습니다요."

"고것도 꺼야 써."

"횃불을 꺼불믄 화살이 맞었는지 으쩐지 모릉께 그러지라우."

"화살을 다 쏜 뒤 횃불을 켜두 될 겨."

사장의 모든 불을 꺼버리자 그림자처럼 움직이는 군관들만 흐릿하게 보였다. 이순신이 사정射亭에 올라 소리쳤다.

"우덜은 작년부터 어제까정 활쏘기를 쉬지 않구 혔다. 오늘 쏜 화살이 그대덜의 진짜 실력일 겨. 과녁은 습사대에서 삼십 보 거리에 있다. 비록 해무가 짙어 아무것도 보이지 않지만 평소 훈련헌 대루 쏜다믄 뭣이 에렵겄느냐. 나부텀 쏘겄다. 오늘 과녁은 왜적이다. 정신을 집중하믄 과녁이 보일 것이니라. 알겄느냐?"

"예, 사또 나리!"

군관들의 복창 소리가 사장에 울려 퍼졌다. 사정 뒤 북산 산자락 숲에서 간헐적으로 들려오던 소쩍새와 쏙독새 소리가 놀란

듯 뚝 끊어졌다. 이순신이 사정에서 내려와 습사대에 설 때까지 짧은 정적이 흘렀다. 이윽고 이순신이 효시를 쏘아 올렸다. 전투를 시작할 때만 효시를 쏘지만 이순신은 군관들의 전의를 북돋기 위해 소리 내며 날아가는 효시를 쏘아 날렸다.

삐이이이이.

귀신 우는 소리라 하여 왜적이 두려워하는 효시의 소리였다. 바다안개 때문인지 효시 소리는 더욱 크고 또렷하게 들렸다. 군관들이 전의가 솟구치는 듯 함성을 질렀다. 이윽고 이순신이 습사대에서 활을 잡았다. 늘 서던 자리에서 1순을 쉬지 않고 쏘았다. 바다안개에 가려 보이지 않는 과녁을 향해 쏜 다섯 발이었다. 황득중이 습사대 뒤에서 "횃불을 켜시오!" 하고 소리치자, 잠시 후 과녁 뒤에서 한 수졸이 횃불을 들고 나타났다.

"네 발 명중이요!"

군관들이 또다시 함성을 질렀다. 믿어지지 않는지 탄성과 함께 박수 소리도 터졌다. 그러나 이순신의 목소리는 들뜨지 않고 차분했다.

"그대덜두 나와 다르지 않을 겨."

이순신은 사장의 훈련을 정걸에게 맡기고는 자신은 동헌으로 돌아왔다. 화살을 쏘고 나니 비로소 서늘한 전율이 등골을 타고 흘렀다. 전시의 현실로 돌아온 듯 긴장감이 들었다. 이순신은 바로 내아로 가지 않고 동헌에 들러 공문을 기다렸다. 시시각각의 전황을 알리는 긴박한 급보가 올지도 모르기 때문이었다. 이순신은 전포를 벗지 않고 그대로 앉은뱅이책상 앞에 앉았다. 기름불이 화살촉처럼 꼿꼿이 서서 탔다. 효시를 쏘았으니 전투는 이미 시작된 것이나 다름없었다.

이틀 후.

소쩍새가 피를 토하듯 우는 밤중이었다. 이순신은 또다시 경상도에서 오는 공문을 받았다. 급보의 내용은 부산진성, 다대진성과 동래성이 차례로 함락됐다는 비보였다. 쏙독새 울음소리가 쯧쯧쯧 더욱 구슬프게 들려왔다. 이순신은 동헌방에 홀로 앉아서 이를 악물고 입술을 깨물었다. 분하고 원통했다. 왜군을 절영도 바다와 부산포에서부터 막지 못한 장수들이 안타깝고 원망스러웠다.

'겡상도 장수덜은 워째서 왜적을 바다에서부텀 틀어막지 않구 육지 쪽으루다가 불러들여 싸움을 벌이는 겨.'

뾰쪽한 날창 끝이 기름불에 번뜩였다. 이순신은 검대에 세워둔 장검을 뽑았다가 다시 집어넣었다. 적개심이 솟구쳐 몸을 부르르 떨었다.

그 시각에야 한양의 선조와 대신들은 경상 좌수사 박홍이 띄운 왜군 침략의 장계를 받고는 놀랐다. 이후 전해지는 장계마다 마음이 나약한 선조를 극도로 불안하게 했다. 경상도의 여러 고을이 차례로 함락되었다는 급보뿐이었다. 조정 대신들과 한양의 양민들은 악몽을 꾸듯 공포에 떨었다.

선조는 유성룡 등과 의논한 끝에 황급히 신립을 도순변사, 이일을 순변사, 김여물을 종사관에 임명한 뒤 김성일을 경상우도

초유사, 김륵을 경상좌도 안집사로 삼아 양민들의 마음을 안정시키고 관군들의 항전을 독려했다.

한편, 부산진성과 다대진성, 동래성을 무너뜨린 왜군 제1군의 대장 고니시 유키나가는 중로中路(동래-양산-청도-대구-인동-선산-상주-조령)로 북진한다는 작전을 세워두고 있었다. 그리고 왜군 제2군의 대장 가토 기요마사는 좌로左路(동래-언양-경주-영천-신녕-군위-용궁-조령)로 북진하다가 제1군과 조령에서 합세하여 올라가 충주성을 함락하고 제1군은 여주, 양근(양주), 용진 나루, 경기 동로에서 동대문으로 들어가고, 제2군은 죽산, 용인, 한강 나루에서 남대문에 도착한다는 작전하에 한양 입성을 두고 천주교 신자인 고니시 유키나가와 불교 신자인 가토 기요마사가 경쟁했다.

왜군 제3군의 대장 구로다 나가마사는 우로右路(김해-성주-무계-지례-금산-추풍령-영동-청주-경기도-한양)로 북진하고, 왜 수군의 대장 도도 다카토라와 와키자카 야스하루 등은 경상과 호남, 충청의 해안으로 서진하여 한강을 거슬러 올라 한양에 입성한다는 것이었는데, 왜 육군과 왜 수군 공격은 모두 도요토미 히데요시의 재가를 받은 북진 작전이었다.

활과 애첩

날이 아욱국 빛깔로 잔뜩 흐렸다. 이순신은 몸이 찌뿌둥하여 본영을 한 바퀴 돌았다. 간밤에도 자는 둥 마는 둥 했던 것이다. 신발이 이슬에 젖었다. 전포 자락에도 이슬이 묻었다. 옅은 바다 안개는 성 북봉 봉우리에 백발처럼 얹혀 있었다. 새소리로 보아 비가 올 것 같지는 않았다.

첫 공무는 순찰사의 지시를 이행하는 일이었다. 발포 권관이 공석이니 가장假將이라도 지명하여 보내라는 것이었다. 이순신은 이미 거북선을 건조해낸 나대용을 점지해두고 있었다. 송희립도 그 사실을 알고 있었다.

"오늘 나 군관을 발포 가장으로 보낼 겨."

"거북선 맹그니라고 고상혔응께 쉬라고 보내는갑네요잉."

"반다시 고건 아니여."

"뭣 땜시 그랍니까요?"

"송 군관만 알으야 써. 발포 선소에서 또 거북선을 건조할 겨."

"두 척이나 맹글었는디 더 필요헌게라우?"

"두 척씩 교대루 출전할 수 있으야지. 그러니께 네댓 척은 되야 혀."

"전투허고 나믄 수리도 혀야겄지라우."

"전시니께 발포루 얼릉 떠나라구 혀. 나헌티 인사 올 것 읎이 말여."

이순신은 나대용을 발포 가장으로 임명한다는 전령을 한지에 썼다. 그런 뒤 정식 임명장을 송희립에게 건넸다. 전시 중이었으므로 신고식은 생략했다. 날마다 공무로 만나는 군관들이어서 이심전심으로 통했다.

본영은 어느 때보다도 수군들이 바쁘게 움직였다. 예비군 성격의 토병들이 점고를 받고 돌아가거나 새로 입대할 장정들이 본영 성문을 오갔다. 오관 오포에서 새로 입대할 장정은 칠백여 명에 달했다. 남문 성 위에는 전시를 알리는 깃발들이 펄럭이고 있었다. 평시와 다른 긴장감이 감돌았다.

잠시 후에는 군관 유기종이 동헌방으로 들어와 보고했다. 이순신은 유기종을 보자마자 불만스럽게 말했다.

"토병덜 점고는 워째서 늦어지는 겨?"

"인자 순천 군사만 남었그만이라우."

"오관 중에서 순천은 가장 지근 거린디 워째서 느려터졌댜?"

"사실은 쌍봉 석보(석보창)까정 와 있다고 허그만이라우."

"인솔자가 누군 겨?"

"병방 아전이겄지라우."

오관 오포의 다른 곳은 토병들을 병방 향리가 데리고 와 이미 점고를 받았다. 그런데 좌수영에서 가장 가까운 순천부만 아직 점고를 받지 않아 유기종은 안절부절못했다. 순천부 병방 향리의 근무 태만이 분명했다.

"전시 중인디 워째서 평상시맹키루 미적댄댜. 유 군관, 당장 석보루 가서 병방 구실아치를 잡아 와 가두지그려."

"예, 수사 나리."

"신여량허구 무과 동기라구 혔제?"

"예."

"여량이는 시방 워디 있는 겨?"

"아적도 권율 장군 밑에서 부장으로 있는갑습니다요."

이순신은 무슨 연유인지 유기종만 만나면 신여량이 어디 있는지를 확인했다. 흥양 순시 때 흥양현 사장에서 신씨 문중 유지를 만나 신여량에 대한 이야기를 전해 듣고 호감을 느꼈었는데, 어느 날 유기종으로부터 무과 급제 동기라는 이야기를 듣고는 더욱 관심을 가지고 있음이 분명했다.

이순신은 순시를 하는 동안 술자리가 베풀어지면 반드시 그 지역 유지들을 불러 함께 마시곤 했다. 이는 유사시에 친분을 맺은 지역 유지들의 도움을 이끌어내기 위한 포석이기도 했다. 사실 이순신은 지역 유지들의 도움으로 신병 수군이나 보리쌀과 채소, 베나 솜 등을 다른 수영보다 원만하게 받아내고 있는 편이었다.

"오관 오포의 군사, 토병, 입대허는 신병 등 다 합치믄 군사는 모다 을매나 되는 겨?"

"넉넉잡아서 오천 멩은 되지라우."

"무신 오천 명이나 되는감. 군적에는 사천 명인디. 판옥선은 스물네 척이구."

"지는 의승 수군까정 합쳤그만이라우."

"의승 수군이 천 명이나 된댜?"

"의승청 백 명, 흥국사 삼백 명, 석천사 백 명, 화엄사 이백 명, 송광사 삼백 명을 합치믄 천 명은 됩니다요."

"송광사가 삼백 명이나 된댜?"

"송광사에 딸린 말사 중덜까정 합친께 그렇그만요. 송광사만 해도 낙안군에는 징광사, 보성군에는 봉갑사, 대원사, 흥양현에는 능가사 같은 말사덜이 있습니다요. 화엄사도 지리산 자락에 말사들이 많지라우."

"중덜이 수군 다섯 명 중에 한 명이 되네그려."

"싸우지 못헐 영감탱이 중이나 애기중덜은 뺐그만요. 의승 수군덜은 처자석이 읎응께 목심을 아깝게 여기지 않고 싸울 거그만이라우."

"의승청 수승으로 오는 중덜을 보니께 인품두 고상혀."

이순신은 전투할 능력이 있는 승려들이 천여 명이나 된다는 보고를 받고 내심 놀랐다. 그 정도라면 본영에서 숙식을 해결하기에 곤란한 숫자였다. 본영의 정규 수군만도 천 명이었다. 그렇다면 의승 수군을 위해서 본영 가까운 곳에 보충대 같은 수용 시설이 필요할 것 같았다. 이순신이 말했다.

"좀 전에 순천 군사가 석보에 와 있다구 혔제?"

"석보에서 대기허고 있습니다요."

"의승 수군덜을 모다 석보에 수용허믄 워쩔까? 원래 석보는 수군이 주둔하는 성이 아니었는감. 쌍봉 선소도 가까우니께 본영으로 중덜을 실어 나르기도 좋구 말여."

"천여 명은 간단허게 수용헐 수 있당께요. 수용 시설을 따로 지슬 것도 읎지라우."

"워째서? 중덜은 노상에서 자는 겨?"

"중덜도 사람인디 노상에서 어찌케 짐승멩키로 웅크리고 잔당가요. 조세미 창고덜을 수용 시설로 쓰믄 되겄지라우. 천 명이 들어갈 숙소를 어느 세월에 다 지서불겄습니까요?"

"아, 그려. 내가 미처 그 생각을 못 혔구먼."

석보창은 원래 석창성이라 불리며 수군이 주둔했던 평지성이었다. 그러나 성이 평지에 있어 왜구로부터 방어가 용이하지 않으므로 군사들이 철수하고, 판관이 조세미를 관리하는 조운창이 돼버렸다. 조세미는 주로 삼포, 즉 삼일의 낙포, 소라의 대포, 돌산의 방죽포에서 거두어들인 세곡이었다. 방형의 성 주변은 도랑 같은 해자가 있어 조운창으로 사용하기에 아주 안성맞춤이었다. 병사 몇 명이 해자를 건너가는 나무다리만 경비하면 성안의 창고들을 쉽게 지킬 수 있었다.

그런데 이순신은 조운창으로만 사용되는 석보창이 아까웠다. 이순신은 두뇌 회전이 빠른 유기종에게 자신의 생각을 넌지시 말했다.

"유 군관, 석보는 창고로만 쓰기는 아깝지 않은가. 왜란은 한두 해에 끝나지 않을 틴디 말여."

"수사 나리, 시방 왜란이 으쩐다고요?"

"쬐깐 질게 갈 겨."

"몇 년이나 갈께라우?"

"적어두 무술년(1598)이여. 내 운수에 그때까정 왜적과 싸워야 허는 천고天孤(고독할 운수)가 들어 있다니께."

"누가 그랍니까요?"

"주역 점을 쳐보니께 점괘도 그라고, 성운 수승도 그라더라고."

"주역 점은 몰라도 으째서 중덜 야그를 믿습니까요."

"워짜든지 대비혀야 쓰지 않겄는가. 화포나 칼, 창을 만드는 장인덜을 모아서 무기 제조창으루다가 활용허믄 좋을 겨. 보인保人멩키루 군역을 면제해주믄 많이덜 모여들 겨. 그라고 의승수군을 천여 명이나 본영에 살게 허기는 옹삭허니께 석보에 머물게 허믄 중덜두 좋아헐 겨."

"전투가 읎을 때는 중덜을 대장간이나 주조소에서 울력허게 허믄 좋겄습니다요. 본영 수군덜이 쓰는 그릇도 늘 부족헌께 가마를 맹글어 율촌 도공덜을 석보 안에 살게 허는 것도 좋겄그만이라우. 나리, 으쩌겄습니까요?"

"유 군관은 하나를 알으켜주믄 열을 안다니께."

유기종은 이순신의 칭찬을 받고는 얼굴을 붉혔다. 평소에 질책만 받아왔던 터라 뜻밖이었으므로 조금 당황한 듯했다. 이순신은 좌수영의 군관들을 신임하면서도 칭찬에는 인색했다. 칭찬은 고사하고 지적만 받지 않으면 군관의 직분을 잘 수행하고 있는 셈이었다.

"여룹습니다요."

"이 사람, 부끄러워하긴."

이순신은 조운창을 의승 수군 숙소로 사용하자는 유기종의 기발한 제안에 난제 하나가 풀어졌으니 고맙지 않을 수 없었다. 조운창은 한양의 경창京倉으로 가는 조세미를 보관하는 창고였으므로 호조판서의 허락을 받아야만 그 기능을 바꿀 수 있는데, 전시 중이므로 일선 사령관인 이순신의 명이면 가능했다. 유기종은 바로 그 점을 알고 이순신에게 제안했던 것이다.

"유 군관, 앞으로는 석보에 별장을 보내 순천 선소까정 감독허도록 혀야 쓰겄네."

"순천 선소는 순천 부사 지시를 받아 왔는디요."

"아녀. 전시 중에는 내가 보낸 별장이 순천 선소까정 다스리도록 헐 겨."

"굳이 고로코롬 헐 이유가 있습니까요?"

"순천 선소에서두 거북선을 건조시킬 겨."

"석보 별장감은 나대용밖에 읎겄그만요."

"오늘 발포 가장으루 갔으니께 쪼깐 지잘려야지."

"거북선 맹그는 조선장은 나대용밖에 읎습니까요?"

"나대용이 최고여."

유기종은 이순신의 눈치를 보면서 동헌방에서 일어났다. 좀 전에 이순신이 석보창으로 가서 순천부 병방 향리를 잡아 오라는 명을 내렸기 때문이었다. 그때 유기종을 기다리고 있던 동헌 통인이 다가와 말했다. 통인은 양민 신분으로 전령 임무를 맡은 구실아치였다. 유기종과 통인 향리는 말을 트고 지낼 정도로 구면이었다.

"유 군관, 이 편지 말이여, 사또께 전해줄랑가?"

"무신 편진디 그런가?"

"메칠 전에 신병을 보내달라는 사또 나리 공문을 들고 순천부를 갔는디 말이여."

"고 사실은 알고 있당께. 그란디 으쨌다는 것이여?"

"순천부 기생헌티서 부탁을 받었당께. 내가 사또께 직접 전허기가 거시기혀서 그런께 그려."

"먼 편진디? 사정허는 거 봉께 술 한잔 얻어묵은 거 같그만잉."

"공문 심바람 허는 놈이 기생 편지 전허기는 쬐깐 거시기허당께."

"기생 편지라믄 괴안찮을 거 같은디. 나리께서 홀애비멩키로 사셔분께 겁나게 외로우신 거 같드라고."

"그랑께 말이여. 다른 나리덜은 모다 소첩을 델꼬 사는디."

"홀애비 머릿속에 가시내 아니고 머가 있겄어? 밤만 되믄 거시기가 근질근질 헝께 환장허겄지 머."

"수사 나리헌티서 홀애비 냄시가 지독허게 날 때도 있는디 고런 날은 으쩐지 미안허드랑께."

유기종은 통인과 동헌 밖에서 낄낄거리며 이야기를 주고받았다. 통인은 동헌 밖까지 따라 나오며 유기종에게 끈질기게 부탁했다. 이순신의 명으로 순천부 병방 향리를 잡으러 간다는 말을 했음에도 불구하고 통인이 유기종을 놓아주지 않았다. 문득 유기종은 통인 향리가 단순하게 부탁하고 있는 것이 아님을 눈치챘다.

"기생이 누구여?"

"청매라는 기생인디 사또 나리를 한 번 뵀다고 허드랑께. 백야곶에서 뵀는디 사또 나리께서 청매에게 시까정 지어줬는갑서."

"그라믄 직접 수사 나리께 전해줘도 될 것 같은디잉."

"공문을 전달허는 놈이 기생 편지를 드렸다가 불베락이라도 떨어지믄 으쩔 것인가."

"시방 전해줘야 허는가?"

"급허그만. 청매헌테 술 얻어묵고 큰소리를 쳐부렀단 말이여. 술 취해서 간땡이가 부어 당장 사또를 만나게 해준다고 그랬당께."

"혹시 청매를 여그로 델꼬 온 거 아니여?"

통인이 유기종에게 실토했다.

"맞그만."

"나헌티 거마리멩키로 찰싹 붙은 것이 이상허드랑께."

"아따, 전시 중인께 조심혔그만. 사또께서 어처코롬 말씸허실 줄도 모르겄고 말이여."

"허기사 신중헌 것이 좋제. 내 생각으로는 사또께서 받아주실 거 같은디잉. 전시 중에 우덜은 은제 죽을지 모르는 목심이란 말이여. 그랑께 거시기가 밤마다 환장헐 수밖에 읎단께. 도구통 두곳대멩키로 떡을 친다, 이 말이제. 요새 대낮에 코피 터지는 군관덜 많어져부렀당께. 쌈 끝나뻔지믄 모개낭구에 모개 열드끼 에린 애기덜 무자게 불어나불 것이여."

"어차든지 편지는 전해줄 것이제?"

"석보에 다녀와 보고함시롱. 그란디 청매는 워디에 있는가?"

"여그는 거시기 달고 댕기는 군사덜만 있는디 갈 만헌 곳은 거그밖에 읎제. 가시내덜이 사는 방에 있으라고 해부렀네."

"기생청 승설이 방이그만. 어처자고 큰소리를 쳐부렀는가? 허기사 속은 기생이 더 타불겄네잉."

유기종은 군노가 끌고 온 말을 탔다. 군마는 백야곶 목장에서 살을 찌워 가져온 말로 토실토실한 엉덩이에 윤기가 흘렀다. 유기종이 말 등을 가볍게 한 번 치자 군마는 기운 좋게 움직였다. 남문을 빠져나간 유기종은 해안 자드락길을 따라 석보창을 향해 달렸다.

이순신은 날이 흐린 탓인지 마음이 내내 심란했다. 며칠 동안 잠을 개운하게 제대로 자본 날이 없는 탓도 컸다. 꿈에 시달려서 숙면하지 못하고 토막 잠이 돼버렸다. 판옥선에 불이 나거나, 해자에 채운 물이 핏빛으로 변해 있거나, 양민들이 어디론가 하염없이 피난 가는 꿈이었다.

그런가 하면 일찍 요사한 두 형들이 나타나 무슨 이야기를 하려다가 희미하게 웃으며 사라져버리곤 했다. 나장을 아산으로 보내 안부를 살피곤 하지만 꿈속의 어머니는 자주 아파서 드러누워 있었다. 병든 어머니가 아내와 함께 아산에서 여수로 오다가 지쳐서 쓰러져 죽는 악몽을 꾼 날도 있었다. 그런 꿈속에서는 아내는 늘 시집올 때 입었던 연둣빛 저고리와 노을빛 치마를 입고 있었다.

이 세상의 일이 아닌, 참으로 이상한 꿈을 꾸기도 했다. 바다가 천둥소리를 내며 소용돌이치자 거북선은 용으로 변신했다. 이순신은 용을 타고 바닷속 심연 어딘가에 있는 용궁으로 들어가 마침내 용왕을 만났다. 용왕은 이순신에게 자꾸 술을 권했다. 용왕이 하사하는 술은 맑고 향기로웠다. 단 한 잔만 마셔도 용왕의 장수가 돼버린다는 술이었다. 그러나 바다 밖의 사람들에게는 이별주가 되는 셈이었다. 이순신은 잠시 망설였다. 바다 밖의 세상 사람들에게 미처 알리지 못하고 떠난 길이기 때문이었다. 그러나 이순신은 술의 유혹을 이기지 못하고 마셔버렸다.

이순신은 머릿속이 뒤숭숭한 날 새벽에는 반드시 주역 점을 쳤다. 점괘가 애매하게 나올 때도 있었다. 특히 용궁에 간 꿈이 그러했다. 주역 점으로도 풀이가 안 되면 해몽을 하는 수밖에 없었다. 아내가 시집올 때 치마저고리를 입고 있는 것은 아산에서 생이별한 채 사는 자기를 잊지 말라는 것 같고, 해자의 물이 핏빛이거나 바다가 천둥소리를 내며 소용돌이치는 것은 눈앞에 다가온 임진란을 뜻하는 것 같고, 용왕의 술은 이승에서 저승으로 가는 길에 마시는 이별주이며, 용왕의 장수란 남해의 풍랑을 진압하는 해신이 될 거라는 의미인지도 몰랐다.

이순신은 큰 활을 챙겼다. 마음이 심란할 때는 사장으로 나가 활을 쏘는 습사만큼이나 위로가 되는 것이 없었다. 군관들은 이순신이 시도 때도 없이 습사하는 것을 보고는 '활에 미친 사또'라고 뒷말들을 했다.

그 바람에 사장을 관리하는 진무나 수졸들은 늘 긴장하고 있었다. 이순신이 때를 가리지 않고 사장을 들르기 때문이었다. 관리가 소홀하면 엄하게 책임을 물었다. 습사대나 과녁 관리가 소홀하면 지휘 고하를 막론하고 곤장을 치거나 본영 감옥에 가두었다. 사장 진무가 쫓아와 이순신 앞에서 말했다.

"사또 나리, 신병덜이 활쏘기 훈련을 허고 있습니다요."

"그려?"

"정걸 조방장님께서 시키고 있습니다요."

"팔순 노장께서 혀주시니 고마운 일이여."

정걸이 신병들에게 휴식 시간을 주고 이순신에게 다가왔다.

"이 공께서는 다른 일도 바빠불 텐디 여그까정 또 오셔부요잉."

"여기만 오믄 기분이 개운해지는구먼유."

"지는 아적까정 애첩 끼고 살드끼 활을 좋아허시는 절도사를 본 적이 읎그만이라우."

"군사를 이끄는 절도사에 올랐으믄 모름지기 칼은 본처, 활은 애첩이 돼야지유. 하하하."

이순신은 크게 소리 내어 웃었다. 그러자 정걸이 능글맞게 우스갯소리를 했다.

"그렇다믄 삐둘구같이 입 맞추고 여수멩키로 꼬랑지 흔드는 소첩은 뭣이당가요?"

"조방장님은 아적두 밤일이 되는감유?"

"아따, 팔십 영감탱이 거시기는 진작 죽어부렀지라우."

이순신은 모레 신병 칠백 명으로부터 점고를 받을 것이므로 사장에서 사열을 미리 받지 않았다. 오히려 자신이 신병들의 훈련을 방해할지 모른다며 조용히 물러섰다.

"조방장님, 신병덜은 유군으로 편입해 조방장님 지휘를 받을 거구먼유. 아무래두 전투는 정규 수군이 혀야지유. 그러니께 신병덜 훈련은 조방장님 책임하에 허셔유."

이순신의 말은 정규 수군이 해전에 출전하게 되면 갓 입대한 신병 칠백 명은 좌수영 본영에 남아 방어군이 된다는 뜻이었다. 이순신은 최전선에서 전투를 지휘하는 장군, 정걸은 후방에 남아 본영을 지키는 장군이 되는 셈이었다. 왜 수군이 해전을 치르는 척하며 일부가 우회하여 본영으로 쳐들어올 수 있기 때문에 성을 비워두는 것은 전략상 위험한 일이었다.

순천부 병방 향리는 유시(오후 5시-7시)에 본영 감옥에 갇혔다. 유기종은 나장에게 이순신의 지시라는 것을 알린 뒤 감옥을 나와 동헌으로 올라갔다. 청매가 있다는 기생청을 들를까 하다가 바로 동헌으로 갔다. 호주머니에 손을 넣으니 통인이 전해달라는 청매의 편지가 여전히 손에 잡혔다.

"수사 나리, 방금 순천부 병방 아전을 감옥에 가뒀습니다요."

"수고혔그만."

"나리, 청매라는 기생을 안당가요?"

"청매가 병방 구실아치허구 무신 일을 저질렀다는 겨?"

"고게 아닙니다요. 청매가 편지를 전해달라고 해서 지가 가져왔습니다요."

유기종이 편지를 꺼내 전하자 이순신은 보지도 않고 찢어버렸다.

"전시 중인디 한가허게 기생 편지나 볼 맴이 아녀."

유기종은 무안했지만 통인에게 들은 이야기를 마저 했다.

"나리께서 시도 써줬다고 허드그만요."

"백야곶 목장에서 써줬지. 고뿐인 겨."

"지가 순천부까정 가서 가져온 편지는 아닙니다요."

"그라믄 청매가 여그까정 왔다는 겨?"

"예, 수사 나리."

순간 이순신의 얼굴에 노기라기보다는 연민의 표정이 스쳤다. 눈을 감더니 고개를 끄덕끄덕하고 있었다. 유기종은 이때다 싶어 말을 만들어 둘러댔다.

"무신 억울함이라도 풀라고 온 것은 아닐께라우?"

"그려? 억울함이 있다믄 순천 부사에게 풀어야지 워째서 이리 왔댜."

"지는 고것까정은 모르겄그만요."

이순신은 유기종이 동헌방을 나가려고 하자, 그제야 완강한 태도를 누그러뜨려 말했다.

"청매를 내아로 들라 혀."

동헌은 공무를 보는 곳이므로 청매를 숙소인 내아로 들도록 지시했다. 유기종이 동헌방을 나오자 통인이 잽싸게 달려왔다.

"어찌케 되야부렀어?"

"내아로 들라 혔응께 쬐깐 캄캄해지믄 보내드라고."

"사또께서 밤이 된께 외로와분 모냥이네잉."

"어차든지 수사 나리께 부하로서 도리를 다헌 거 같아서 맴이 좀 놓이네."

"유 군관에게 술 한잔 사야겄그만. 청매헌티 얻어묵은 술, 유 군관에게 갚어야제."

"으메, 으째야 쓰까. 비상경계 중이라 술 묵기는 쪼깐 거시기 헌디. 그렇다고 나 죽은 뒤에 술 줘봤자 소용읎고잉. 뻿뻿허게 죽은 놈이 어찌케 입 벌리고 술을 묵겄는가?"

"아따, 주막에서 몰래 한잔만 허드라고."

"고럴까? 그라믄 청매가 내아로 가는 것까정은 보고 내려가지 머."

유기종과 통인은 남문 밖 주막에서 만나기로 약속하고 헤어졌다. 유기종은 토병들이 집으로 돌아가는 유시가 되었으므로 점호를 해주어야 했다. 통인 또한 전령청으로 가서 오관에서 온 공문들을 살펴봐야 했다. 오포는 수군 진무가 담당했으므로 오포의 공문은 신경 쓸 것이 없었다.

그믐밤

달이 없는 그믐날 초저녁이었다. 그믐날 밤은 동굴 속처럼 컴컴했다. 별빛마저 바다안개에 가려 희미하고 아득했다. 좌수영 성안도 옻칠 같은 어둠이 켜켜이 가득했다. 초저녁부터 남문 좌우에 횃불이 켜져 있지만 어둠은 남문루인 진해루 지붕을 무겁게 내리누르고 있었다. 한 달 중 가장 어두운 밤이었다.

굴강 안팎의 본영 앞바다는 더욱 캄캄했다. 오관 오포에서 온 전선들이 소등한 채 출진을 기다리고 있었다. 4월 29일까지 집합하라는 이순신의 군령을 받고 모여든 전선들이었다. 그러나 이순신은 왜군이 침범한 경상도를 구원하기 위한 출발을 지연시켰다. 출진할 상황이 아니라고 판단했기 때문이었다. 조정에 올린 장계에는 오늘 꼭두새벽에 출발하겠다고 하였으나 상황이 여의치 않았다.

성문지기와 품방品防(방어 진지)으로 매복 경계를 나가는 수졸들 간에 군호를 주고받는 소리가 들려왔다. 오관 오포의 낯선 수군들이 본영에 와 있기 때문에 군호는 더욱 엄격했다. 군호는 용호龍虎와 산수山水였다. 맞닥뜨리는 경계병끼리 "용호" 하면 "산수" 하고 즉시 대답해야 했다. 군호를 바로 대지 못하면 적으로 간주하여 목이 날아갈 수도 있었다.

임무 교대를 하는 듯 창이 석성에 부딪치는 날카로운 소리, 성 안팎을 순찰하는 경계병들의 발소리가 어둠 속에서도 낮과 다르지 않은 성안의 긴박감을 느끼게 했다. 그러나 사위가 은폐된 그믐밤은 짙은 어둠 저편의 불빛처럼, 어두운 숲을 느릿느릿 나는 새처럼 마음을 위로하는 따뜻함을 품고 있었다. 귓속을 파고드는 소쩍새 울음소리가 잠시나마 전시 상황을 잊게 했다.

이순신은 내아 방을 나와 마루턱에서 뒷짐을 진 채 소쩍새 울음소리에 빠져들었다. 먼 숲에서 들려오는 소쩍새 울음소리는 피를 토하듯 한스럽기도 하고, 짝을 그리워하듯 애달프기도 했다. 이순신은 소쩍새가 우는 성 북봉을 바라보며 도리질을 했다. 문득 자신이 어린 기생 청매를 기다리고 있다는 사실이 믿기지 않았다. 이순신은 그런 자신을 부정하듯 또다시 도리질하며 속으로 중얼거렸다.

'택두 읎는 일이여!'

이순신은 유기종을 탓했다. 유기종이 어린 관기 청매를 순천부로 돌려보냈으면 지금 자신이 이러고 있을 턱이 없었다. 유기종이 청매에게 억울함이 있을지 모른다고 둘러대니 차마 내치지 못하고 내아로 올려 보내라고 했던 것이다. 그러나 유기종은 초저녁 술시가 지났는데도 나타나지 않고 있었다.

유기종 역시 친분이 두터운 통인 향리가 약속했다. 통인의 부탁을 받지 말았어야 했는데 덤터기를 쓴 것도 같았다. 토병들의 점호를 마치고 기생청으로 갔을 때 승설이 나와 허둥대고 있었다. 기생청은 작년 여름에 장졸들의 군기를 문란케 한다는 이유로 이순신이 폐쇄시켰으므로 지금은 순찰사나 병사 등 고관이 오는 날 다시청으로 사용하고 있는 건물이었다.

"승설이가 아닝가?"

"예, 군관님."

"으째서 한숨을 푹푹 쉬고 있당가?"

"온다 간다 말도 읎이 워디로 가버렸어라우."

"순천에서 온 기생이 말이여?"

"밤에 워디로 가부렀을께라우?"

"시방 내아로 간 거 아니여?"

"사또 나리께서 불러서 왔당가요?"

"야그허면 질어져. 쪼깐 복잡허당께."

"지가 내아로 올라가볼께라우? 군관님."

"내아가 으딘지도 모를 것인께 거그는 안 갔을 거그만."

"순천으로 돌아가버렸을께라우?"

"성문을 모다 닫아부렀는디 어찌케 나가겄는가?"

"지도 성안에 있을 거 같그만이라우."

"여그 기생청에 누가 왔었는가?"

"아까 박만덕 진무님이 차를 마시고 갔지라우."

"순천 기생도 같이?"

"예, 군관님."

"순천 가서 얼굴 자랑허지 말라더니 꼴값허는갑네."

유기종은 진무청으로 갔다. 경계병 수졸들을 감독하는 박만덕을 만나 부탁할 생각이 들었던 것이다. 마침 고참 진무인 박만덕이 진무청에서 쉬고 있었다. 박만덕은 포작 출신으로 문식이 있는 진무였다.

"유 군관님, 무신 일이당가요?"

"순천서 온 기생이 워디로 가버렸당께요. 아적 성안에는 있을 거 같은디."

"기생청서 물어보제 으째서 여그로 왔소잉."

"아따, 기생청에 가봉께 읎어서 이리 왔제."

"가만 있어보시쇼."

박만덕은 눈을 끔벅끔벅하더니 무엇이 생각난 듯 말했다.

"쬐깐 전에 의승청으로 간 거 같은디요잉."

"중덜이 있는 데 말이요?"

"거그 법당이 있응께 기도하러 갔을께라우? 사실은 해그름참에 차 마심서 법당을 찾길래 지가 거그 있다고 말해줬지라우."

"기생도 절에 다니는갑소잉."

"포작인 지도 가끔 가는디 절에서 좋아허는 신분이 따로 있당가요."

"승설이는 순천 기생이 워디로 갔는지 모르드랑께요."

"하야튼 간에 가보믄 알겄지라우. 초파일에는 사또께서 연등을 달았다고 허드그만요. 스님덜이 사또가 단 연등을 만짐시로 지헌티 자랑을 허드랑께요."

"수사 나리께서 연등을 달았다고라우?"

유기종은 초파일에 연등을 다는 행사가 있었는지 모르고 있었다. 박만덕은 진도에서 살 때 쌍계사를 다녔던 독실한 불자였다. 가끔 의승청 법당을 드나들었으므로 의승청의 사정을 소상하게 알고 있었다. 유기종은 박만덕에게 청매를 데리고 오라는 부탁을 했다. 자신이 직접 가기가 쑥스러웠다. 수승 성운이 있을 때는 같은 고향 사람이어서 더러 갔지만 그가 광양 백운산으로 돌아간 뒤로는 한 번도 간 적이 없었기 때문이었다.

"군관님허고 같이 가믄 안 될께라우?"

"한번 안 간께 잘 안 가지더라고."

"군관님이 가시믄 스님덜이 아조 좋아허실 겁니다요."

"기생 만나러 가는 거 모냥이 안 좋당께요. 그라믄 지는 의승청 밖에서 기다리지라우."

결국 유기종은 박만덕과 함께 의승청으로 갔다. 의승청은 연못 위 동문 쪽에 있었다. 박만덕이 의승청으로 들어갔고 유기종은 연못가에서 기다렸다. 대롱을 타고 연못으로 흘러드는 물소리가 돌돌돌 들렸다. 수련 잎을 때리는 물줄기 소리였다. 잠시 후, 박만덕이 청매를 데리고 나왔다. 유기종은 청매를 보자마자 나무랐다.

"여그가 워딘디 함부로 돌아다녀분가? 전시 중이라 쥐도 새도 모르게 죽을 수도 있당께."

"죄송헙니다요."

박만덕이 청매를 대신해 말했다.

"맴이 불안헌께 기도를 했겄지라우. 시방 맴은 으쩌냐?"

"기도했더니 편안해졌습니다요."

"수사 나리를 뵈려고 왔다는 것이 사실이냐?"

"예."

"나를 따라 와불드라고. 운이 참 좋그만잉. 오늘 새복에 출진해부렀으믄 수사 나리를 어찌케 만나겄는가."

유기종은 서둘러 청매를 데리고 내아로 올라갔다. 문 앞에서 기다리고 있던 내아 여종이 유기종을 알아보고는 문을 열었다. 유기종이 조심스럽게 헛기침을 하며 말했다.

"수사 나리, 유기종입니다요. 시방 청매를 데리고 왔습니다요."

"방으로 들라 혀."

청매가 돌연 한 발짝도 움직이지 않았다. 내아 방으로 들지 못하고 곡물 자루처럼 마당에 서서 꼼짝을 안 했다. 유기종이 재촉했다.

"얼릉 들어가지 않고 뭣허는 것이여."

"다리가 떨려 움직이지를 못허겄그만요."

"니가 원했음시롱 무신 딴청이냐."

유기종은 여종에게 청매를 맡기고는 내아를 나와버렸다. 마뜩찮은 짐을 지고 있다가 후련하게 내려놓은 듯했다. 청매를 찾느라고 잠시 작은 소동이 있었지만 술친구이기도 한 통인의 부탁을 한 건 해결했다는 생각에 마음이 가벼워졌던 것이다. 그제야 유기종은 문득 달짝지근하면서도 걸쭉한 막걸리 생각이 났다. 남문 밖 주막에는 통인이 자작으로 술을 마시고 있을 터였다.

청매는 너무나 긴장한 나머지 치마를 밟아 넘어질 뻔했다. 그러나 가까스로 중심을 잡고 서서 이순신에게 큰절을 올렸다. 이순신은 절을 받는 둥 마는 둥 하면서 짐짓 엄한 목소리로 말했다.

"억울함이 있어 여그를 왔다고 들었다. 정녕 니 억울함이 뭣인 겨?"

"억울함을 풀려고 온 것이 아닙니다요."

"나에게 보고한 군관이 잘못 들었단 말여?"

"아마도 짐작으로 말씀드린 거 같습니다요."

"뭣 땜시 왔느냐? 밤이 야심허니께 얼릉 사실대루 말혀."

"쇤네는 가슴이 떨리고 눈앞이 캄캄헙니다요."

그제야 이순신이 말투를 누그러뜨렸다. 청매가 다소곳이 앉은 채 부들부들 떨고 있었다.

"난 무서운 사람이 아녀. 네 원을 들어줄려구 부른 겨."

"잊지 않겠습니다요."

"순천 부사께 얘기는 허구 왔느냐?"

"예."

이순신은 윗목에 있던 자리끼를 가리키며 말했다. 개다리소반에는 숭늉 대신 술과 말린 청어 새끼가 놓여 있었다.

"이리 가져오너라."

기름불 불빛에 청매의 치마저고리 색깔이 은은하게 고왔다.

저고리는 연둣빛이었고 치마는 노을빛이었다. 눈매와 콧날, 입술도 작은 기름불 불빛의 음영 때문에 더욱 도드라져 보였다. 이순신은 청매의 이목구비에 끌려 눈길을 떼지 못했다. 흥양 순시 때 보았던 그 청매가 아니었다. 보조개에 음영이 어린 청매의 볼은 잘 익은 복숭아 같았다. 이순신은 청매가 올리는 술을 한 잔 받았다. 내아의 여종들이 빚은 오래된 청주였다.

"니두 한 잔 받으야 혀."

청매는 저고리 속에서 두 손을 내밀어 이순신이 따라주는 술을 받았다. 청매는 시큼한 청주 냄새를 맡으면서 고개를 돌린 채 천천히 마셨다. 청주를 마시고 나자 놀랍게도 긴장이 풀어졌다. 귀한 어른에게 대접받고 있다는 생각이 들었다. 그러고 보니 이순신의 엄한 얼굴 한 구석에는 자애로운 면이 어색하게 섞여 있는 듯했다.

"니에게 시를 지어준 적이 있느니라. 시방 니 소원은 뭣인 겨?"

"쇤네는 말씀드리기가 두렵습니다요."

청매는 술기운으로 용기를 내어 말했다.

"두려울 거 읎느니라."

"무서와서 의승청 법당으로 가 기도혔습니다요."

"죄를 지은 것두 아닌디 뭣이 무섭다는 것이냐? 사또인 내게 헐 말이 읎다믄 돌아가거라."

이순신은 청매에게 문초하듯 묻고는 술을 한 잔 더 마셨다. 청매에게도 한 잔을 권했다. 그런 뒤 내아 여종을 불렀다.

"밖에 누구 읎느냐?"

"예, 사또 나리."

"청매를 기생청으로 데려다주거라."

그제야 청매가 작심한 듯 말했다.

"쇤네를 용서해주신다믄 말씀드리겠습니다요."

"알았다. 말해보거라."

"쇤네는 백야곶 목장에서 사또를 첨 뵀사옵니다요."

"고게 워쨌다는 것이냐?"

"사또 나리께서는 엄하기만 할 뿐이었습니다요. 근디……."

"내 얼굴이 본래 그런디 워쨌다는 말이냐?"

"쇤네의 눈에는 순천 부사와 달리 외로와 보였습니다요."

"고향을 떠나 있는 장수이니께 홀애비 냄시가 나겄지."

"시를 주실 때는 몰랐는디 순천으로 돌아와 곰곰이 헤아려봉께 실지로는 외로운 어르신 같았습니다요."

"그래서 니가 나를 워치게 허겄다는 것이냐?"

"외람된 말씀이오나 사또 나리의 외로움을 풀어줄 사람은 쇤네밖에 읎습니다요."

이순신은 내심 놀랐다. 청매의 당돌한 말에 잠시 할 말을 잊었다. 그러고 보니 청매는 여염집의 처녀가 아니라 순천부의 관기였다. 순천 부사를 따라다니며 온갖 자리에서 기생으로서의 삶을 익혀가고 있는 관기일 뿐이었다.

"허나 나는 니에게 정을 줄 수가 읎다."

"쇤네는 사또께서 기생들에게 정을 주지 않는다는 것을 잘 알고 있사옵니다요."

"근디두 워쨰서 여그를 온 것이냐?"

"쇤네는 단지 진실헌 맴을 드리고자 할 뿐입니다요. 딴 맴이 없습니다요."

"허허허."

비로소 이순신은 청매의 마음을 받아들이기로 했다. 더 이상 이야기를 주고받는 것은 무부로서 오만한 일이었다. 이순신은 기름불을 입바람으로 훅 껐다. 갑자기 방 안에 어둠이 들어찼다. 4월 마지막 날과 5월 첫날이 섞여가는 그믐밤 자시의 어둠이었다. 방 안에 들어찬 어둠은 이순신과 청매 사이의 거리를 없애주었다. 이순신이 청매의 손을 잡아끌자 청매가 가볍게 끌려와 이순신의 가슴에 안겼다. 청매는 이순신의 팔이 거칠다고 느꼈다.

"오늘 밤은 사또가 아니라 니 남자니라."

"쇤네 역시도 사또의 여자가 되고 싶습니다요."

청매는 또다시 떨렸다. 이순신의 억센 팔이 자신을 감싸버리자 갑자기 심장이 쿵쾅쿵쾅 뛰었다. 청매는 그물에 걸린 새처럼 파닥거렸다. 이순신의 손이 자신의 젖가슴에 닿는 순간에는 머릿속이 하얘졌다.

"내가 무서워 떠는 겨?"

"아닙니다요."

"두려워 말라. 오늘 밤은 나는 니 남자일 뿐이니라."

"쇤네 마음이 진정될 수 있도록 조금만 시간을 주시겄습니까요?"

이순신의 팔에서 벗어난 청매는 심호흡을 했다. 풀어진 옷고

름을 매만졌다. 순간 이순신과 한방에 있다는 사실이 믿기지 않았다. 자신이 원해서 좌수영으로 찾아왔지만 합방까지 이루어지리라고는 상상도 못 했던 것이다.

"무신 생각을 허고 있는 겨?"

"이럴 줄은 꿈도 꾸지 못했습니다요."

이순신은 다시 청매를 끌어안았다. 청매의 봉긋한 젖무덤이 손에 닿았다. 단단하면서도 탄력이 있었다. 청매의 속살 향기가 코끝을 자극했다. 청매 역시 이순신의 가슴에서 사내 냄새를 맡았다. 이순신은 청매의 유두가 뽕나무 가지에서 익어가는 붉은 오디 같을 것이라고 생각했다. 입 속에 넣은 채 잘근거리고 싶은 욕구가 치밀었다. 이윽고 이순신의 손이 청매의 배꼽 밑쪽 아랫배로 내려가자 청매가 흐응 하고 교성을 내며 몸을 틀었다.

이순신은 등을 진 채 누워버린 청매를 두 팔로 껴안았다. 이순신의 수염이 청매의 목을 간질였다. 청매가 작은 소리로 웃으며 말했다.

"수염이 까시 같사옵니다요."

"싫은 겨?"

"까시 같지만 아프지 않습니다요."

"돌아눕지 않을 겨?"

"아적 사또 나리를 맞아들일 준비가 덜 됐습니다요."

"준비헐 것이 뭐 있겄느냐?"

청매가 슬그머니 돌아누웠다. 청매는 이순신의 입에서 청주 냄새를 맡았다. 이순신은 청매의 입에서 갓난아기 살 냄새를 맡았다. 좌수영 연못에 핀 수련에서 나는 향기와 같았다. 수련 향은 비 내리는 날 더욱 짙었다.

"니 입에서 수련 향기 같은 에린 애기 살 냄시가 나는구나."

"사또, 지는 애기를 낳아본 일이 읎어서 애기 냄시가 으떤지 모릅니다요."

"고럴 겨, 고러겄구나."

이순신은 다시 청매의 입을 찾았다.

"수련 향기 같은 네 살 냄시루다가 오늘 밤에는 시름을 더는구나."

"지 몸에서 수련 향기가 난다 하시니 고맙습니다요."

이순신은 청매의 살 냄새에 빠졌다. 남자의 거시기가 불끈 성을 냈다. 달아오른 청매의 몸 안에 있는 은밀한 문을 열고 있었다. 이윽고 청매가 이순신을 깊숙이 받아들였다. 성 북봉 숲에서는 소쩍새가 가는 봄날을 아쉬워하듯 울었다. 휘파람새도 후이후이 하고 울며 날아다녔다.

청매의 가녀린 몸이 자지러졌다. 그녀는 몸을 부르르 떨면서 가재처럼 몸을 웅크리곤 했다. 청매의 몸은 해금 같았다. 몸을 비틀 때마다 해금의 현이 끊어지는 외마디 소리를 냈다. 이순신은 새로 태어나는 듯했다. 청매와 몸을 섞을수록 더욱더 힘이 솟구쳤다. 단칼에 바위라도 갈라버릴 것 같은 힘이 솟아났다.

이순신은 청매를 놓아주지 않았다. 과녁을 명중한 것 같은 충만한 기분에 휩싸였다. 지금까지 한 번도 느껴보지 못한 잠자리의 경험이었다. 축시가 되어 마지막으로 몸을 섞은 뒤에도 싱싱한 기운이 차오르고 마음이 풋풋해지는 듯했다.

"내가 젊어지는 것 같구나."

"무신 일이옵니까?"

"고목낭구에 새싹이 돋아난 거멩키루 기쁘구나."

"쇤네는 사또님의 기분을 알 것 같사옵니다요."

"니도 그러한 겨?"

"맴 속의 답답헌 울타리가 사라진 것 같습니다요."

"허나 아쉽구나. 지금은 전시 중이니께 나는 전장에 있으야 헐 몸인 겨. 니와 함께헐 수 없는 몸이니께 해 뜨기 전에 바루 떠나야 혀."

"쇤네는 좌수영에 남아 있겠습니다요."

"니를 곁에 둘 수 읎느니라."

"뭣 땜시 그러시옵니까요?"

"나는 부하들에게 첩을 두지 않겠다고 약속혔느니라. 그 대신 부하들도 나멩키루 첩을 갖지 말라고 혔느니라."

실제로 이순신은 기생청의 기생들을 사가로 돌려보냈다. 장졸들이 훈련하지 않고 밤중에 기생들과 놀아나는 것을 방지하기 위해서였다. 그러기 위해서는 이순신이 먼저 모범을 보여야지만 영이 설 수밖에 없었다.

"내 가끔 순천으루 가 니를 찾을 티니께 돌아가거라."

"쇤네는 사또님을 지달리며 살아갈 것이옵니다요."

"숙직 나장더러 니를 안전허게 보내주라고 헐 것이니께 그리 알거라."

이순신은 곧 잠에 떨어졌다. 청매는 자지 않고 한동안 흐느꼈다. 울면서 이순신이 전장에서 무사하기를 빌고 또 빌었다. 그런 뒤 합장한 두 손을 풀고 내아 방에 오도카니 앉아서 새벽을 기다렸다. 승설의 방으로 가려 하다가 내아 방에서 밤을 새우기로 했다. 합방한 날이 마지막이라고 하니 아쉬웠던 것이다. 또한 같은 여자로서 승설에게 미안하기도 했다. 승설은 이순신의 명으로 환속하여 다모가 된 여자였던 것이다.

이순신은 인시가 되자 정확하게 일어났다. 청매를 그새 잊어버린 듯했다. 청매를 보더니 깜짝 놀라며 물었다.

"가지 않고 방에 있었던 겨?"

"예, 사또 나리."

"어서 가거라."

"날이 밝기를 기다리고 있사옵니다요."

"니가 가야 헐 이유를 간곡하게 말허지 않았더냐."

이순신은 전시에 입는 전포 차림으로 동헌으로 갔다. 숙직 나장이 다가오자 청매를 순천부까지 데려다주도록 지시했다. 그러고는 또 동헌 노비에게 숙직 진무를 불러오도록 지시했다. 잠시 후 박만덕이 동헌으로 왔다. 이순신은 박만덕을 동헌방으로 들도록 했다.

"사또 나리, 부르셨습니까요?"

"간밤에 이상은 읎는 겨?"

"아무 이상이 읎었습니다요."

"오늘 아침에도 오관 오포 수장덜이 모여 작전 회의를 하는디 박 진무는 알고 있는 겨?"

"진무청에서 공문을 봤습니다요."

"아, 박 진무는 글을 좀 안다구 혔지?"

"쪼깐 알고 있습니다요."

"포작 출신 중에 까막눈 수졸덜이 을매나 되는 겨?"

"대부분이지라우."

"수졸덜 유서 말여. 박 진무가 미리 대필혀서 나를 줘야 혀."

"예, 사또 나리."

박만덕은 포작 수졸들의 유서를 대필하라는 이순신의 지시를 받고는 전시 중임을 더욱 절감했다. 오늘 아침에도 오관 오포 수장들의 작전 회의가 잡혀 있었다. 박만덕도 진무 대표 자격으로 참석하는 회의였다. 박만덕은 동헌방을 나서며 미뤄진 출진 명령이 오늘내일 사이에 떨어질지도 모른다고 예감했다. 꼭두새벽이 되어서야 뜬 그믐달을 보자, 까막눈 수졸들의 유서를 빨리 대필해야겠다는 생각이 들었다. 속눈썹 같은 그믐달은 먼동이 트자마자 바로 사라지는 달이었다. 시간은 그믐달이 지듯 감쪽같이 빠르게 흘렀다.

첩자진

마파람이 돌풍처럼 거칠게 불었다. 굴강 안팎에는 크고 작은 병선들이 출렁거리는 파도를 따라 끄덕거렸다. 거북선 두 척은 굴강에 닻을 내리고 있었다. 마치 협선과 포작선들을 거느리기 위해 바닷속에서 솟구친 두 마리 용 같았다. 판옥선과 달리 위풍이 엄하고 당당했다. 이순신은 바다의 형세를 살피느라고 수장水墻까지 나갔다가 물러섰다. 수장을 뛰어넘어 오는 파도가 전포 자락을 적셨다. 파도의 속살이 허옇게 드러났다. 하늘은 먹물을 흩뿌린 듯했다. 굴강의 바다도 개펄물이 올라와 흐린 하늘처럼 잿빛이었다. 이순신 옆에 바짝 붙어서 걷던 송희립이 말했다.

"수사 나리, 파도가 쪼깐 쳐분디도 거북선에서 회의하실랍니까요?"

"차분허게 헐라믄 진해루서 혀야지."

"시간은요?"

"정오에 헐 티니께 연락혀. 우덜 병선은 워띠?"

"거북선 두 척, 판옥선 스물네 척, 협선 열다섯 척, 포작선 마흔여섯 척인께 모다 팔십칠 척이그만이라우."

"오관 오포에서 다 모인 겨?"

"먼 데 있는 보성 선소 배까정 다 왔그만요."

"어저께 새복에 겡상도 바다루다가 출발혔어야 했는디 못 헌 이유는 오늘 작전 회의 때 밝힐 겨."

"수사 나리, 그라믄 언제쯤 출발한당가요?"

"임금님 명이 떨어졌으니께 판단만 서믄 바루 출발혀야 혀. 그래서 오늘 작전 회의를 허는 겨."

원래는 어제 꼭두새벽 인시에 출진하려고 했는데, 그제 낮에 진무 이언호에게 보고받은 내용이 심상치 않아 발선發船을 미루고 있는 중이었다. 경상 우수영과 전라 좌수영의 공동 관할 구역인 남해현으로 그를 보냈는데, 미시에 돌아온 그의 보고가 뜻밖이었던 것이다. 남해 포구들의 첨사와 만호들이 모두 도망쳐버리고 진지들이 텅 비어 있다는 예상치 못한 상황이었다. 그러니 남해 사포, 즉 미조항, 상주포, 평산포, 곡포의 첩입군疊入軍(공동 관할 구역 수군)과 합세하여 경상 우수영 쪽의 바다로 가려던 작전을 다시 검토할 수밖에 없었다. 게다가 전라 관찰사 이광이 지시하였는데도 전라 우수영의 수군은 아직 오지 않고 있었다.

"출발이 늦어불고 있는디 도망치다 잽힌 수졸은 어찌케 처분해불까요?"

그제 본영 수졸이 도망치다가 포망장捕亡將에게 붙잡혀 왔던 것이다. 왜적이 두려워 도망친 사람은 그 수졸만이 아니었다. 본영 안에 살고 있던 양민 한 사람도 있었다. 이순신이 본영의 장졸과 양민들에게 동요하지 말라고 당부했는데도 가족을 이끌고 산중으로 도망치려 한 수졸과 양민이 있었던 것이다.

그러나 그들은 멀리 가지 못했다. 마을 사람들에게 신고를 받은 포망장이 산중 어귀를 지키고 있다가 두 사람을 모두 체포했다. 이순신은 포망장에게 즉시 목을 베어 본영에 내걸도록 지시했고, 조정에 올리는 장계에도 두 사람을 효수하였다는 내용까지 보고했다. 그러나 실제로는 갑자기 수군의 출진이 늦어짐에 따라 그들의 효수를 지연시켰다.

"회의 시작허기 전에 두 사람 다 효수시킬 겨."

"본영 수군도 모이게 할께라우?"

"수군뿐만 아니라 본영에 사는 양민덜까정 다 불러야 혀."

출진을 앞두고 죄인의 목을 베어 장대 끝에 매다는 것은 두 가지 이유가 있었다. 서릿발 같은 장수의 영을 장졸들에게 엄중하게 주지시키고, 더불어 뜬소문에 우왕좌왕하는 군관민들의 동요를 제압하고 진정시키는 효과가 있었다.

이순신은 진해루에 홀로 올라 오관 오포에서 온 수군들이 다 모이기를 기다렸다. 물론 성 안팎의 경계병들은 열외였다. 본영 안팎에 사는 양민들도 삼삼오오 모여들기 시작했다. 정오 전에 죄인을 효수한다는 것은 진무들을 통해서 이미 알려져 있었다. 효수 장소는 남문 해자 앞이었다. 이순신은 호상에 앉아서 눈살을 찌푸렸다. 굴강 쪽에서 불어온 마파람이 흙먼지를 일으켰다.

해자 앞의 수양버들 이파리들이 물고기 떼처럼 허옇게 뒤집어졌다. 하루 이틀 뒤 비가 내릴 징조였다.

진해루로 오관 오포의 수장들이 하나둘 올라왔다. 어제 새벽에 출진하려고 전날 미리 와 대기하고 있던 장수들이었다. 출진했을 때의 직무도 다 정해져 있었다.

조방장助防將 경장 정걸
유진장留陣將 본영 우후 이몽구

중위장中衛將 방답 첨사 이순신
전부장前部將 흥양 현감 배흥립
돌격장突擊將 본영 군관 이언량
중부장中部將 광양 현감 어영담
좌부장左部將 낙안 군수 신호
우부장右部將 보성 군수 김득광
후부장後部將 녹도 만호 정운
좌척후장左斥候將 여도 권관 김인영
우척후장右斥候將 사도 첨사 김완
유군장遊軍將 발포 가장 나대용
한후장捍後將 본영 군관 최대성
참퇴장斬退將 본영 군관 배응록
순천 대장順天代將 유섭

순천 부사 권준은 원래 이순신의 지휘를 받게 돼 있었으나 전라 관찰사가 갑자기 자신의 전령으로 삼았으므로 유섭이 권준을 대신해서 순천 대장으로 왔다. 그리고 여도 권관은 보름 전까지만 해도 황옥천이었으나 겁을 먹고 탈영했으므로 급히 바꾼 김인영이 왔다. 정걸과 이몽구는 출진하지 않고 본영을 방어하는 장수 명단에 올라 있었다. 오관 오포도 마찬가지였다. 성을 지킬 만한 담략이 있는 자를 가장으로 임명하여 남게 하였다. 햇볕이 잠깐 나타난 사시가 되자, 수군과 양민들이 남문 앞에 가득 모여 북적거렸다. 송희립이 말했다.

"수사 나리, 죄인을 끌고 와도 되겄습니까요?"

"그려."

송희립이 진해루 아래에 있는 나장을 보고 고개를 끄덕였다. 그러자 나장이 감옥으로 갔다. 마파람이 또 거칠게 불어왔다. 마파람을 피하듯 헝겊 조각 같은 갈매기들이 하늘을 낮게 펄럭거리며 날았다. 장마가 끝났지만 마파람이 부는 것으로 보아 어느 순간 비구름이 하늘을 덮을지 몰랐다.

이윽고 나장들이 죄인 두 사람을 앞세우고 남문 앞에 나타났다. 헐렁한 두건으로 얼굴을 가린 두 사람은 곧바로 꿇어앉혀졌다. 이순신이 조정에 올린 장계대로라면 어제 오전에 죽었어야 했지만 하루가 연기된 효수형이었다. 전시에는 망나니가 칼을 휘두르지 않았다. 망나니를 부를 시간이 없었으므로 죄인은 포망장이나 참퇴장의 칼을 받았다. 나장들이 가슴에 수水 자를 단 수졸을 먼저 포망장 앞으로 끌고 왔다. 두건을 벗기자 수졸의 얼굴이 드러났다. 수졸들이 낯익은 죄인의 얼굴을 보고 크게 웅성거렸다. 본영에 소속된 수졸이었던 것이다. 억세게 생긴 포망장은 망설이지 않고 날이 넙죽한 칼을 휘둘렀다. 칼이 번쩍하는 순간 수졸의 머리는 땅바닥으로 떨어졌다. 또 한 죄인은 앉은 자리에서 나장의 칼에 목이 달아났다.

두 죄인의 머리는 곧 장대 끝에 매달아 세워졌다. 마파람이 불자 머리를 매단 긴 장대가 낭창낭창 흔들렸다. 고참 수군인 진무들이 양민들에게 다가가 돌아가라고 소리치자 사람들이 이내 주춤주춤 흩어졌다. 이순신은 내내 눈을 감고 있다가 좌우로 앉아 있는 오관 오포의 장수들을 향해 무겁게 입을 열었다.

"내가 4월 27일까정 본영 앞바다에 모이도록 전령을 내린 것은 조명 선전관이 받들고 온 민준 좌부승지의 서장에 따른 겨. 경상 우수사 원균의 수군허구 합세허라는 전하의 명이신 겨. 허나 어저께(4월 30일) 새복에 출발허지 않은 것 또한 전하의 전지傳旨를 받들어 판단헌 것잉께 그리 알으야 혀. 전하께서는 천리 밖이니께 혹시라두 뜻밖의 일이 생기거든 명령에 반다시 구애될 것은 읎다구 허셨단 말여."

방답 첨사 이순신과 사도 첨사 김완, 광양 현감 어영담, 녹도 만호 정운의 얼굴에는 불만의 기색이 역력했다. 특히 정운은 왕방울만 한 눈알을 부라렸고 그의 눈썹과 콧수염은 곤두서 있는 듯했다. 자리를 분연히 떨치고 일어나 바다로 박차고 나갈 것만 같았다. 싸움에 굶주린 모습이었다. 어제 새벽에 했어야 할 출진을 늦춘 이순신을 원망하고 있는 듯했다.

"니덜은 나를 못마땅허게 생각혈지두 모른디 말여, 출발허지 못헌 이유부텀 몬자 말혀야 쓰겄다. 나는 4월 29일 새복에 '군사와 병선을 정비하여 중로루 나와서 지달리라'는 공문을 맹글어 진무 이언호에게 들려 우덜 본영의 이웃인 남해현으루 보냈느니라. 허나 정오가 지난 미시에 이언호가 돌아와 요렇게 보고혔느니라. '남해현 성안 건물과 여염집들은 거의 비었구, 집 안에서 밥 짓는 연기두 나지 않으며, 창고의 문은 이미 열려 흩어졌구, 무기고의 병기두 모다 읎어지구, 마침 무기고 행랑채에 한 사람이 있는지라 까닭을 물어보니, 왜적이 들이닥칠 것이라 허니께 사졸덜은 소문만 듣구 도망쳤으며, 현령과 첨사두 도망하여 간 곳을 알 수 없다구 허더란 겨. 니덜 같으믄 이러헌 얘기를 듣고두 아무런 대책 읎이 출발허겄느냐?"

합류할 남해현의 장졸들이 도망쳤다는 사실은 분명 예기치 못한 상황이었다. 더구나 남해현은 경상도로 가는 길목이었다. 이순신은 이언호에 이어 이번에는 군관을 보내 확인하지 않을 수 없었다. 무엇보다 적정을 먼저 치밀하게 파악하고 공격하는 것이 전투의 기본 철칙이었다.

"어저께 나는 송한련 군관을 남해현으루 보내 이언호의 보고가 사실이거든 창고와 무기고를 불 질러 읎애라구 혔느니라. 우리 전라좌도를 침략허려는 왜적에게 무기와 양식을 거저 내주지 말으야 허니께 고런 겨."

이순신이 출진을 늦춘 이유를 길게 말했는데도 정운은 큰 눈을 끔벅거리며 말했다.

"수사 나리, 겡상도 바다는 전라도 바다와 하나로 이서져 있그만이라우. 남해현 현령과 첨사가 도망쳤다믄 겡상도 다른 해안도 마찬가지일 것입니다요. 겡상도가 무너져부렀다는디 전라도가 무사헐께라우? 시방 이러고 있을 때가 아닌 것 같습니다요."

"정 만호의 생각이 옳은 겨. 흉악헌 왜적은 부대를 나누어 우덜 육지와 바다를 도적질허고 있다는 겨. 육지는 안으루다가 멍석을 말듯 나아가구 있구, 연해안은 여러 진덜을 하나하나 무너뜨려서 육지와 바다의 성과 진이 왜적덜 소굴이 돼버렸다는 겨. 겡상도 좌수영, 우수영이 함락됐다구 허니께 남해의 온 섬덜은 이미 무인지경일지두 물러."

경상도 함안 출신인 광양 현감 어영담이 나서서 말했다.

"남해안이나 섬 등에는 숨어든 경상 우수영의 군사가 있을 낍니더. 우리 좌수영 수군이 갸덜을 불러내 합세한다카믄 왜적 무리를 무찌르는 데 도움이 될 낍니더."

방답 첨사 이순신도 어영담과 비슷한 얘기를 했다. 그러나 이순신은 출진을 결정하는 데 몹시 신중했다.

"겡상도 바다의 물길을 잘 아는 남해 여러 진의 수장과 현령 등이 왜적덜 얼굴을 보기두 전에 도망쳐버렸느니라. 우덜은 겡상도 가믄 객병客兵일 뿐인 겨. 겡상도 바다의 험하고 평이헌 물길을 알지 못헌 디다가, 앞장서 물길을 인도헐 장수가 읎는데 경솔허게 출발허는 것은 무모허단 말여."

이순신은 출진을 하는 데 있어서 끓어오르는 의분과 충정만으로는 안 된다고 판단했다. 남해의 수장들에게 경상도 뱃길을 인도받고자 했는데 그것이 일단 수포로 돌아갔기 때문이었다. 그러자 환갑의 나이로 수염이 허연 어영담이 다시 일어나 말했다.

"소장은 겡상도 사천 현감을 지낸 적이 있습니데이. 그래서 겡상도 바다 물길을 조금 압니더. 겡상도로 구원 나간다카믄 소장이 앞장서 선도하겠십니데이."

어영담은 남해현의 여러 장수들이 도망친 것에 대해 분개하며 말했다.

"소장은 광양 현감으로서 참말로 분합니더. 광양은 남해나 같십니데이. 광양은 하동 노량진이나 남해 여러 포구에서 울리는 북소리와 나발 소리까지 다 들리는 곳입니데이. 비록 남해의 장수들이 다 도망쳤으나 소장이 갸들을 대신해서 겡상도 바다의 물길을 살필 낍니더."

어영담이 앞장서겠다며 나서자 회의 내내 말 한마디 하지 않고 있던 장수들이 태도를 바꾸기 시작했다. 처음에는 고개를 끄덕이더니 차츰 '옳소!' 소리를 냈다. 그래도 이순신은 분위기에 휩쓸리지 않고 냉정한 태도를 유지했다.

"우덜이 가는 겡상도 바다는 천리 밖의 바다인 겨. 뜻밖의 일이 생길 수 있는 겨. 게다가 우덜이 취약헌 것은 전선인 판옥선이 서른 척 미만이란 말여. 원균 수사 공문에는 적선 오백 척이 부산 김해 등에 정박해 있다구 허드라니께. 그러니 무조건 출발허는 것보다는 적기를 살펴야 헐 겨. 마침 이광 관찰사께서 이억기 전라 우수사에게 우덜허구 합칠 것을 명령혔으니께 전라 우수영의 구원선이 올 때까정 지달렸다가 발선헐 겨."

이순신이 출진을 미루는 이유를 두 가지로 요약해서 말하자, 어영담 등의 장수들이 불만을 누그러뜨렸다. 그러나 정운 같은 장수는 본영에서 마냥 전라 우수영의 판옥선과 수군이 오기를 기다리고 있지는 못하겠다는 표정이었다. 점심시간이 되어 회의가 끝났다. 진해루를 내려가면서 정걸이 말했다.

“이 공께서 말씀허신 강구대변 전술이 생각나부요.”

강구대변은 적이 육지에 발을 붙이기 전에 강 입구에서 적을 막아 격퇴하는 전술이었다. 이순신은 정걸의 말에 아쉬운 표정을 지었다.

“왜적이 시방 날뛰는 것은 부산 장수덜의 전술 실패가 크지유. 바다에서 막었으야 혔는디 고러지 못헌 것이 패인이지유. 또 하나 더 든다믄 겡상도에두 견고한 성이 많은디 장졸덜의 정신무장이 부족혔기 때문이지유.”

“하야튼 간에 남해는 전라도 바다의 문턱인디 큰일이랑께요.”

“남해루 보낸 송한련이가 오믄 결단을 내릴 생각이구먼유.”

“한심해부요잉. 왜놈덜이 몰려온다는 소문만 듣고 비겁하게 첨사, 만호, 현령이 도망간 것이 말이요.”

“남해만의 문제가 아니지유. 부산과 동래 연안의 여러 장수덜이 전선을 정비혀서 바다에 진을 치고 위세를 보였드라믄 왜적이 육지루 단박에 상륙허지 못혔을 틴디 말이유. 바다에서 왜적을 격퇴혔드라믄 나라를 욕되게 허는 환란이 요지경까정 이르지는 않았을 것인디 아숩구먼유.”

이순신은 스승 같은 조방장 정걸과 이야기하면서 분함을 참지 못했다. 어제 조정에 올린 장계에서도 다음과 같이 마무리를 지었던 것이다.

'원하옵건대 오직 죽을 것을 기약하고 곧 범의 굴을 바로 두들겨 요망한 기운을 소탕하여 나라의 수치를 만분의 일이라도 씻으려 하옵는 바 성공하고 실패하고 잘되고 못되는 것은 신이 미리 생각할 바가 아닌 것임을 삼가 갖추어 아뢰옵니다'.

다음 날. 남해현에서 돌아온 송한련의 보고도 전날 이언호의 것과 비슷했다. 남해 현령 기효근, 미조항 첨사 김승룡, 상주포 만호 김축은 왜적과 맞서보지도 않고 도망쳐버렸다는 것이었다. 남해 섬 남쪽에 있는 사포(미조항, 상주포, 평산포, 곡포)는 모두 텅 비어 있으며, 창고의 곡물은 물론 군기고의 무기도 피난 간 사람들이 다 가져가고 없다고도 했다. 이순신은 한심하여 길게 혀를 찼다.

'쯧쯧쯧. 나라의 녹을 묵고사는 벼슬아치덜이 의리를 저버리다니 심히 놀랍구나.'

다만, 안심이 되는 것은 왜적이 남해현 남쪽의 사포까지는 아직 침범하지 않았다는 사실이었다. 그러니까 출진하는 데 있어서 남해 섬의 북쪽인 하동의 노량 해역보다는 남해의 미조항 쪽이 더 안전한 셈이었다. 이순신은 남해현의 장수들에게 경상도 뱃길을 안내받으려고 했던 생각을 바꾸었다. 아쉬움을 미련 없이 털어버렸다. 어영담이 남해의 물길을 안다고 했으므로 가능한 한 빨리 출진하려고 결심했다.

정오가 지난 시각이었다. 이순신은 본영 앞바다에 정박 중인 대장선에 올라 여러 장수들에게 진을 치라고 지시했다. 병선들의 진은 전투 상황이 아니므로 첨자진尖字陣이었다. 첨자진은 전투 장소까지 척후선을 먼저 보내 적정을 정탐하며 나아가는 행진 대오였다. 선두는 소小자 모형으로써 삼각형 대오로 주요 전선인 판옥선이, 중간은 종대 대오로 중군선과 대장선이, 후미는 겹 팔八자 모형으로 전투도 치르면서 군수물자를 지원하는 협선이나 포작선이 포진했다. 병선들이 첨자진으로 나아가다가도 전투 상황에 이르면 선두 삼각형 대오는 일一자, 즉 학의 날개처럼 일렬종대인 학익진鶴翼陣으로 바뀌었다. 첨자진을 치라고 명하자 송희립이 들뜬 목소리로 말했다.

"수사 나리. 인자 진격 명을 내리실 겁니까요?"

"송 군관은 쌈을 못 혀서 안달이구먼."

"하하하. 근질근질해서 못 견디겄당께요."

황득중도 마찬가지였다.

"사또께서 자꼬 미루신께 본영에 요상한 야그가 떠돕니다요."

"무신 야그?"

"왜놈덜이 우리덜 코앞까정 왔는디도 똥 밟은 거멩키로 가만히 있다는 소문이랑께요."

"내가 왜적이 무서워서 미적거린다는 겨?"

"고건 아니지라우. 사또의 짚은 맴을 모르겄다는 말이지라우."

"쓸데읎는 소리 말어!"

아들처럼 어린 황득중이 이번 출진에 대해서는 헛짚고 있었다. 이순신이 출진을 심사숙고하는 데는 크게 세 가지 이유가 있었다. 첫 번째는 적정을 확실하게 살펴야 한다는 철칙이 있었고, 두 번째는 수군의 전력을 최대한 끌어올리자는 전술이었고, 세 번째는 장졸들 스스로 적개심과 전의를 갖도록 유도한다는 속셈이 있었다.

이순신은 첫 번째와 세 번째의 조건은 어느 정도 갖추어졌다고 판단했다. 두 번째는 조선 수군의 현실이니 어쩔 수 없는 일이었다. 전력의 열세는 전략과 전술로 보완할 수밖에 없었다. 다행인 것은 세 번째 조건이었다. 왜적과 싸우고자 하는 장졸들의 전의는 이순신을 크게 만족시켰다. 녹도 만호 정운을 비롯한 몇몇 장수들은 우리 안에 갇힌 맹수 같았다. 왜적에 대한 적개심이 남달랐다. 사도 첨사 김완이나 송희립 등도 정운 못지않았다.

그렇다고 모든 장수들이 용맹스러운 건 아니었다. 무공을 세워 벼슬을 얻고자 나선 장수도 있었고, 군령이 엄중하여 마지못해 와서 자세를 엎드린 장수도 있었다. 이순신보다 여섯 살 위인 낙안 군수 신호는 의심이 많았다. 이순신의 기대에 못 미쳤다.

"사또, 비변사에서 출진허라는 명령이 내려온 것이 사실인게라우? 늦어지믄 낙안으로 가 있다가 와도 되겄지라우."

"어저께 말혔는디두 그려. 명령은 이미 내려와 있으니께 신군수가 낙안으로 돌아가는 것은 불가능혀. 낙안은 새루 임명헌 가장에게 맡기믄 되는 겨."

이순신은 물러서려는 신호의 태도를 보고 속으로 탄식했다. 다른 장수들은 기꺼이 진격할 마음을 가지고 있는 데 반해 신호는 사실상 슬그머니 물러서려고 했던 것이다.

첨자진이 어정쩡하게 쳐진 상태에서 방답진 전선인 판옥선 세 척이 되돌아오고 있었다. 방답 첨사 이순신도 정운처럼 성격이 거친 용장이었다. 방답 첨사 이순신은 맨 앞 판옥선에 승선하여 오고 있었다. 큰 칼을 차고 있는 모습이 늠름했다. 왜 수군 전선을 만나면 결코 물러서지 않겠다는 태도였다. 방답진의 판옥선 세 척이 합류하자, 첨자진은 비로소 완전한 대오를 갖추었다. 방답 첨사 이순신이 탄 판옥선은 대장선 앞으로 와 중군선이 되었다.

첨자진 좌우에는 벌써 좌척후장 여도 권관 김인영과 우척후장 사도 첨사 김완이 급한 성격 탓에 돛을 올리고 있었다. 그러나 모든 병선들은 닻과 돛을 올리지 않은 상태였다. 대장선의 명령을 받아 전달하는 중군선에서는 아직도 화포를 쏘지 않고 있었다. 검은색 흑고초기黑高招旗도 올라가지 않았다. 대장선에 탄 이순신의 출진 명령이 떨어지지 않고 있기 때문이었다.

병선들은 오직 화포 소리와 깃발, 북소리와 나각 소리, 나발 소리로 움직였다. 훈련을 받은 수군들은 군령을 철저하게 숙지했다. 중군선에서 화포 한 발을 쏜 뒤 길쭉한 흑고초기가 올라가면 모든 병선들은 돛을 올리고 진격 방향으로 뱃머리를 돌렸다. 중군선에서 또다시 화포 두 발을 쏜 뒤 푸른색 남고초기藍高招旗와 흰색 백고초기白高招旗를 세우고 북을 치면 비로소 첨자진을 친 병선들이 진격을 시작했다.

이순신이 신시가 다 지날 때까지도 병선들에 출진 명령을 내리지 않고 첨자진만 점고하고 있자 답답해진 송희립이 말했다.

"수사 나리, 오늘 상황은 여기까정입니까요?"

"기여."

송희립은 극비인 출진 시각에 대해서는 더 묻지 않았다. 그러나 한 가지만은 참을 수 없었다. 송희립이 어렵게 입을 열었다.

"수사 나리, 정운 만호를 으째서 후부장으로 돌려부렀당가요? 돌격장이나 전부장으로 올려야 맞지 않는게라우?"

"전투란 용勇만 가지고 안 되는 겨. 지智가 있으야 허는 벱이여. 정운은 지혜보다는 용맹이 앞서는 장수라 중부장 어영담 뒤에 눌러놓은 겨."

용맹이 지나치면 재앙을 불러오는 법이다. 이순신은 정운의 무부다운 면을 누구보다도 사랑했지만 냉정하게 판단하여 후부장을 시켰다. 호전적인 사도 첨사 김완을 공격진의 선두에 두지 않고 우척후장 임무를 맡긴 것도 같은 이유에서였다. 왜적 선단을 향해 섣불리 나서 공격하다가는 패전의 빌미를 줄 수도 있기 때문이었다. 돌격장은 정운보다 용감하지는 않지만 명령에 절대복종하는 이언량을, 그리고 최근에 자신의 막하로 들어온 보성 출신 최대성은 선단 후미를 지키는 한후장으로, 배응록은 후퇴하는 장졸을 잡아 즉결 처분하는 참퇴장으로 지명하여 첨자진 대오의 배에 승선하도록 했다.

이순신은 거북선을 움직이는 두 명의 좌우 돌격 귀선장龜船將은 뽑지 않았다. 첫 전투에서는 거북선을 본영에 두고 정비가 잘된 판옥선만으로 왜적과 맞서 싸울 생각이었다.

천지신명

어제 마파람이 심하게 불더니 기어이 이른 아침부터 가랑비가 내렸다. 그러나 가랑비의 기세는 도롱이를 걸치지 않아도 될 만큼 약했다. 오후에는 내리는 둥 마는 둥 할 것 같았다. 진해루 추녀 밑에 서 있던 수졸들이 갑자기 웅성거렸다. 본영 앞바다에 판옥선 세 척이 굴강 쪽으로 느릿느릿 들어오고 있었다. 전라 우수영의 병선을 기다리고 있던 좌수영 경계병 수군들에게는 반가운 병선이었다. 이는 곧바로 동헌에 보고할 관측 사항이었다. 남문 수문장 진무가 동헌으로 달려와 소리쳤다.

"사또 나리, 본영 앞바다에 우수영 병선덜이 오고 있습니다요."

"판옥선인 겨, 맹선인 겨?"

"지 눈으로 딱 부러지게 봤지라우. 판옥선입니다요."

"전라도에 판옥선이 있다믄 인자 우수영밖에 읎을 겨. 경계허니라고 수고혔다."

"예, 사또 나리."

전라 우수사 이억기가 병선들을 거느리고 나타났다는 보고였다. 이억기가 보낸 공문에 30일에 발선한다고 하였으니 도착할 시간이었다. 판옥선은 조선 초기의 맹선猛船을 개선한 전선이었다. 조방장 정걸이 바로 판옥선 건조의 전문가였다. 맹선은 갑판이 하나인 1층인 반면 판옥선은 갑판을 하나 더 얹은 2층 구조로, 아래층에서는 격군이 마음 놓고 노만 젓고 상갑판에서는 전투 요원이 자유자재로 화포와 활을 쏘도록 건조한 전선이었다.

이순신은 송희립 등 본영 군관들을 보내 전라 우수영 수사와 수군들을 맞이하도록 했다. 남문지기 수졸들 모두 오랜 가뭄 끝에 단비를 만난 듯 기뻐서 날뛰었다. 그러나 남문루인 진해루에 오른 송희립은 굴강 쪽으로 다가오는 판옥선들을 보더니 숯덩이 같은 눈썹 끝을 치켜올렸다. 눈을 비비고 다시 보니 판옥선들은 우수영의 배들이 아니었다. 어제 첨자진 작전에 가담했던 방답진 전선들이었다. 어젯밤 늦게 방답진으로 되돌아갔다가 복귀하는 판옥선들이 틀림없었다. 송희립은 실망한 나머지 또다시 확인했지만 방답진 판옥선이 분명했다. 큰 깃발에 방답이란 글씨가 선명하게 쓰여 있었던 것이다. 송희립은 남문지기 수문장 진무를 불러 크게 화를 냈다.

"눈뜬 당달봉사 같은 놈아! 눈깔은 뒀다가 뭣한다냐? 니는 눈앞에 보이는 방답진도 아적 모른단 말이냐? 글씨가 안 보이냔 말이여."

"지는 까막눈이그만이라우."

남문지기 진무는 미안한 듯 목덜미를 쓸었고, 송희립 옆에 있던 정운은 낙심하여 찌푸린 미간을 펴지 못했다. 송희립 뒤에 붙어 있던 최대성도 어두운 얼굴빛으로 변했다.

"우수사께서는 뭣 땜시 늦어분지 모르겄그만잉. 30일에 출발헌다고 혔으믄 약속을 지켜부러야제."

"오늘도 여그서 회의를 한당께 지달려봅시다요. 나는 수사 나리께 우수사 배덜이 아니라고 보고허고 올께라우."

송희립이 진해루를 내려가자 정운도 뒤따라 내려왔다.

"동상, 같이 가세."

"성님도 수사 나리께 헐 말이 있는게라우?"

"우수사는 얼릉 오지 않을 것 같은디 시방 이라고 있을 때가 아닌 것 같단 마시."

"지도 성님허고 생각이 같그만이라우."

열 살 차이가 나는 두 사람은 이심전심으로 의기투합했다. 이순신에게 지금이라도 출진 명령을 내려달라고 건의할 작정이었다. 그러나 두 사람은 동헌 마당에 들어서다 말고 걸음을 멈추었다. 낯익은 사람이 오랏줄에 묶여 있었다. 죄인은 여도 권관을 지낸 황옥천이었다. 이번 출진 때 참퇴장으로 명단에 오른 군관 배응록이 황옥천을 인계받아 끌고 온 듯했다. 전시 중에 도망치다 잡힌 장졸은 누구나 극형을 받았다. 특히 성을 버리고 도망친 장수는 참수는 물론이고 잘린 머리를 여러 진에 조리돌렸다. 도망자에 대한 재판은 지극히 형식적이었다. 이순신은 동헌 마루 호상에 앉아 황옥천을 내려다보고 있었다.

두 달 보름 전 흥양 순시 때 여도진에서 보았던 그 황옥천이었다. 점고받는 동안 무부답지 않게 몹시 굽실거리던 황옥천이 떠올랐다. 보고하면서 무슨 잘못을 했는지 이순신을 바로 쳐다보지 못했고 시선을 한곳에 고정시키지 못했었다. 이순신은 황옥천에게 연민의 정이 들어 물었다.

"수졸 황옥천은 왜적이 두려운 겨?"

"사또 나리, 살고 잡습니다요."

황옥천은 한때 여도 권관이었지만 현재의 신분은 수졸로 강등된 죄인이었다.

"장수가 부하와 성민을 버리고 도망치구두 살기를 바라는 겨?"

"사또 나리, 지 꿈이 웬숩니다요."

"무신 꿈을 꾸었길래 꿈을 원망허느냐?"

황옥천은 대답을 못 했다. 그러자 배응록이 윽! 소리를 내며 다그쳤다.

"니는 이래도 죽고 저래도 죽을 것잉께 빨리 말해라잉!"

"지 입으로 말허지 못허겄그만이라우."

배응록이 겁박을 했다.

"말허지 못하겄다믄 짜구로 니 주뎅이를 쪼사뻰져야 쓰겄다."

이순신도 황옥천을 나무랐다.

"백성을 배신허구 나만 살자구 도망친 놈이 무신 이유가 많은 겨!"

"사또 나리, 꿈을 꾼 것은 사실입니다요. 요 마당에 으쩌자고 거짓말허겄습니까요. 지가 꿈인지 생시인지 구분허지 못했습니다요. 꿈에서 임금님까정 한양을 버리시고 가는 것을 보고 나서는 얼이 빠져부렀습니다요. 오메, 나라가 망조 들겠구나 허고 지도 모르게 몽유벵 환자멩키로 성을 나와부렀습니다요. 으째서 병신같이 그랬는지 시방 지 발등을 찍어불고 싶습니다요."

"변명허는 소리 마라!"

이순신이 황옥천의 하소연을 잘라버리자 배응록은 황옥천의 옆구리를 발로 걷어찼다.

"똥인지 된장인지 구분허지 못허는 숭악헌 놈의 새끼!"

마당에 나동그라진 황옥천을 송희립도 달려가 발길질을 했다.

"니놈이 아적 주뎅이가 살어 임금님을 능멸해부는 것이여?"

정운도 다가가 한심한 듯 침을 뱉었다.

"짜잔헌 놈아! 임금님은 백성을 팽개치고 한양을 떠나실 분이 아니랑께. 아모리 꿈이라고 허지만 권관 주제에 으디서 임금님을 들멕이는 것이여."

이순신은 배응록에게 동헌 밖으로 끌고 가 효수형에 처하라고 지시했다. 황옥천이 끌려 나가고 나자, 동헌은 다시 태풍 전야 같은 긴장감이 돌았다. 이순신은 방으로 들어와 눈을 감았다. 지진이 나려면 미물이 먼저 반응하는 법이었다. 개구리 떼가 나타나 이동하거나 까마귀들이 우짖으며 난폭하게 날갯짓했다. 목숨 자체가 재산인 미관말직의 수졸이나 양민들이 성을 도망치는 것도 비슷한 현상이었다. 그러고 보면 황옥천의 꿈도 전혀 생뚱맞은 것은 아니었다. 선조와 종실은 왜군 부대가 한양을 향해 거침없이 공격해 오자 변방 장수들의 믿음과 달리 도성을 버리고 피난 갈 생각으로 전전긍긍하고 있었던 것이다.

순변사 이일이 급조한 군사 육천여 명으로 1차 방어선을 친 상주에서 패배했다는 보고가 4월 28일에 전해졌다. 대부분 농사꾼인 군사는 싸우기도 전에 도망쳤으며 종사관인 홍문관 수찬 박호와 교리 윤섬, 방어사의 종사관인 이경류와 판관 권길은 죽고, 순변사 이일은 군관 한 명, 남종 한 명과 함께 전포를 벗고 벌거벗은 몸으로 달아나던 중에 처분을 기다리는 장계를 올린 다음 충주에 진을 친 신립의 부대로 갔던 것이다.

선조는 대신과 대간들이 입궐한 자리에서 파천播遷이란 말을 꺼냈다. 임금 입에서 도성을 버리고 피난 가야겠다는 말이 나온 것이다. 수찬 박동현이 눈물을 흘리며 파천의 부당함을 아뢨다.

"전하께서 일단 도성을 나가시면 민심은 보장할 수 없사옵니다. 전하의 연을 멘 가마꾼도 길모퉁이에 연을 버려둔 채 달아날 것이옵니다."

수찬이 극언하고는 통곡했다. 또한 우승지 신잡도 반대했다.

"전하께서 끝까지 신들의 간청을 허락하지 않고 파천하신다면 신에게는 팔십 노모가 계시나 종묘의 대문 밖에서 자결할지언정 감히 전하의 뒤를 따르지 못하겠습니다."

그러나 선조는 내심 파천을 작심하고 서둘러 29일에 둘째 아들 광해군을 세자로 삼았다. 또한 파천의 안전을 위해 한양 수성 작전도 세웠다. 김명원을 도원수, 신각을 부원수로 명하여 최후 방어선인 한강으로 보냈다. 그리고 한양에 남아 방어할 유도대장留都大將에는 변언수를 임명했고, 각 도에 왕자들을 보내 군사를 모집했다. 도성을 방어할 군사가 크게 부족했기 때문이었다. 도성 궁문은 모두 삼만여 개였는데 군사는 고작 칠천여 명에 불과했다. 그것도 훈련받은 군사가 아니라 관청의 구실아치나 농사꾼들이 불려 나와 마지못해 죽창을 들고 있는 정도였다.

사람들의 입에서 입으로 번지는 소문은 공문서인 장계보다 빨랐다. 신립이 거느린 팔천여 명의 군사는 그나마 유성룡이 모집한 건장한 장정들이었다. 유성룡이 도성 안의 하급 무관과 관청의 구실아치, 활 잘 쏘는 한량 등을 끌어모아 신립에게 넘겼던 것이다. 그러나 이일에 이어 충주에서 2차 방어선을 친 삼도 순변사 신립마저 대패했다는 소문이 돌았다. 군사는 전멸했고 신립과 종사관 김여물과 박안민은 왜군의 후방 포위망을 뚫고 나와 달천강에 투신하여 죽었다는 소문이었다. 한양의 민심은 폭발 직전으로 변했다. 충주 패배의 장계는 29일 밤에야 올라왔다. 이제 한강에 친 최후 방어선조차 왜적의 공격을 지연시킴으로써 선조의 파천을 돕는다는 의미밖에 없었다.

종실인 해풍군이 대궐문을 두드렸다.

"전하, 도성을 지켜야 하옵니다."

해풍군은 통곡했다. 그러나 대신들은 달랐다.

"사태가 이 지경에 이르렀으니 평양으로 행차한 뒤, 명나라에 군사를 청해서 회복할 생각을 해야 하옵니다."

장령 권회가 접견을 청하여 해풍군과 같이 도성 수성을 건의하자 이번에는 유성룡이 나섰다.

"권회의 말은 매우 충성스럽기는 하지만 작금의 형편상 그렇게 하지 않을 수 없습니다."

선조는 어가를 호종할 우두머리로 윤두수를 임명했다. 그리고 근왕병을 모집하기 위해 김귀영과 윤탁연에게는 임해군을 받들게 하여 함경도로, 한준과 이개에게는 순화군을 받들게 하여 강원도로 가도록 지시했다.

4월 30일, 비가 쏟아지는 새벽에 결국 선조는 전포 차림으로 손에 채찍을 들고 파천길에 올랐다. 지척을 분간하지 못할 정도의 캄캄한 밤이었다. 비가 내려 횃불을 들 수 없었다. 돈의문(서대문)을 급히 빠져나가는 바람에 선조가 탄 말이 뒤뚱거렸다. 선조 앞에는 종묘의 관원들이 신주를 모시고 앞장섰으며 뒤에는 세자와 신성군, 그리고 정원군의 행차가 뒤따랐다. 종루의 군사도 달아나버렸는지 밤 시간을 알리는 북소리도 나지 않았다. 돈의문을 벗어난 직후 선조를 호위하는 하급 군사들조차 모두 달아나버렸다. 문무 벼슬아치 백여 명만 남았다. 임금이 궁궐을 버리니 도성의 백성은 난민으로 바뀌었다. 천도하여 뒷날 명나라의 힘을 빌려 반격을 도모한다고는 하지만 선조와 조정 대신들의 명분은 초라했다. 왕비는 걸어서 인화문으로 나가 가마를 탔는데, 궁녀 수십 명이 따랐다. 도승지 이항복이 초롱을 들고 왕비를 인도했다. 비가 세차게 쏟아지자 길은 진흙탕으로 변했고 금세 흙탕물 범벅이 된 가마는 주춤거렸다. 할 수 없이 숙의淑儀 이하는 가마를 버리고 말로 갈아탔다. 궁녀들은 울면서 걸었다. 선조는 날이 샐 무렵 비에 흠뻑 젖은 채 벽제 역참으로 가는 모래재[沙峴](홍제 고개)를 겨우 넘었는데, 그때 경기 관찰사 권징이 뒤쫓아 와서 자신의 우장을 바쳤다.

선조가 떠난 궁궐은 난민이 된 도성 사람들에게 먼저 화를 당했다. 궁궐 문은 닫혀 있긴 했지만 하나같이 자물쇠가 채워져 있지 않았다. 호위군과 궁문지기들이 황급히 빠져나갔기 때문이었다. 도성 난민들은 잠깐 비가 갠 틈에 노비 문서가 보관된 장례원과 형조에 불을 질렀다. 분노한 난민들은 경복궁, 창덕궁, 창경궁까지 불 지르고 창고를 약탈했다. 문무루와 홍문관에 보관된 서적들, 춘추관에 있던 각 왕대의 실록, 승정원일기 등이 남김없이 잿더미로 변했다. 평상시에 재물을 많이 쌓아둔 곳으로 원성이 자자했던 임해군과 병조 판서 홍여순의 사가도 난민들이 달려가 노략질하고 태워버렸다. 도성에 군사들이 남아 있기는 했지만 떼 지어 몰려다니는 난민들을 막아내지는 못했다. 난민의 우두머리 몇 명을 잡아 참수했지만 그들은 이미 폭도로 변해 있었다. 이 모든 것이 왜군이 입성하기 전에 벌어진 일이었다.

이러한 소문은 도성 사수를 위해 한양으로 올라오던 삼도의 지휘 본부에도 전해졌다. 전라 순찰사 이광과 경상 순찰사 김수 그리고 충청 순찰사 윤국형이 이끄는 군사 진영이었다. 단번에 사기가 떨어진 삼도의 장졸들은 순찰사를 따라 되돌아가거나 각자도생으로 흩어졌다. 지휘부는 왕이 없는 도성에 군사를 이끌고 갈 명분이 없었기 때문이었다.

참퇴장 배응록이 황옥천을 동문 밖으로 끌고 가 효수를 집행한 뒤 동헌으로 돌아왔다. 군관 배응록은 참퇴장으로 임명받은 이후 처음으로 칼에 피를 묻힌 셈이었다. 그런데 황옥천을 참수 한 일은 전투 중이 아니므로 공을 세웠다고는 할 수 없었다. 홍양현 감옥에 갇혀 있던 황옥천이 오늘 본영으로 끌려와 극형을 받은 것뿐이었다.

"수사 나리, 황옥천 모가지를 뎅강 비어 간짓대 끝에 매달았습니다요."

"잘혔어."

"사람 목심이 얼마나 질긴지 인자서야 알았습니다요. 황옥천의 모가지가 지 칼에 서너 번만에사 떨어지더랑께라우."

"그래두 사람 목심이니께 마무리두 잘혀야 써. 3일이 지나믄 가족헌티 돌려줘야 혀."

"알겄습니다요."

배응록이 나가고 나자 송희립이 동헌방으로 들어와 말했다.

"수사 나리, 정 만호가 뵙자고 헙니다요."

"들어오라고 혀."

이순신은 정운의 마음을 이미 간파하고 있었다. 정운은 출진 명령이 미뤄지고 있는 것에 대해 불만이 누구보다도 컸던 것이다. 이순신은 정운을 보자마자 물었다.

"나를 워째서 보자구 허는 겨?"

"이억기 수사는 아마도 오지 않을 것 같그만이라우."

"그러니께 워처자는 겨?"

"왜놈덜이 한양까정도 덮칠 기센디 원통하그만요. 놈덜을 가만 놔두믄 우리덜 있는디까정 쳐들어오지 않을께라우?"

"기여."

"수사 나리께서 오늘 바로 출진허지 않으믄 지는 녹도로 돌아가불랍니다요. 여그서 지내는 것도 지겹그만요."

"참말루 그런 겨?"

"적을 치는 시기를 놓쳐불믄 그때는 막아내지도 못허고 한탄만 되씹겄지라우!"

"정 만호, 고것은 나헌티 맡기라니께."

정운은 일어나 눈알을 부라리며 동헌방을 나가버렸다. 그러자 옆에 있던 송희립도 대들 듯이 말했다.

"수사 나리, 지도 정 만호 판단허고 같아라우. 시방 왜놈덜 기세를 꺾지 않으믄 두고두고 후회헐 것입니다요."

이순신의 입가에 미소가 흘렀다. 이순신은 정운과 송희립의 무례함이 기특했다. 무부다운 거친 행동이 마음에 들었다. 정운과 송희립은 이순신에게 직언하는 장수들이었다. 반면에 정걸은 선배로서 이순신을 설득하는 장수였다. 저돌적이고 젊은 정운이나 지혜롭고 전투 경험이 풍부한 백전노장 정걸이 이순신 휘하에 있다는 것은 장수의 처지에서 볼 때 행운이었다. 장수는 지, 용, 덕을 모두 갖추어야만 전투를 승리로 이끌 수 있는 명장이 될 수 있기 때문이었다.

"정 만호와 방답 첨사를 불러와."

"예, 수사 나리."

이순신은 정운과 방답 첨사 이순신이 보는 앞에서 이미 작성해둔 문서를 꺼냈다. 내일, 그러니까 5월 4일 새벽에 출진한다는 문서였다. 대장선의 명령을 받아 전달하는 중군선의 장수 방답 첨사 이순신에게도 출전 문서에 서명하라고 지시했다. 그제야 정운의 표정이 밝아졌다. 입가에 미소가 돌았다.

"진해루에서 모다 기다리게. 지어둔 출전 제문을 고헐 겨."

잠시 후. 이순신은 진해루에 모인 조방장과 우후, 군관, 진무 대표가 모인 자리에서 출전 제문을 읽어 내려갔다. 전포 차림의 장수들은 모두 투구를 쓰고 칼을 차고 있었다. 가랑비가 오기 때문에 수군들은 집합시키지 않았다. 출사표가 임금에게 장수 개인의 의지를 담아 올리는 장계와 같은 것이라면, 출전 제문은 전투를 앞둔 장수가 천지신명에게 비는 제사 축문 같은 글이었다.

'나라가 구분된 것은 하늘이 정한 바고, 임금을 섬기는 나라가 수모와 치욕을 당하면 하늘도 분노하거늘, 위무威武를 숭상하는 군인들로서 적의 침입을 받아 지켜야 할 나라가 위기인데 어찌 원통하지 않겠습니까.

천지신명이시여! 저희 신하 된 자들은 창의를 이미 결의하였습니다. 하늘이 어찌 우리들 뜻을 외면하시겠습니까. 이제 예의를 갖추고 제祭를 올리옵니다. 신이여, 받아주옵소서. 용력으로 임무를 완수하겠다는 뜻을 이미 임금님께 써 올렸습니다만, 온갖 힘을 동원하여 가득한 충의로써 왜적을 쓸어 없앨 때 산 자와 죽은 자의 정신과 영혼까지도 협력하게 하시어 적의 세력을 꺾도록 해주시옵소서. 칼을 휘두르는 적이 패배하도록 도와주시옵소서. 의지하고 의지하나니 나라를 지키는 소임을 다하게끔 도

와주시옵소서. 천둥처럼 빠른 귀신같이 시행하겠나이다.'

출전을 앞둔 군관들은 날이 바뀌는 자시까지 휴식에 들어갔다. 자시 이후에는 모든 수군들과 함께 병선에 승선해야 했다. 다행히 오후 늦게 가랑비가 그쳤다. 군관들 중에는 군관청으로 돌아가 유서를 쓰는 사람도 있었다. 혹시라도 죽거든 나무로 머리를 깎아 시신에 붙여 고향 산에 묻어달라는 식이었다. 그러나 대부분의 군관들은 살아서 돌아올 것을 믿고 유서 따위에 관심을 두지 않았다. 이순신의 명을 받은 박만덕도 포작 출신 수졸들에게 유서 대필을 해주겠다고 말했지만 나선 사람이 드물었다.

이순신은 자시와 축시 사이에 선조에게 출전의 장계를 썼다.

'전라좌도 수군절도사 신 이李는 삼가 구원 나가는 일로 아뢰옵니다. 전일에 경상 우수사 원균과 합세하여 적선을 쳐부수라는 전하의 전지를 받고, 소속 수군과 여러 장수들은 지난 4월 29일 본영 앞바다에 모여 30일에 출전하려고 하였습니다. 그러나 순찰사 겸 관찰사 이광이 병세兵勢가 외롭고 약한 것을 염려하여 본도 우수사에게 수군을 거느리고 신의 뒤를 따르라는 명령을 하였고, 우수사 이억기의 공문에 이달 30일에 발선한다고 하였기에 그들의 도착을 기다려 군대의 위세를 엄하게 갖추어 출전하겠다는 내용으로 이미 장계를 올렸습니다. 육지 안으로 쳐들어간 적들이 곧 한양에 접근한다고 하므로 신과 여러 장수는 분해서 떨쳐 일어나지 않는 사람이 없습니다. 칼날을 무릅쓰고 사생결단할 각오로 적들이 돌아갈 길목을 끊어놓고 적선을 쳐부순다면 적들은 후방이 염려되어 후퇴할 수밖에 없을 것입니다. 오늘 5월 4일 첫닭이 울 때 곧장 경상도로 출전하며, 한편으로는 우수사 이억기에게 속히 뒤따라 달려오라고 급보를 띄웠습니다.'

이순신은 장계를 쓰는 순간에도 한양이 함락된 줄 모르고 있었다. 입성한 왜군 제8군의 대장 우키타 히데이에가 난민들 손에 불타버린 궁으로 들어가지 못하고 역대 왕들의 신위가 모셔진 종묘에 들어가 잠을 잔 줄은 더더욱 모르고 있었다. 적장과 그의 군사들이 종묘에서 잠을 잔다는 것은 조선을 능멸하는 무례한 짓이었다.

그런데 놀랍게도 종묘의 신령은 왜적을 받아들이지 않았다. 밤마다 귀신의 모습으로 우키타와 그의 군사들 꿈에 나타나 깜짝깜짝 놀라게 했다. 꿈에서 깨어난 왜군들끼리 싸움이 벌어져 칼에 눈이 멀거나 죽는 사람까지 생겼다. 우키타는 난민들에게서 종묘의 신령이 있다는 소리를 듣고는 겁이 나 종묘를 불사른 뒤 남별궁으로 옮겼다.

서천 길에 오른 선조도 한양 소식이 견딜 수 없이 궁금하여 우승지 신잡을 내려보냈다. 한양에 남아 있는 유도대신留都大臣 이양원과 도원수 김명원을 만나 교서를 전하고 도성의 백성들을 위로하고 오라는 명이었다. 그러나 신잡은 선조의 교서를 가지고 파주까지 갔다가 왜적이 이미 한양에 입성했다는 말을 듣고는 더 이상 가지 못했다. 한강에 최후 방어선을 친 도원수 김명원의 군사가 맥없이 후퇴하면서 흩어져버렸다는 것이었다.

옥포 해전 1

첫닭이 울었다. 두산도 쪽에서 먼저 들려왔다. 잠시 후에는 흥양 쪽에서도 닭 울음소리가 건너왔다. 자시에 우는 닭을 일명계一鳴鷄, 축시에 우는 닭을 이명계二鳴鷄, 인시에 우는 닭은 삼명계三鳴鷄라 하니 전라 좌수영 본영 앞바다에서 듣는 닭 울음소리는 이명계인 셈이었다. 초승달이 져버린 본영 앞바다는 캄캄했다. 그렇다고 아무것도 보이지 않는 것은 아니었다. 숯덩이 같은 물체들이 느릿느릿 움직이고 있었다. 바다에 나흘째 정박하고 있는 병선들이었다. 병선들은 첫닭 울음소리가 난 이후부터 점자진 대오를 만들었다. 항진할 준비에 돌입한 것이다. 병선들은 모두 소등한 상태였다. 본영 앞바다 어디에도 불빛 한 점 없었다.

협선 한 척이 대장선 쪽으로 기민하게 움직였다. 조방장 정걸과 유진장 이몽구가 탄 협선이었다. 협선 좌우에는 수졸들이 열 명씩 부동자세로 기립하고 있었다. 비로소 협선에 거치한 화포

한 발이 묘시의 새벽 정적을 깨뜨렸다. 경상도로 출전하는 이순신 수사에게 군례軍禮를 올리는 화포였다. 화포의 화약 냄새가 금세 대장선과 중군선까지 퍼졌다. 매캐한 화약 냄새는 출전하는 장졸들의 전의를 자극했다.

이윽고 협선 좌우에 열 명씩 선 수졸들이 횃불을 들고 흔들었다. 횃불들이 어둠을 살랐다. 첨자진 대오의 중간쯤에 드러난 스무 개의 횃불이 어두운 바다를 밝혔다. 횃불에 드러난 팔순의 정걸이 허연 수염을 만지면서 속으로 중얼거렸다.

'이 공, 반다시 승전허고 오셔부쑈잉.'

이몽구는 대장선 쪽으로 엎드려 전송의 예로 절을 올렸다.

'장군, 왜놈들을 모두 바다 밖으로 쓸어삐리고 오이소.'

협선에서 다시 무운장구를 비는 화포 아홉 발을 쏘아 올리자, 즉시 대장선에서 모든 병선들에 항진을 명하는 신호를 보냈다. 대장선에서 화포 두 발을 쏜 뒤 북을 둥둥둥 쳤다. 북소리에 이어 징 소리도 났다. 돛을 올린 중부장 어영담의 배가 먼저 오동도 오른편 바다 쪽으로 틀었다. 병선들이 일제히 움직이면서도 첨자진 대형은 흐트러지지 않았다. 이순신은 장대에 오르지 않고 상갑판에 서서 송희립에게 말했다.

"왜적덜이 워디에 숨어 있을지 물러. 그러니께 관측이 용이헌 평산포부텀 돌으야 혀."

남해 평산포는 전라 좌수영 본영에서 가장 가까운 직선거리에 있었고, 포구가 깊숙이 들어간 곳에 있지 않아 오동도만 벗어나면 육안으로도 관측이 가능했다.

"중부장 어 현감도 알고 있그만이라우."

"어제 미리 지시혔어."

남해현과 평산포, 곡포, 상주포, 미조항의 장졸들이 왜군과 대적해보지도 않고 진영을 비워버렸다는 보고를 두 차례나 받았지만 어젯밤 사이에 왜군들이 남해의 사포를 점거했을지도 모를 상황이었다. 이순신은 바로 그 점을 경계했다. 만약 그렇다면 왜수군에게 바다 한가운데서 협공당할 수도 있기 때문이었다.

동녘 하늘부터 여명이 희끄무레하게 번졌다. 이순신은 장대에 올라 전방과 후방의 병선들을 둘러보았다. 돛을 올린 여든다섯 척의 병선들이 노를 저어 동진 중이었다. 꼭두새벽의 찬 기운이 얼굴을 스쳤다. 얼굴에 소름이 돋았다. 서늘한 쾌감이 등골을 타고 흘렀다. 이순신은 자신도 모르게 이를 악물고 주먹을 불끈 쥐었다. 천지신명에게 고했던 출전 제문의 한 구절이 가슴을 뜨겁게 했다.

'천지신명이시여! 산 자와 죽은 자의 정신과 영혼까지도 협력하게 하시어 적의 세력을 꺾어 없애도록 해주시옵소서.'

산 자는 물론이거니와 이 땅을 살다 간 조상의 혼들에게까지 힘을 보태달라고 빈 제문이었다. 먼저 평산포로 들어가 수색했던 좌척후선, 우척후선이 돌아와 대장선에 알렸다.

"사또, 아무것도 읎습니다요."

병선들은 평산포 앞바다에서 다시 척후선을 따라 자루처럼 생긴 곡포로 들어갔다가 상주포로 내려갔다. 수색을 하면서 항진하기 때문에 병선들의 속도는 아주 느렸다. 병선들이 미조항 앞바다에 이르자 날이 훤히 샜다. 돛을 올린 병선들의 바다를 덮을 듯 당당한 기세가 장관이었다. 장대에서 내려온 이순신이 돛을 다루는 요수 진무에게 지시했다.

"배를 세우구 초요기를 올려야 쓰겄다."

"예, 사또 나리."

돛을 다루는 요수는 박만덕의 추천으로 대장선에 오른 진무였다. 대장선의 돛에 초요기招搖旗가 올라가 펄럭였다. 파란색 바탕에 북두칠성이 흰색으로 수놓아진 초요기의 흰색 깃술은 불꽃 모양이었다. 초요기는 장수들을 부를 때 돛에 올리는 깃발이었다. 미조항 앞바다는 여수 바다와 달리 파도가 크게 일렁였다. 바다의 빛깔은 쪽빛으로 무섭게 푸르렀다. 송희립이 물었다.

"수사 나리, 미조항 진에 하선할 것입니까요?"

"여그서부텀 수색 정탐을 더 철저허게 혀. 병선덜을 둘로 나누어 출발헐 겨."

잠시 후 장수들이 하나둘 모였다. 대장선에 오른 장수들의 표정은 하나같이 긴장하고 있었다. 이미 전라도 바다에서 경상도 바다 경계인 낯선 공동 관할 구역에 들어와 있기 때문이었다. 미조항 앞바다만 해도 근해에 비해 먼바다였으므로 바람이 미미한데도 삼각파도가 밀려오고 있었다. 바다가 용틀임하듯 꿀렁꿀렁 쉬지 않고 움직였다.

배를 타본 경험이 없는 한후장 최대성의 얼굴은 조금 일그러져 있었다. 배멀미를 참고 있는 듯했다. 보성의 산중 오지인 겸백 출신이니 승선의 경험은 처음일 것이었다.

"심든 겨?"

"괴안찮그만요."

"쪼깐 지나믄 편안혀질 겨."

최대성은 여러 장수들 중에서 자신에게 다가와 말하는 이순신의 말에 정신이 번쩍 났다. 사실 멀미기를 참고 있었는데 그것을 재빨리 간파하고 걱정해주는 이순신에게 감격했다.

"메칠 동안 잠을 잘 자지 못했그만이라우."

"긴장을 풀으야 혀. 평소 훈련헌대루 허믄 돼야."

"맴이 두렵지는 않그만이라우. 지뿐만 아니라 다덜 고럴 겁니다요."

이순신은 척후장까지 장수들이 다 온 것을 확인했다. 미조항까지는 안전하게 항진했지만 앞으로의 항로가 문제였다. 여든다섯 척의 병선들이 한 무리로 항진할지 아니면 위험을 분산하기 위해 둘로 나누어 항진할지 판단을 내려야 했다. 이순신은 좌우에 선 장수들에게 말했다.

"우덜은 파도가 잔잔헌 근해를 버리구 일부러 안전허게 파도가 사나운 먼바다루다가 여그까정 온 겨. 앞으루 겡상도 바다는 더 위험허니께 둘로 나누어야 헐 것 같은디 장수덜 생각은 워뗘?"

좌부장 낙안 군수 신호가 먼저 말했다. 신호는 이순신보다 벼슬은 낮지만 나이도 많고 무과 급제가 앞선 선배였다. 그 때문인지 그의 말투는 때때로 퉁명스럽기조차 했다. 이순신이 신호의 마음을 모를 리 없었지만 속으로 삭이곤 했다. 전투를 앞두고 있으므로 전력을 최대한 끌어올려야 했던 것이다.

"사또 야그대로 병선을 둘로 나누되 수색 정탐을 강화함시롱 가야 안전허겄지라우. 근디 맹점은 있당께요. 왜적을 만나불믄 우리덜 전력이 둘로 쪼개져 있응께 곤란허겄지라우."

"그 점이야 척후선 활동으루다가 보완혀야쥬."

"척후선 활동을 봄시롱 항진한다믄 속도가 아조 느려불겄지라우."

신호의 말이 까칠했다. 좌부장 신호의 태도는 늘 그랬다. 이순신의 명령에 무조건 복종하는 송희립이나 이언량과 달랐다. 그러나 이순신은 신호의 태도를 드러내놓고 문제 삼지는 않았다.

"시방은 고 방법밖에 읎지유."

"사또께서 판단했응께 장수덜은 결과와 상관읎이 따라야겄지라우."

송희립이 삐딱한 신호에게 달려들기라도 할 듯 눈을 부라렸다. 이에 돌격장 이언량이 신호의 말을 얼른 받았다.

"겡상도 바다 물길을 잘 아시는 어 현감님 야그를 들어보는 것이 으쩌겄습니까요?"

"큰 일이 읎으믄 소비포 바다서 하룻밤 묵으며 군사덜이 쉬어야 헐 틴디 어 현감이 물길을 말혀보슈."

어영담이 허연 수염을 만지며 말했다.

"창선도와 사량도 사이를 지나 고성 소비포로 가는 물길은 직선거리라 가깝고 개이도를 돌아 소비포로 가는 물길은 두 배쯤 멉니더."

"빗자루 쓸듯 수색을 철저허게 허믄서 가야 허니께 그려."

이순신은 개이도를 돌아 소비포로 합류하는 함대에 어영담의 전선을 붙였다. 어영담이 우척후장 김완과 우부장 김득광, 후부장 정운 등이 탄 병선들을 선도하게 했다. 나머지 병선들은 미조항에서 소비포로 북동진하게 했다. 이와 같은 항진은 경상도 남해 바다의 절반을 수색 정찰하는 셈이었다.

"섬에 왜놈덜 배가 숨어 있을지두 물러. 그러니께 조심혀. 왜놈 척후선도 우덜을 찾을라구 돌아다닐 겨."

"왜놈덜이 배에 있지 않고 게딱지멩키로 뭍에 올라 있으믄 으쩔게라우?"

후부장 정운이 물었다. 뭍에 상륙해 있는 왜적을 발견했을 경우에는 어떻게 할 것인지 묻는 말이었다. 그러나 이순신은 이번 작전을 육전으로까지 확전할 생각은 없었다.

"해전두 혀보지 않구 뭍으로 올라간다는 것은 성급혀."

"배를 버리고 뭍으로 도망가는 왜적덜을 그냥 놔두라는 말씀인게라우?"

"배만 불 질러버려두 놈덜은 손실이 클 겨. 워쨌든 이번은 해전만 허니께 놈덜이 도망치더라두 참으야 혀."

그제야 송희립도 한마디 했다.

"수사 나리. 겡상도 지리에 밝다는 중덜을 델꼬 오지 않은 까닭을 이제사 알겄그만요."

"첫째는 중덜이 더 무술을 익혀야 하고, 둘째는 해전만 허니께 해안 산중 지리에 밝은 중덜이 필요읎어 본영을 지키게 헌 거여. 정 만호 말대로 왜적덜이 뭍으루 도망가믄 끝까정 쫓아가 응

징을 혀야 우덜을 무섭게 볼 겨. 허나 이번은 참으야 혀. 그때는 중덜두 출전시킬 겨."

이번 작전과 달리 해전과 육전을 병행할 때는 의승 수군을 데려오겠다는 말이었다. 사실, 이순신은 의승청 소속의 승려들을 출전시킬지 말지 며칠 동안 망설였다. 수군 훈련이 전무한 의승 수군을 출전시킨다는 것은 모험이 아닐 수 없었다. 첫 전투는 수군 훈련을 꾸준히 받아온 장졸들로 무조건 이겨야만 했다. 한 번 승리를 맛본 장졸들은 자신감이 들어 앞으로도 이기는 데 능숙해질 것이고, 반면에 첫 전투에서 패한 장졸들은 알게 모르게 공포감을 갖게 되어 용기를 잃을 것이기 때문이었다. 그래서 이순신은 정식으로 수군 훈련을 받아본 적이 없는 의승 수군의 출전을 뒤로 미루었던 것이다.

이순신이 탄 대장선과 병선들은 창선도와 사량도가 보이는 바다에서 또 멈추었다. 좌척후선을 소비포로 먼저 보내 아군과 왜 수군의 동태를 살폈다. 그런데 아직까지도 이순신은 왜 수군의 작전이 무엇인지 조금도 짐작하지 못했다. 도대체 정보는 고사하고 첩보조차 접할 수 없었다. 바다를 수색 정찰하고 있지만 왜 수군의 병선은 단 한 척도 보이지 않았다. 경상 우수영 소속의 병선들도 만나지 못했다. 경상도의 고성 앞바다까지 텅 비어 있을 뿐이었다. 창선도나 사량도에 주둔했던 수군들이 진영을 이탈해버렸음이 틀림없었다. 소비포를 정찰하고 돌아온 좌척후장 김인영의 보고도 역시 마찬가지였다.

"소비포가 텅 비어 있십니더. 우리 수군도 없고 왜놈덜도 없십니데이."

"소비포 장수는 누군 겨?"

"이영남 권관입니더."

"왜적덜두 읎는디 워째서 몬자 진영을 비워버린 겨?"

"와 그랬는지 알겠능교? 그기 다 원균 수사의 지시를 받꼬 피신했을 낍니더."

이순신은 안전한 고성 소비포 앞바다에서 1박을 하고 원균과 약속한 통영 당포로 동진할 계획을 세웠다. 원균에게는 왜 수군에 대한 분명한 정보가 있을 것이었다.

"개이도를 돌아오는 우덜 병선 소식은 읎는 겨?"

"아직 보지 몬했십니더."

"겡상도 물길을 잘 아는 어 현감이 선도허니께 사고는 읎을 겨."

무슨 일인지 왜 수군 병선들은 고성과 통영 바다를 넘보지 않고 있었다. 조선 수군의 전력을 무시하고 있음이 분명했다. 거제도와 부산포 사이를 무인지경으로 누비면서 육전의 승리에 도취해 있는지도 몰랐다. 지원군들이 부산포로 안전하게 상륙하도록 경계하는 역할에만 만족하고 있는 건지도 알 수 없는 일이었다.

"여그까정 오는디 왜선이 단 한 척도 보이지 않다니 이상한 일입니더."

사도 첨사 김완이 이맛살을 찌푸리며 말했다. 왜군에게 무시당하고 있다는 표정이 역력했다. 호전적인 김완의 성격으로 보아 당연한 말투였다.

"위장술인지 모른 겨."

"아입니더. 우릴 깔보고 얕보는 수작일 낍니더."

이순신은 아무런 저항도 받지 않고 날이 저물 무렵에 소비포 앞바다로 들어갔다. 소비포도 남해의 곡포처럼 우묵하게 들어간 포구였다. 이순신은 왜적이 언제 나타날지 모르므로 선창에 상륙하는 행동은 금지했다. 포구 앞바다 입구에 좌우로 척후선을 띄우고 병선에서 하룻밤을 나도록 지시했다. 초저녁이 돼서야 어영담이 이끄는 함대도 소비포에 도착했다.

비로소 이순신은 대장선으로 장수들을 불러 모은 뒤 작전 회의를 시작했다. 먼저 좌척후장 김인영의 보고부터 들었다.

"왜놈덜 배를 단 한 척도 보지 못했어라우. 아마도 여그까정은 오지 않은 것 같습니다요."

후부장 정운은 김인영의 판단과 달랐다.

"우리 수군 전력을 두려워하지 않응께 고런 거지라우. 이럴 때는 선제공격이 최고랑께요."

"워쨌든 왜놈덜 병선은 부산포가 가까운 거제도 쪽에 많을 겨. 그러니께 내일부텀은 더욱더 조심혀서 움직여야 혀. 알겄는가?"

"예, 수사 나리."

"원균 우수사를 당포에서 만나기루 혔으니께 낼 새복에 그리루 출진헐 겨. 오늘은 하루 죙일 배를 탔으니께 피곤헐 겨. 휴식을 허드라두 경계는 눈 부릅뜨구 혀."

장수들이 대장선에서 하나둘 자기 병선으로 돌아갈 때였다. 이순신이 최대성을 불러 세웠다.

"멀미는 워쩐 겨?"

"나리께서 염려해주신 덕택에 괴안찮그만요."

한후장 최대성이 고개를 돌렸다. 멀미가 사라졌는지 눈빛이 살아 번뜩였다. 좌수영의 군관은 두 부류였다. 상부의 지시로 부임해 온 군관이 있는가 하면, 무과 출신들 중에서 이순신을 흠모하여 스스로 찾아온 군관도 있었다. 이순신은 왠지 스스로 찾아온 군관들에게 마음이 더 갔다. 최대성 역시 그런 경우였다. 보성 겸백 출신으로 선조 18년 서른세 살로 무과에 급제하여 몇 년 만에 벼슬이 훈련원 판관까지 올랐는데 사직하고 좌수영으로 내려왔던 것이다. 최대성은 마흔 살의 나이답지 않게 체격이 건장하고 혈기 왕성했다.

"솔잎을 입에 물고 있었더니 멀미가 가셨습니다요. 귀양살이 중인 이응화 첨사께서 알려주었지라우."

"이 첨사두 왔는디 미처 신경 쓰지 못혔구먼."

"모르셨던게라우?"

"모를 리가 있남. 이 첨사더러 공을 세우라구 내가 승선시켰는디."

"공을 세우믄 베슬을 다시 받는게라우?"

"이 첨사 허기 나름인디 싸움두 혀보기 전이니께 고 얘긴 고만혀."

"알겄습니다요. 정 만호 배에도 귀양살이하는 주몽룡 봉사가 있드그만요."

"솔잎도 좋지만 편강도 멀미에 즉효여. 대장선에 의원이 탔는디 편강 쬐깐 가져갈 겨?"

"아닙니다요. 다 나왔당께라우."

이순신이 갑자기 큰형님이라도 된 양 따뜻한 목소리로 물었다.

"가족은 몇인 겨?"

"부친은 첨정 한漢 자 손孫 자이고, 동상 대민이가 있고라우, 아들은 두 놈이 있는디 언립이 후립이입니다요."

"흥양은 무과 급제자, 보성은 문과 급제자가 많은 디가 아녀?"

"흥양과 보성은 서로 붙어 있는디 흥양 사람덜이 공부헐라믄 보성으로 오고, 보성 사람덜이 무술을 배울라믄 흥양으로 내려가지라우."

"한후장은 워째서 보성 사람인디두 무과를 본 겨?"

"보성도 바다를 끼고 있어분께 왜구덜 노략질이 심헌 곳이지라우. 그걸 여러 번 봐불고 난께 문과 공부가 절로 멀어져부렀지라우. 그 대신 병서를 가까이 하고 활을 쏘기 시작했당께요. 고향 사람덜부텀 지키고 싶었그만요."

이순신이 최대성의 손을 덥석 잡아끌며 격려했다.

"잘혔어. 나두 그렸어."

"무신 말씀인게라우?"

"아, 우리 장인이 명종 임금님 말년에 보성 군수였다니께. 그때 나두 보성으루 내려와 처가살이허다가 왜구 노략질을 보구 나서는 무과루다가 돌았단 말여."

"하하하. 수사 나리께서도 그랬그만이라우잉."

이순신도 따라 웃었다. 그러고 보니 최대성은 문인처럼 부드러운 데가 있었다. 서책을 많이 보아서인지 말솜씨도 보통 수준이 넘었다. 대부분의 장수들이 그러하듯 자기 생각을 우격다짐으로 거칠게 주장하는 것이 아니라 상대방의 귀를 기울이게 하는 명민함이 있었다. 그제야 이순신은 최대성에게 지략이 있음을 알아챘다. 앞으로는 한후장보다 조방장이나 전술 군관이 더 어울릴 것 같은 장수라고 생각했다. 최대성 역시 이순신에게서 엄한 말투 이면에 숨어 있는 자애로움을 느꼈다. 이순신이 대장선의 의원에게 지시하여 한사코 멀미와 소화불량에 좋다는 마른 편강을 주었던 것이다.

"최 장수에게 편강 쪼깐 내줘야 쓰겄다."

편강은 생강을 잘게 썰어 꿀물에 고아 말린 약이었다. 특히 편강은 위장이 약한 이순신에게는 없어서는 안 될 상비약이었다. 효능은 다양하여 가히 만병통치약이라 할 만했다. 몸을 따뜻하게 하니 기침이나 감기 예방에 효과가 있고, 위를 자극하고 보호하니 소화나 위염에 그만이고, 피를 잘 돌게 하니 어지럼증이나 현기증을 가시게 하는 약이었다.

옥포 해전 2

이순신 함대는 꼭두새벽에 미륵도 당포로 출발했다. 이른 새벽에 항진하는 것은 왜적으로부터 정탐당하지 않기 위해서였다. 하루 전에 당포 앞바다에서 원균 막하의 수군들과 합세하기로 약속돼 있었다. 고성 소비포에서 당포까지는 남쪽 방향으로 지척이었다. 먼저 나갔던 좌척후선에서 보고가 들어왔다.

"당포 앞바다에는 우수사 배들이 없십니더."

"원균 수사의 병선덜이 한 척두 보이지 않는다는 겨?"

"틀림없십니데이. 지 눈으로 한 척도 몬 봤십니더."

"원 수사가 한산도에서 재기를 노리고 있는지 모르니께 그쪽으로 경쾌선輕快船을 보내야 허겄구먼."

"재기가 아니라 엉머구리맨치로 가만히 숨어 있을 낍니더."

"허긴 거제도나 가덕도가 왜적덜 소굴이라구 허니께 재기헐라믄 고로코롬이라두 피신혀 있으야지."

김완은 에둘러 말하는 장수가 아니었다. 성질이 저돌적이고 고집이 세서 다루기 힘든 장수였다. 평소에는 게으른 성미 탓에 불시 점고 때마다 경차관(조사관)으로부터 지적을 많이 받았지만 그의 장점이라면 무부로서 힘이 장사이고 용맹하다는 것이었다.

이순신은 함대를 멈추게 한 뒤 한산도로 갈 군관을 뽑았다. 약속한 대로 전라 좌수영의 함대가 왔으니 경상 우수영의 함대도 당포로 나오라는 공문을 가지고 갈 군관이었다. 이순신은 협선 중에서 군관이 타고 갈 경쾌선도 차출했다. 경쾌선은 특별히 건조한 배는 아니었다. 협선에다 지네발처럼 노를 많이 달아 빠르게 달릴 수 있게 한 배였다. 노마다 격군 세 사람이 한 조가 되어 서서 밀고 당기면 빠르게 바다를 내달렸다.

아침 해가 뜨는 진시쯤에야 당포 앞바다에 판옥선 한 척이 보였다. 한산도에 숨어 적정을 살피던 원균의 판옥선이었다. 이순신은 원균을 보자마자 같은 장수로서 측은한 마음이 들었다. 더구나 원균은 자신보다 다섯 살이 많은 선배 장수였다. 원균의 얼굴에는 검붉은 피딱지가 붙어 있었고 전포 자락은 찢겨져 바지가 보였다. 남해현 바다에서 왜선들과 전투를 벌이다가 목숨의 위협을 느끼고는 곤양 땅 사천으로 물러나 피신해 있었는데, 부하 장수인 이운룡과 이영남의 항의를 받고는 다시 바다로 내려온 뒤였다. 위엄 있는 장수라기보다는 떠도는 유랑민과 별반 다르지 않았다. 원균이 데리고 온 수졸과 격군들의 행색은 더욱더 남루하여 떼거지와 흡사했다. 왜군의 척후선을 피해 남해 섬들을 전전했던 것이다.

"원 수사, 을매나 고생이 많았슈."

"이 수사! 부끄럽소이다. 싸움다운 싸움 한 번 제대로 해보지도 못하고 말았소. 박홍 수사의 좌수영 수군이 일시에 흩어져버리니 우리 우수영 장졸들도 삼각파도를 맞은 듯 힘 한 번 써보지 못하고 각자도생하는 꼴이 돼버렸소."

"군사란 사기를 묵구사는 집단인디 박홍 수사의 좌수영 장졸덜이 맥읎이 무너져버렸으니께 심 빠진 거쥬."

"우수영 관내 전선들을 한 번이라도 모두 불러 왜적들과 싸워 패했다면 덜 억울하겠소이다."

원균은 경상 우수영 관내의 병선들로 함대를 만들어 대적하지 못한 것에 대해 분통을 터뜨렸다. 경상 우수사로 부임한 지 석 달 만에 날벼락을 맞듯 임란을 당했던 것이다. 관내 판옥선 마흔네 척과 협선 스물아홉 척을 한 장소에 집합시켜놓고 함포 사격 훈련 한 번 못 해본 것을 원통해했다.

"이 공, 왜 이제야 왔소. 수백 척의 왜적 함대를 내 어찌 우수영 본영 전선 몇 척으로 감당할 수 있단 말이오."

왜 육군과 수군의 대군이 부산포를 침입했을 때까지도 경상 우수영의 전선인 판옥선은 관내 진포에 흩어져 있었던 것이다. 협선이나 포작선도 역시 마찬가지였다. 그러나 이순신이 듣기에는 구차한 변명으로 들렸다. 원균이 경상 우수영의 여러 진포를 사수하지 않고 곤양까지 물러나 뭍으로 피신한 사실은 변명의 여지가 없었다. 장수 혼자만 살겠다고 피신한 것이나 다름없기 때문이었다.

"영등포 만호 우치적, 옥포 만호 이운룡, 율포 권관 이영남과 함께 싸워 적선 십여 척을 침몰시켰지만 우린 전력에서 밀려 계속 싸울 엄두를 내지 못하고 후퇴하고 말았소. 그래서 이 수사께 이영남 권관(만호)을 보내 구원을 요청했던 것이오."

"전하의 명이 떨어지기를 지달렸다가 온 것뿐이구먼유. 겡상도 바다를 구원할 생각이 워째 읎었겄슈."

"지금 왜적들은 천성, 가덕도에 있을 것이오. 난 이 공과 합세해서 어서 빨리 승전하고 싶소."

"원 수사 관내의 장수덜은 다 워디루 갔슈?"

"뒷날을 기약하고 각자 피신하여 있으나 내가 한산도를 떠나올 때 당포로 모이라는 공문을 돌렸으니 곧 올 것이외다."

장수들끼리 연락을 취하며 피신하고 있다는 원균의 말은 사실이었다. 경상 우수영 수군이 경상 좌수영처럼 완전히 궤멸된 것은 아니었다. 사시가 되자, 경상 우수영의 장수들이 하나둘 당포 앞바다로 모여들었다. 가장 먼저 남해 현령 기효근, 미조항 첨사 김승룡, 평산포 권관 김축 등이 판옥선 한 척에 수십 명의 수졸들을 싣고 나타났다. 다음으로는 사량 만호 이여념, 소비포 권관으로 자리를 바꾼 이영남 등이 수졸들을 협선에 태우고 왔으며, 영등포 만호 우치적, 지세포 만호 한백록, 옥포 만호 이운룡 등도 판옥선 두 척에 수졸들을 불러 모아 달려왔다. 경상 우수영의 전력은 수군 만 이천여 명, 포작선을 제외한 판옥선과 협선만 해도 팔십여 척이었는데 현재는 초라하기 짝이 없었다. 전라 좌수영의 함대에 합세한 경상 우수영의 병선은 판옥선 네 척과 협선 두 척뿐이었다. 그러나 이순신은 전혀 내색을 하지 않고 경상 우수영의 장수들을 격려했다.

"원 수사 덕분에 우덜은 아흔한 척을 거느린 전라, 겡상도 연합함대가 된 겨."

"이 수사가 이끄는 연합함대는 왜선들이 정박한 천성, 가덕도로 가 무찌를 것이오."

이순신의 말에 원균은 전의가 되살아난 듯 소리쳤다. 이에 이순신이 화답하듯 중위장 방답 첨사 이순신에게 지시했다.

"돛을 올리구 출발혀!"

아흔한 척의 연합함대는 먼바다로 나가 동진했다. 파도가 거센 먼바다로 나가야만 왜 수군의 소관선인 척후선을 피할 수 있기 때문이었다. 물론 연합함대의 좌우 척후선도 미리 거제도 남단 바다로 나가 있었다. 좌척후선은 한산도 바다로, 우척후선은 거제도 송미포 앞바다까지 조심스럽게 접근하여 수색 정찰을 하고 있었다.

연합함대는 아군 척후장들의 수색 정찰이 끝날 때까지 돛을 내리고 조용히 항진했다. 왜적이 없다는 척후장들의 보고를 받고 나서야 속도를 낼 수 있었다. 그러나 연합함대가 송미포 앞바다에 이르렀을 때 날이 저물었다. 위험한 바다에 진입하였으므로 송미포 앞바다에서 또 하룻밤 묵을 수밖에 없었다. 이순신은 전라도 경상도의 장수들을 대장선으로 불러 지시했다.

"왜적이 코앞에 있는 겨. 경계를 잘허구, 잠은 교대루 자야 혀."

원균도 장수들에게 한마디 했다.

"왜적은 천성과 가덕에 있다. 장수들은 하루 거리에 왜적이 있음을 알고 대비하라."

"예, 수사 나리."

경상 우수영의 장수들이 작은 소리로 대답했다. 전라 좌수영의 장수들 기에 눌린 듯 기어들어 가는 목소리였다. 이순신이 연합함대 장수들을 세워두고 『손자병법』의 한 구절을 큰 소리로 외웠다.

군사를 움직일 때는 질풍과 같이 빠르게 하고
나아가지 않을 때는 수풀과 같이 고요히 하고
공격하여 빼앗을 때는 불과 같이 맹렬히 하며
수비에 임하여 지킬 때는 산처럼 듬직이 하라.

其疾如風

其徐如林

侵掠如火

不動如山

"그대덜 앞에서 내가 으째서 이 구절을 외는지 알겄느냐? 백전백승의 비결이 여기 병법에 다 있는 겨."

"예, 수사 나리."

원균이 놀라 몸을 뒤로 젖힐 만큼 모든 장수들이 큰 소리로 대답했다. 벼슬이 같은 수사이지만 이미 장수들은 이순신을 믿고 따랐다. 체통을 구긴 원균이 입맛을 쩝쩝 다시며 경상도 함대의 판옥선으로 돌아갔다. 이순신은 장수들의 작전 회의가 끝난 뒤 따로 포작선을 지휘하고 있는 박만덕 진무를 불렀다.

"사또 나리, 무신 시키실 일이 있습니까요?"

"포작선덜은 이상 읎는 겨?"

"예. 정비를 다 해 물이 새는 배덜은 읎습니다요."

"물건덜두 다 실었구?"

"사또 나리께서 지시허신 암소 한 마리도 실어놨그만요."

포작선은 전투도 치르지만 함대 후미에서 군수물자를 지원하는 역할을 했다. 포작선에 실은 물건들은 다양했다. 이불, 갈대단, 채소, 과일, 쇠스랑, 괭이, 낫, 도리깨 등 마치 이사 가는 농군의 가재도구를 실은 배 같았다. 이불은 조총 공격을 막는 데, 갈대단은 추울 때 불을 지피거나 물에 적시어 적의 화공을 막는 데, 농기구는 공격 무기로 활용하는 데 쓰였다. 그러나 소 한 마리를 포작선에 실은 일은 처음이었으므로 박만덕은 몹시 궁금해 했다.

"암소는 워디서 구한 겨?"

"석보창 도공덜이 맹근 그릇덜을 부잣집 암소하고 바꾸었습니다요."

"흥양에도 도공덜이 많은 겨?"

"여수 율촌뿐만 아니라 흥양에도 많습니다요. 모다 석보창으로 들어가려고 야단이지라우."

"워째서 그런 겨?"

"수졸로 차출된 도공이 많습니다만 다덜 석보창에 들어가려고 합니다요. 끼니 해결되고 돈도 번께요."

여수와 보성, 흥양에는 도공이 많았다. 강진이 청자의 본산지라면 좌수영 관내의 도공들은 초벌구이 전에 백색 화장토를 입히는 덤벙 분청 그릇을 만들었다. 청자를 구워내지 못하고 좌수영 관내의 도공들이 분청을 개발한 까닭은 강진의 흙과 다르기 때문이었다.

"사또 나리, 소를 어찌케 쓸라고 합니까요?"

"우덜 군사덜이 묵을라구 실은 겨."

"쬐깐헌 짐승덜도 있는디 으째서 바우뗑이만 헌 소를 구허라고 했습니까요?"

"군사가 많으니께 한 마리두 부족헐 겨."

"은제 잡을라고라우?"

"전투에서 이겼을 때 잡으야 사기두 올라가구 좋은 겨."

실제로 이순신은 전투에서 이긴 장졸들에게 포식시킬 계획을 가지고 있었다. 더구나 전투를 치르고 나면 상처 입은 장졸들이 있을 텐데, 소의 골수는 피를 멈추게 하는 지혈 효과가 있었다.

"그나저나 얼릉 이겨부러야 허겄습니다요."

"소고기 묵은 지 오래됐다는 말이구먼그려."

"지야 머, 늙은 놈이 묵으믄 을매나 묵겄습니까요."

"쬐깐헌 포작선에 소 한 마리 델꾸 다니는 것도 힘들 겨."

"말 못 허는 짐승이라 신경이 자꼬 쓰이지라우. 소도 불안헌지 똥을 오불오불 싸분당께요."

박만덕이 소똥 냄새가 묻어 있는 양 두 손을 코에 대고 큼큼거렸다.

"박 진무는 소똥을 손으로 치우는 겨?"

"수졸덜이 아무도 안 치운께 지가 나서지라우. 소똥 냄시가 묻어분께 빗자루질도 못 하그만요. 지 손으로 치우고 바닷물에 씻어뻰지지라우."

"군기두 있구 허니께 아랫것을 시키지그려."

"아이고, 젊은 것덜이 소똥 치울라고 수졸 됐간디요? 궂은 일 있으믄 실실 피해버리그만요. 우리덜 젊었을 때허고 무자게 다르당께요."

이순신은 박만덕의 말을 이해했다. 젊은 장정들이 육군으로 가려고 하지 수군 진영은 귀신굴이라 하여 피했다. 해안 지역 유지들의 협조를 받아 강제 징집하지만 그것도 한계가 있을 수밖에 없었다. 그러니 고참 수군인 진무들이 갓 입대한 수졸들의 눈치를 보지 않을 수 없었다.

이순신이 지휘하는 연합함대는 또 새벽에 항진했다. 이번에는 송미포에서 가덕도로 가기 위해 북진했다. 어제 장수들을 불러 몇 번이나 주의를 주었기 때문에 따로 지시하지는 않았다. 어제 새벽에 출진했던 것처럼 첨자진 대형으로 살얼음을 밟듯 서서히 올라갔다. 그럴 수밖에 없었다. 거제도와 가덕도 사이의 바다는 왜 수군이 제해권을 쥐고 있는 적진이나 다름없었다. 이미 경상 좌수영의 전력은 궤멸돼버렸고 경상 우수영의 전력은 와해되기 직전이었던 것이다.

이순신은 장대에 올라 심호흡을 하며 긴장을 풀었다. 절로 팽팽한 기운이 느껴졌다. 투구가 머리를 짓누르는 것 같았다. 날창을 쥔 손바닥에서는 땀이 났다. 대장선이 앞으로 나아간다기보다는 무언가가 성큼성큼 자신에게 다가오는 것 같았다. 송희립 역시 압박감을 느끼는지 꼼짝도 않고 있었다. 이순신이 그러한 송희립의 손을 잡았다. 그의 손바닥에도 진땀이 나 있었다.

"희립아, 두려운 겨?"

"아닙니다요."

"오늘을 기다렸으니께 기뻐할 일이여."

"천지신명이 우리덜에게 왜놈덜을 죽일 기회를 주신다니 고마운 일이지라우."

"나는 말이여, 희립이가 옆에 있으니께 든든혀."

"지도 마찬가지랑께요. 수사 나리께서 지 옆에 겨시는디 뭣이 두려웁겠습니까요."

마침내 송미포와 가덕도 중간쯤인 옥포 앞바다에 이르렀을 때였다. 햇살이 정수리에 내리꽂히는 정오 무렵이었다. 좌우 척후선에서 신호용 화살인 신기전이 올랐다. 연기를 단 신기전이 허공 높이 솟구쳤다가 사라졌다. 우척후장 김완과 좌척후장 김인영이 옥포에 정박 중인 왜선들을 동시에 발견했다는 신호였다.

이순신은 요수 진무에게 대장선의 돛에 초요기를 올리라고 명했다. 그러자 장수들이 초요기를 보고 대장선으로 모였다. 우척후장 김완이 보고했다.

"옥포 선창에 적선 오십여 척이 있십니더. 왜놈덜은 시방 뭍으로 올라가 마을에 불을 지르고 노략질을 하고 있십니더."

뜻밖에 적선의 숫자가 적었다. 그러나 이순신은 아무리 적선의 숫자가 적더라도 공격할 때는 병서대로 들불과 같이 맹렬히 나아가야 한다고 생각했다.

"우덜은 아흔한 척의 연합함대여. 허나 고양이가 쥐를 잡을 때멩키루 최선을 다해야 혀."

"승부는 이미 끝나부렀그만요. 왜놈덜이 우리 함대를 보믄 얼이 빠져불겄지라우."

좌부장 신호의 말에 후부장 정운도 거들었다.

"지가 몬자 달려가 왜군 대장 머리통을 가져오겠습니다요."

이순신의 목소리는 어느 때보다도 침착했고 진중했다. 승부는 전력의 차이만으로 갈리는 것이 아니었다. 전력보다는 전술이 더 중요했다.

"가볍게 움직이지 말으야 혀. 침착하게 산같이 무겁게 행동혀야 써."

장수들이 공격하기 전에 지켜야 할 행동 지침이었다. 선봉에서서 싸우는 장수가 침착하지 않으면 모든 전술이 빗나가버리는 법이었다. 이순신은 물길과 해안 지리에 밝은 어영담을 앞으로 불렀다.

"어 현감, 옥포가 워치게 생겼슈?"

"포구가 겁나게 지픕니데이. 마치 도가지 속 같십니더."

"입구를 막아뻔지믄 왜놈덜은 독 안에 든 쥐새끼가 되불겄소잉."

송희립이 두 손을 불끈 쥐며 말했다. 이에 이순신이 장수들을 둘러보면서 단호하고 엄하게 명했다.

"일자진으루 입구를 막으면서 쳐들어가야 혀."

이순신의 명을 받은 척후선이 먼저 포구로 들어갔다. 잠시 후 화포 한 발을 쏘며 공격을 해도 좋다는 신호를 보냈다. 그러자 방답 첨사 이순신이 탄 중군선에서도 화포 한 발을 쏘아 척후선에 응답했다. 중군선의 화포 소리를 들은 척후선이 즉시 뒤로 빠졌다. 이에 중군선 수졸들이 북을 둥둥둥 치며 대장선에 알렸다.

드디어 대장선에서 모든 병선들에게 일자진, 즉 학익진 공격 대형을 지으라는 신호를 보냈다. 먼저 화포 한 발을 쏜 뒤 북을 울리면서 나각과 나발을 불었다. 그러자 판옥선과 협선들은 곧바로 이열 횡대를 만들어 옥포만 초입을 동서로 가로막았다. 중군선과 대장선은 이열 횡대 뒤 중앙에서 지휘를 했고, 포작선들은 대장선 뒤쪽에서 징을 쳐대며 지원선支援船으로 포진했다.

전투할 병선들을 이열 횡대로 만든 것은 함포사격 때문이었다. 앞쪽의 전열 전선들이 뜨거워진 포신을 식히는 동안 후열의 전선들이 앞으로 나가기 위해서였다. 또한 포작선들이 대장선 뒤에 대기하고 있는 것은 도망가는 왜군들을 갈고리로 찍어 잡거나, 전투용 군수물자를 나르기 위해서였다.

학익진 대형은 한 치도 흐트러짐 없이 옥포 선창을 향해 나아갔다. 이순신은 왜군들과의 거리가 최대한 좁혀질 때까지 화포 공격을 못 하게 명했다. 왜군들 역시 이순신의 함대를 발견했지만 조총을 쏘지 않고 있었다. 노략질을 하던 왜군들은 어느새 안택선安宅船(아타케부네)과 관선關船(세키부네), 소관선小關船(고바야)에 승선해 허둥지둥 조총을 겨누고 있었다.

왜군의 대장이 탄 안택선은 화려했다. 배 가운데 누각 같은 집은 온갖 무늬가 그려진 비단 휘장을 둘러 치장하고 있었으며, 그 둘레에 붉은색과 흰색 깃발을 매단 대나무들을 꽂아놓았는데 눈이 어지러울 정도였다. 비단으로 된 등 같은 것도 바람에 흔들거렸다. 안택선을 가운데 두고 오십여 척의 관선과 소관선이 에워싸고 있었다. 왜군 대장은 서른일곱 살의 도도 다카토라였고, 서른아홉 살인 와키자카 야스하루의 심복이자 왜구 출신인 호리노우치 우지요시가 선봉장이었다.

조선의 주력 전선인 판옥선이 왜선 함대와의 거리를 점점 좁혀갔다. 마침내 이순신의 대장선에서 화포 한 발이 불을 뿜었다. 왜선으로부터 이백여 보 떨어진 거리에서였다. 화포 소리를 기다렸다는 듯이 남신기와 백신기, 황고초기와 백고초기, 흑고초기 및 무족흑기가 올랐다. 뒤따라 북이 둥둥둥 급하게 울리자 다시 화포 한 발이 천둥 같은 소리를 냈다.

이윽고 대장선에서 공격 개시를 알리는 나발이 천아성天鵝聲을 냈다. 화포 소리를 뚫고 바다 멀리 울려 퍼지는 긴 나발 소리였다. 나발 소리에 따라 모든 전선들이 함포 공격을 시작했다. 천자포, 지자포의 포탄이 벼락 치듯 왜선 함대로 날아갔다. 응사하는 조총은 조선의 함포사격에 미치지 못했다. 이순신은 장대에 올라 큰 소리로 계속해서 공격 명령을 내렸다. 이열 종대로 선 판옥선들이 교대로 함포사격을 가했다. 왜 수군 대장 도도 다카토라는 함포사격에 정신을 차리지 못했다. 왜군들은 혼비백산했다. 왜선들은 박살이 났고 침몰했다. 정오부터 미시(1시-3시) 동안의 전광석화 같은 작전이었다. 이십여 명의 왜군들은 도도 대장을 따라 왜선을 버리고 산으로 도망쳤다. 호리노우치도 안택선에서 뛰어내린 뒤 뒤따라갔다. 왜선에는 함포사격에 사지가 찢긴 채 즉사한 왜군들이 갑판을 덮었다. 화살에 맞아 죽은 왜군도 헤아릴 수 없이 많았다. 기우는 왜선을 버리고 바다로 뛰어들어 익사한 왜군들이 바다에 둥둥 떠다녔다. 옥포 굴강 안팎의 바다가 왜군들의 핏물로 붉게 물들었다. 판옥선의 함포 공격 때문에 왜선들은 단 한 척도 바다 가운데로 나오지 못하고 격파되었다.

"희립아, 이것이 당파 전술인 겨!"

"우리덜 배가 돌진해서 적선을 뿌서버리는 것이 당파 전술인 줄 알았는디 고게 아니그만요."

"배끼리 부닥치믄 둘 다 뿌서져버리는디 워치게 돌진헌댜. 군관덜이 당파 전술을 모르구 허는 소리여."

당파 전술撞破戰術. 적의 공격이 미치지 못하는 원거리에서 화포를 쏘아 적선을 망가뜨리고 부숴버리는 전술이었다. 판옥선에서 퍼붓는 함포사격이 바로 당파 전술이었다. 전력의 열세를 만회하기 위한 이순신의 당파 전술은 그대로 들어맞았다. 왜선 스물여섯 척이 반나절 만에 반파되고 불타면서 침몰해버렸다.

"왜놈덜이 도망쳐분다!"

왜군의 관선 여섯 척이 옥포 해안을 따라 달아나고 있었다. 관선에 탄 왜군들은 배의 속도를 높이기 위해 노략질한 물건들을 바다에 던졌다. 어영담과 정운이 탈출하는 왜선들을 추격했다. 이순신은 전의를 상실한 왜군들을 향해 일제히 활을 쏘라고 명했다. 화포장의 함포사격이 아니라 사부들의 활 공격으로 전술을 바꾸었다. 왜선에 남아 있던 왜군들이 비명을 지르며 거꾸러졌다. 바다에 뛰어들어 달아나는 왜군들은 포작선의 수졸들이 갈고리로 잡아끌어 죽였다.

굴강까지 들어간 좌부장 신호는 피로 얼룩진 관선에 올라타 신음하고 있는 왜군 장수의 머리를 베었다. 배 안에 있던 왜장의 칼과 갑옷, 투구 등을 찾아 침을 뱉었다. 우부장 보성 군수 김득광도 굴강 밖에서 관선에 올라 왜군들의 목을 베고 선실 밑창에 갇혀 있던 소녀 포로 한 명을 살려냈다. 관선 갑판에는 화살을 맞고 죽은 시신들이 물컹물컹 발에 밟혔다. 김득광의 부하들은 신음하는 왜군들을 칼로 쳐 죽였다.

달아나는 왜선을 추격하던 중부장 어영담은 화살을 쏘아 왜군들을 죽이고 관선 두 척과 소관선 두 척을 빼앗았다. 후부장 정운 역시 달아나는 관선 두 척을 붙잡아 타고 있던 왜군들의 목을 모조리 베고 바다 쪽으로 발길질해 버렸다.

이순신의 군관들 모두 육군이 고지를 선점하듯 왜선에 올라 살아 있는 왜군들을 소탕했다. 함포사격 뒤끝이었으므로 왜군의 저항은 미미했다. 왜선에 올라보면 왜군들 대부분은 중상을 입고 겁에 질려 떨고 있거나 화포와 화살을 맞아 비참하게 죽어 있었다. 때를 만난 듯 전라 좌수영의 장수들 모두 날쌔게 왜선에 올라 전과를 올렸다. 중위장 이순신, 우척후장 김완, 좌척후장 김인영, 군관 이춘, 한후장 최대성, 참퇴장 배응록, 돌격장 이언량이 관선 한 척씩을 소탕했고, 군관 변존서와 전 봉사 김효성이 힘을 합쳐 관선 한 척을 소탕했다. 유군장 나대용이 관선 두 척을 소탕했고, 순천 대장 유섭은 관선 한 척을 진압한 뒤 어린아이 포로 한 명을 구했다. 경상도 원균 휘하의 장수들도 관선 다섯 척을 제압하고 포로 세 명을 살려낸 전과를 올렸다. 특히 우치적은 선봉장으로 달려가 왜장이 탄 관선을 빼앗았다. 유일하게 전과를 올리지 못한 장수가 있다면 전 첨사 이응화였다. 방답진에서 귀양살이 중인 이응화는 마음이 조급해져 이순신에게 말했다.

"사또, 산으로 도망친 왜놈 대장은 어찌 하시겠소이까? 활 잘 쏘는 사부를 붙여주면 제가 잡아 오겠소이다."

그러자 서른한 살의 옥포 만호 이운룡이 이응화의 말을 막았다. 이운룡은 옥포 해전의 승리에 마음이 들뜰 만도 했지만 차분하게 말했다.

"거제도는 산들이 북쪽에서 남쪽으로 이어져 있고 나무가 빽빽카니 발붙이기가 에럽십니더. 도망친 왜장을 추포할라카다 구원하러 온 왜적에게 공격당할 수 있십니데이. 전장에서 시간은 금쪼가립니더. 추포 땜시 지체하고 있다가는 날도 저물지 않겠능교."

"수사 나리, 구원와주시니께 참말루 고맙구먼유. 인자 왜놈덜은 우리 수군을 무서와헐 거구먼유."

원균의 지시를 받아 전라 좌수영으로 찾아가 청병을 간청했던 소비포 권관 이영남은 감격하여 입술을 깨물며 흐느꼈다. 그때 율포 권관이었던 그는, 이순신이 허락하지 않자 남문 밖에서 3일 동안이나 물러가지 않고 읍소했던 것이다.

이순신은 근거를 대며 반대하는 이운룡의 의견을 받아들였다. 왜군 대장 도도와 선봉장 호리노우치를 사로잡지 못한 것이 한스럽기는 했지만 젊은 무장 이운룡의 말에는 절제와 진심이 담겨 있었다. 그의 판단이 아니더라도 이순신은 애초부터 가능한 한 해전에만 전념할 생각이었다.

거제진포의 영등포 만호 우치적이나 지세포 만호 한백록, 이영남 등은 모두 거제도 지형을 꿰뚫고 있는 장수들이었고 그들의 생각도 옥포 만호 이운룡과 같았다. 이순신은 몸을 사리지 않고 전투에 임해준 그들의 의견대로 육전을 포기했다. 이순신이 연합함대의 모든 장수들에게 명했다.

"우덜은 적의 소굴 가까이 있다. 배에 사부조차 읎으면 포위당할 수 있으니께 전투는 여그서 끝내야 혀."

공을 세우지 못한 이응화가 몹시 아쉬워했다. 대장선의 장대에 오른 이순신은 경상 우수영 장수들 중에서도 이운룡의 지략과 이영남의 충정을 잠깐 떠올리며 화포장에게 승전의 화포 한 발을 쏘도록 지시했다.

합포 해전

반나절 만에 전투는 끝났지만 옥포 선창에는 아직도 검은 연기가 피어올랐다. 침몰하기 직전의 왜선들이 불타고 있었다. 왜군은 굴강 안팎으로 단 한 명도 보이지 않았다. 바다로 뛰어들어 창에 찔려 죽었거나 익사한 뒤였다. 연기로 뒤덮여 날이 저문 것처럼 어두운 선창과 달리 바다는 훤했다. 박명이 바다를 부드럽게 감싸고 있었고, 노을은 붉은 속살을 실핏줄처럼 희미하게 드러내고 있었다. 대장선에서 화포 한 발을 쏘아 올렸다. 승전을 알리는 화포 소리는 사나운 맹수의 포효처럼 길었다. 이순신이 대장선 장대에 올라 북과 징을 치는 금고수金鼓手에게 소리쳤다.

"승전고를 울려라!"

대장선의 금고수가 둥둥둥 북을 치자 이번에는 나발수가 나발을 길게 불었다. 승전을 자축하는 천아성이었다. 모든 병선에서도 응답하듯 요란하게 북과 징을 쳤다. 장졸들이 갑판 위로 뛰어나와 두 손을 들고 함성을 질렀다.

"천세!"

"천세!"

"천세!"

장졸들이 승리에 도취해 기뻐 날뛰었다. 이순신은 왜장을 잡지 못해 아쉬웠지만 완벽한 승리라고 생각했다. 더구나 장졸들 중에 전사자는 없었다. 경미한 부상자 한 명에 불과했다. 송희립이 말했다.

"순천 배 사부 이선지의 왼쪽 팔에 왜군 화살이 살짝 스친 것 뿐입니다요."

"왜놈덜은 을매나 죽은 겨?"

"방금 군관덜이 시어봤는디 사천 멩이 넘는다고 헙니다요."

"기여. 저그 바닷물 좀 봐봐. 왜놈덜 핏물루다가 시뻘겋잖여."

"수사 나리, 왜놈덜이 인자 우리 수군을 시퍼보지는 않겄지라우?"

"더 달라들지두 물러."

"수사 나리께서는 왜장 못 잡은 것을 겁나게 아수워하는그만요."

"그려."

"그래도 장졸덜은 난리가 났어라우. 그랑께 장졸덜 사기 쪼깐 올려줄 일이 읎을께라우?"

"포작선에 있는 암소 말여, 오늘 저녁에 잡아 모든 장졸덜이 괴기 국물 맛이라두 보게 혀."

"박 진무에게 지시하겄습니다요."

"근디 여그 옥포는 벗어나서 잡아야 혀. 여그는 도가지멩키루 쏙 들어온 포구라서 왜적이 몰려와 우덜을 포위하믄 되치기당헐 수 있으니께."

이순신은 노구를 이끌고 분전한 어영담을 불렀다. 그러나 어영담은 혼자 오지 않고 젊은 우치적, 이운룡, 이영남과 함께 왔다. 젊고 당당한 이영남의 전포는 너덜너덜 찢겨 있었다. 왜선에 올라 왜군들과 백병전을 치렀다는 증거였다. 기골이 장대한 우치적의 전포는 피로 얼룩져 있었다. 우치적이 휘두른 장도에 나가떨어진 왜군들의 피였다. 우치적이 이순신 앞으로 겅중겅중 다가오자 비릿한 피 냄새가 풍겼다. 어영담이 말했다.

"사또, 여그는 겡상도 바다 아닌교. 나보담 원 수사의 부장들인 이 세 장수덜이 여그 물길을 잘 압니데이."

"중부장, 알았슈."

이순신은 어영담의 의견을 받아들였다. 그러고 보니 세 장수는 거제도 바다가 본거지였다. 이순신은 연합함대가 하룻밤 정박할 곳을 세 장수에게 물었다.

"날이 금시 저물 틴디 워디서 하룻밤 묵는 것이 좋겠는가? 장졸덜이 저녁밥을 편안허게 묵을라믄 가까운 디야 혀."

우치적이 먼저 나서 말했다.

"수사 나리, 거제도 최북단인 영등포 앞바다가 좋겠구먼유."

그러자 어영담이 고개를 저었다.

"영등포는 왜적 소굴인 천성 가덕도 바로 옆에 있는 기라. 왜적들이 벌 떼맨치로 기습하지 않겠는교?"

"성님, 오늘 옥포서 혼났으니께 바루 오지는 못헐 거구먼유."

"우 만호 말씀이 맞십니데이. 옥포에서 도망친 왜장이 오늘 중으로는 가덕도로 넘어가지 몬할 낍니더."

옥포 만호 이운룡이 우치적의 말을 거들었다. 어영담의 말이나 우치적의 말이나 다 일리가 있었다. 영등포는 왜군이 점령한 가덕도 바로 옆에 있는 포구였으므로 위험한 것도 사실이었고, 옥포 해전에서 도망친 두 장수가 거제도에 갇혀 있으므로 하룻밤 정도 묵을 수 있는 것이 가능할 듯싶었다. 이순신은 영등포 만호 우치적을 믿기로 했다.

"오늘은 영등포 앞바다에서 묵을 겨."

"예, 수사 나리. 가덕도 쪽은 우리덜이 경계헐 티니께 안심허셔유."

우치적이 뭉툭한 주먹코를 벌름거리며 크게 만족했다. 연합함대는 첨자진 대오를 지어 바로 북진했다. 척후선이 먼저 율포 앞바다로 향했다. 율포를 지나야 오늘 밤 정박할 영등포 앞바다가 나왔다. 율포는 옥포처럼 깊숙한 포구가 아니었으므로 굳이 들어가 수색 정찰할 필요는 없었다. 육안으로도 적정을 관측할 수 있는 포구였다.

이영남은 갈매기가 어지럽게 나는 율포 앞바다를 지나면서 눈을 감았다. 율포 권관으로 있으면서 원균의 전령이 되어 전라좌수영으로 찾아가 이순신에게 청병을 읍소했던 때가 떠올랐다. 만감이 교차했다. 이영남은 뜻을 이루지 못하고 경상도로 돌아와 원균의 질책을 받은 뒤 곧바로 소비포 권관으로 자리를 옮겼던 것이다. 이순신과의 인연은 묘했다. 그래도 그때 이영남은 이순신을 원망하지 않았는데 냉정하면서도 부드러운 이순신의 태도 때문이라고 생각했다. 전라 좌수영의 수군이 경상도로 구원 나가려면 임금의 명이 있어야 하므로 원균 수사의 요청만으로는 응할 수 없다고 거절하면서도 이영남을 다독거리며 곧 조정에서 소식이 있을 것이니 진지로 돌아가 기다리라고 했던 것이다.

연합함대는 영등포 앞바다에 이르러 병선들을 바로 경계 대형으로 바꾸었다. 대장선을 중심으로 둥근 진지처럼 만들었다. 원균의 함대는 왜선이 침입하기 쉬운 가덕도와 창원의 웅포 바다 쪽을, 정운과 배흥립 및 어영담 등은 남포 바다 쪽을, 신호와 김득광 등은 고성의 적진포 바다 쪽을 경계했다. 포작선들은 영등포 포구 쪽에 경계를 서게 했는데, 포작 출신의 수졸들은 영등포 선창으로 올라가 물을 긷거나 땔나무를 하면서 저녁을 준비했다. 박만덕은 백정 출신의 수졸들을 시켜 소를 잡아 내장과 뼈와 고기를 발랐다. 고기와 뼈를 바닷물에 담가 핏물을 뺀 뒤 누군가가 빼돌릴지 모르므로 함지박과 나무 상자에 직접 간수했다. 식사 당번 수졸들은 임시 아궁이를 만들어 여남은 개의 밥솥과 국솥을 걸었다.

그런데 식사 당번 수졸들이 아궁이에 막 불을 붙이려고 할 때였다. 박만덕은 식사 당번 수졸들에게 저녁 준비를 멈추게 했다.

"아그덜아, 대장선에서 초요기가 올라가분다. 먼 상황이 생겨분 거 같은디 쪼깐 지달려보드라고잉."

"염빙할! 왜놈덜이 또 나타난게라우?"

"으쨌든 쪼깐 지잘려야 쓰겄다. 내가 대장선에 갔다와부러야 겄다."

박만덕은 즉시 포작선을 타고 대장선으로 갔다. 대장선 옆에는 척후선이 와 있었고, 좌척후장 김인영이 이순신에게 보고를 하고 있었다. 어영담 등 장수들이 김인영의 입을 주시하고 있다가 혀를 끌끌 찼다.

"머시기, 왜놈덜 큰 배덜이 합포로 들어가고 있다는 것이여?"

"예, 다섯 척이 합포로 천천히 가고 있는 것을 봤당께라우."

"시방은 합포 선창에 배덜을 대고 있겄네."

"그렇지라우. 미시에 봤응께 지금쯤 합포 굴강에 있겄그만이라우."

이순신은 영등포 앞바다에 정박하려던 작전을 취소했다. 모인 장수들에게 고양이가 쥐를 잡듯 왜선을 추격하라고 명했다. 다만, 원균의 함대는 남포와 웅포 사이 바다에 남게 하여 후방을 방어하게 했다. 포작선의 일부 수졸들도 영등포에 남게 하여 저녁을 준비하도록 박만덕에게 지시했다. 웅천 땅 합포 역시 옥포처럼 포구가 깊숙이 들어간 곳에 있었으므로 이순신 함대는 왜선이 도망치지 못하게 일자진 대오로 공격할 것이었다. 초저녁이 되기 전에 작전을 마치기로 하고 함대의 격군들은 전속력으로 노를 저었다.

왜선들이 유효사격 거리에 들자, 이순신은 대장선에서 함포사격을 명했다. 바다를 뒤덮은 판옥선들의 위세에 놀란 왜군들이 무리 지어 배를 버리고 합포 선창으로 상륙해 달아났다. 옥포 해전에서 승리를 맛본 장졸들의 행동은 민첩했다. 함포사격 후 병선들이 왜선에 바짝 다가서자, 장졸들은 일제히 함성을 지르며 서로 앞다투어 왜선으로 넘어갔다.

옥포 해전에서 공을 세우지 못한 이응화의 공격이 가장 기민했다. 어영담의 판옥선에 타고 있던 이응화는 수졸 몇 명을 데리고 왜군 소관선에 올라가 미처 도망가지 못한 왜적들을 죽이고 불을 질렀다. 어영담, 방답 첨사 이순신, 김완도 관선 한 척씩을 빼앗았다. 변존서와 송희립, 김효성과 이설은 서로 힘을 합쳐 관선 한 척을 차지하고 왜군을 소탕했다.

전투를 하는 동안 어느새 날이 어둑어둑해져 있었다. 그러나 합포 굴강은 왜선 다섯 척이 모두 불길에 휩싸이면서 훤했다. 대장선에서 다시 승전고가 울렸다. 장졸들은 또다시 천세! 천세! 천세! 하고 외쳤다. 하루에 두 번이나 치른 해전의 승리였다.

잠시 후 초저녁이 되자 상현달이 나타나 달빛을 뿌렸다. 밤바다의 파도가 달빛을 받아 번뜩였다. 원균의 함대가 지키고 있는 후방은 조용했다. 이순신은 그들을 믿고 창원 땅 남포 앞바다로 나와 정박하기로 결정했다. 박만덕이 승전한 장졸들을 위해 이십여 척의 포작선으로 밥과 소고깃국을 날랐다. 무쇠솥째 들어 가져온 밥이었으므로 온기와 찰기가 배어 있었다. 소뼈를 푹 곤 소고기 국물은 비록 건더기는 적었지만 고소하고 진했다. 분청사발에 소고기 국밥을 받아 든 장졸들이 전투에 이겼을 때처럼 환호성을 질렀다. 평소에는 먹어보지 못한 특식이었던 것이다.

이순신은 송희립을 시켜 원균과 그의 부하들을 챙겼다.

"송 군관, 우수영 장졸덜부텀 나눠줘야 혀."

"그렇지 않아도 원 수사께서 박만덕 진무를 다그치고 있당께요."

"모른 체혀. 오늘은 기분 좋지 않은감."

"두 번 전투에서 모두 이겼응께 밥을 안 묵어도 심이 나지라우."

"잘 싸운 수졸덜 배불리 멕여야 혀."

"예, 수사 나리."

이순신은 장대에서 국밥을 뜨다 말고 송희립에게 이것저것 지시했다. 송희립이 막 숟가락을 뜨려고 할 때도 다시 물었다.

"유섭이 왜선에서 도로 빼앗아 온 어린 계집아이는 놔두구, 김득광이 왜선 밑창에서 구해 온 계집아이는 나이가 쪼깐 들었다지?"

"순천 유 대장이 데리고 있는 아이는 네다섯 살쯤 되고요, 보성 김 군수가 도로 빼앗아 온 계집아이는 열네 살이라고 합니다요."

"저녁 묵구 나서 열네 살 묵은 계집아이는 델꾸 와봐. 나이가 쪼깐 있으니께 심문혀볼 겨."

"우부장 김 군수 배로 가서 데꼬 오겠습니다요."

"저녁 다 묵구 가두 늦지 않혀. 얼릉 묵지 않구 뭐한다?"

"수사 나리께서 드셔야 지가 수꾸락을 들지라우. 국밥이 다 식어불겄당께요."

"허허허. 고런 겨?"

상현달 달빛이 장대 안까지 비췄다. 이순신과 송희립의 국밥이 놓인 밥상은 단출했다. 대접이라 불리는 큰 사발이 각자 하나씩 놓여 있고, 노루 육포와 말린 청어, 달달한 집장이 놓여 있었다. 송희립이 국밥 한 사발을 눈 깜짝할 사이에 먹어치우고는 말린 청어를 우걱우걱 씹었다. 송희립은 숟가락까지 삼켜버릴 듯 맛있게 먹었다.

"꿀맛인 겨?"

"꼬순 소괴기 맛을 본 지 을매나 됐는지 모르겄그만요."

"전투에서 승리헌 맛보다 더허겄는가?"

"오늘 전투에서 승리했응께 요로코롬 맛있겄지라우."

"기여. 장졸덜 모다 마찬가지일 겨."

"나리께서 좋아허시는 막걸리만 있으믄 설상가상이겄그만요."

"어허 또 문자 쓰는 기여? 설상가상이 아니라 금상첨화라구 혀."

"금상첨화가 뭣이당가요?"

"비단에 꽃을 더헌다는 것이니께 아조 좋은 거여. 시방 희립이가 말헌 설상가상은 눈 위에 서리까지 내린다는 것이니께 엎친 데 덮친다고 운수가 나쁘다는 말여."

"아이고, 지가 거꾸로 말해뻔졌그만요잉."

"두 번씩 왜놈덜을 쓸어버리구 나니께 아적도 흥분혀서 그려."

"아따, 흥분할 만허지라우잉. 허지만 솔직히 말씀드려서 지는 문자를 잘 모르그만요."

"알았어. 내가 희립이 맴을 모르면 누가 알겄는가."

이순신과 송희립은 달빛이 내려앉은 장대 안에서 저녁을 뚝딱 해치우고 사발의 물까지 단숨에 들이켰다. 바로 그때였다. 취

사장 박만덕이 대장선으로 올라와 보고했다.

"사또 나리, 방금 배식이 다 끝났그만이라우. 요건 소괴기 육횐디 심내시라고 지가 챙겼그만요."

"난 마른 육포를 좋아허는디 박 진무나 묵지그려."

"바닷물에 담근 것잉께 내일 자셔도 되지라우. 짭짤하고 꼬순 육회랑께요."

"근디 박 진무는 저녁은 묵은 겨?"

"지는 배식 감독하니라고 아적까정 묵지 못했지라우. 인자 배로 돌아가 묵을랍니다요."

"허허. 저녁이 아니라 박 진무는 야식을 묵겄구먼."

"전투헌 군사덜이 우선 묵어야지라우. 배식 당번 수졸덜은 모다 아적 묵지 못했그만요. 그래도 배식 당번 수졸덜은 왜놈덜을 바다에 다 쓸어 넣어부렀다고 밥 묵지 않았어도 배부르다고 좋아한당께요."

이순신은 전투 요원이나 비전투 요원이나 하나가 됐다는 것을 느꼈다. 승리한 장수만이 음미할 수 있는 희열이었다. 모든 병선들이 소등을 했는데 상현달 달빛 덕분에 먼바다의 물체까지 어렴풋이 보였다. 가덕도 쪽의 경계는 밤에도 원균 휘하의 장졸들이 서주어 안심이 됐다. 원균의 병선들이 먼바다 위를 오락가락하고 있었다.

송희립이 데리고 온 계집아이는 경상도 소녀였다. 포로가 된 뒤 머리카락이 잘려 왜인 소녀처럼 보였다. 머리카락을 자른 때문인지 나이보다 성숙해 보였다. 화포장과 격군장, 사부장들이 갑판으로 나와 둘러섰다. 송희립이 말했다.

"수사 나리, 보성 김 군수가 왜적한테서 구해 온 겡상도 포로입니다요."

"순천 대장 유섭이 빼앗아 온 아이는 너무 어리니께 심문할 필요가 읎다. 그러니께 고 어린아이는 잘 보살피다가 워디로 보내도록 혀."

이순신은 대장선 갑판에서 경상도 소녀를 심문했다.

"워디에 사는지부텀 말혀봐."

"쇤네는 동래 웅암리서 좀 떨어진 데서 살았십니더."

"이름은 뭐구, 나이는?"

"이름 윤백련尹百連이고예, 나이는 열네 살입니데이."

"부모는 누군 겨?"

"아비는 다대포 수군 윤곤절尹昆節입니더. 지금은 죽었는지 살았는지 알 수 없고예, 어미는 모론毛論인데 죽었십니데이."

"조부도 죽은 겨?"

"쇤네는 친할배나 할매, 외할배나 할매 모두 아무것도 모릅니더."

"한집에서 살지 않구 뿔뿔이 흩어져 살았구먼."

"예, 쇤네는 기장에 사는 김진명 군관님 종으로 살았지예."

윤백련은 왜군의 포로가 된 사연을 하나도 숨기지 않고 말했다. 왜군이 부산포에 상륙하여 부산진성을 공격할 때였다. 기장에 사는 군관 김진명은 윤백련의 주인이었다. 김진명은 군령을 받고 부산진성으로 가면서 윤백련에게 무기를 들려 데리고 갔다. 그러나 김진명은 마비馬飛의 을이현乙耳峴에 이르러 부산진성이 함락됐다는 소식을 듣고는 기장으로 돌아오고 말았다. 그런데 기장성에서는 벌써 양민들이 피난을 떠나고 있었다. 군수는 동헌에 없었고 김진명이 군졸들에게 방어진을 치라고 지시했으나 모두들 달아나버렸다. 할 수 없이 김진명은 윤백련을 데리고 자신의 집으로 갔다.

윤백련은 김진명의 집에서 하룻밤 잤다. 그러나 윤백련은 김진명을 더 따라다닐 수 없었다. 김진명이 종을 데리고 있을 처지가 못 되었던 것이다. 윤백련은 거리로 나왔다. 피난민들이 북적거리는 길 위에서 우연히 늙은 아비와 친척들을 만났고 식구들 모두 운봉산(동래군 철마면)으로 피난 가 함께 아흐레쯤을 보냈는데 왜적이 거기까지 쳐들어왔다. 도망쳤으나 윤백련과 오라비 복룡卜龍이 먼저 잡혀 포로가 되었다. 해 질 무렵 부산진성으로 끌려와 성안에서 밤을 지내고 났더니 오라비 복룡은 사라져 보이지 않았다. 그때부터 윤백련은 왜선 밑창에 갇혀 마음대로 움직이지 못했다.

왜선 삼십여 척은 김해부로 가서 대엿새 동안 노략질을 한 뒤 사시에 김해부를 출발하여 거제도 율포로 향했다. 윤백련이 탄 왜선도 율포에서 하룻밤 정박하고 다시 옥포로 가 있다가 이순신의 함대를 만났다는 것이었다.

"우리나라 화포와 화살들이 왜놈들 배 안으로 비 오듯 쏟아졌지예. 왜놈들은 엎어져 피를 질질 흘리면서 아우성치고 거꾸러졌십니더. 어찌할 줄을 몰라서 물로 뛰어들고 산으로 도망친 놈들도 있었십니데이. 쇤네는 배 밑창에 있기만 해서 그 밖의 다른 일들은 알 수가 없십니더."

이순신은 윤백련을 돌려보냈다. 원균의 부장들도 우리나라 포로 세 명을 데리고 있었지만 이순신은 부르지 않았다. 심문도 그들이 하게 했다. 전과를 가로챘다는 비난을 피하기 위해서였다. 이순신은 장대에 누운 채 눈을 감았다. 피로한 몸이 바윗덩어리처럼 무거웠다. 대장선 밑창으로 가라앉을 것만 같았다. 하늘에는 구름 한 점 없었고 아직도 밝은 상현달이 자취를 감추지 않고 떠 있었다. 어른처럼 조숙한 윤백련을 심문했던 여운 때문일까. 문득 상현달이 청매의 옆얼굴 같았다. 사또의 여자가 되겠다고 했고, 사또를 기다리며 살겠다는 청매의 얼굴 같았다. 이순신은 장대에서 이리저리 뒤척이다가 상현달이 사라진 자시를 넘긴 뒤에야 겨우 한숨 눈을 붙였다.

적진포해전

이순신은 묘시에 눈을 떴다. 어깨가 굳은 것 같고 허리가 뻐근했다. 밤바다의 찬 기운 때문에 새우처럼 몸을 움츠리고 잤던 것이다. 여수 본영을 떠나 바다 위에서 보낸 지 닷새나 되었다. 누각처럼 생긴 대장선의 장대라고는 하지만 사방이 트여 있으므로 풍찬노숙이나 다름없었다. 아침에 주먹밥이나마 먹은 뒤 이슬을 말리는 산짐승처럼 햇볕을 쬐고 나서야 굳었던 몸이 풀어졌다. 이순신은 부장 송희립을 불렀다. 송희립은 잠을 잘 자지 못했는지 얼굴이 부석부석했다.

"잠을 자지 못헌 겨?"

"본영 군관덜끼리 야그 좀 허다가 날이 새부렀습니다요."

첫 출전에 따라온 본영 군관은 이봉수, 송한련, 최대성, 배응록, 변존서, 김효성, 이설 등이었다.

"무신 얘기를 혔다?"

"겡상도 수군덜과 합친 것이 문제가 있다고 다덜 투덜거렸습니다요."

"연합헌 것이 문제가 있다는 겨?"

"우리 장졸덜이 왜선을 빼앗을라고 하는디 겡상도 수군덜이 뒤에서 화살을 쐈다고 불만이 큽니다요."

"왜적을 죽일라구 쏜 화살인디 오해헌 거 아닌감."

"아니랑께라우. 우리덜이 몬자 올라탄 배를 빼앗아 공을 세울라고 그런 것이겄지라우. 우리덜이 왜선에 올랐으믄 다른 배를 공격해야지라우."

"우리 군관덜 불만이 크다는 겨?"

"당연하지라우. 우리 수군 두 사람이 우수영 수군이 쏜 화살에 다쳤당께라우. 지덜이 공을 세울라믄 다른 배를 공격해서 빼앗아야지라우."

왜군의 공격이 아니라 경상 우수영 수군의 화살에 맞아 부상을 당했다면 작은 문제가 아니었다. 그러나 이순신은 문제를 키우고 싶지는 않았다.

"원 수사에게 주의를 주라구 말헐 티니께 송 군관은 나서지 말어."

"여그 와서 본께 원 수사 영이 스지 않는 거 같아라우. 거제 현령은 원 수사가 직속상관인디도 말을 안 듣는당께요."

거제 현령 김준민이 연합함대에 합류하라는 원균의 명을 따르지 않는 것을 두고 한 말이었다. 김준민이 거제도를 떠나 어디에 피신하고 있는지는 아무도 몰랐다. 원균이 공문을 띄웠지만 아직도 나타나지 않고 있었다.

"송 군관, 합동 작전이 장점두 있지만 단점두 있구먼그려."

"옥포 싸움 때는 정신이 읎어서 몰랐는디 어저께 합포 싸움 때 본께 껄쩍지근한 문제가 있드랑께요."

이순신이 발견하지 못했던 합동 작전의 문제점이었다. 전과를 올리려고 경쟁하는 공격 행위는 격려해야 하겠지만, 공을 가로채려고 하는 짓은 결코 용납할 수 없는 일이었다. 미처 예상하지 못했던 합동 작전의 파열음이었다.

새벽에 나갔던 척후선 한 척이 돌아오고 있었다. 수군들이 아침밥을 먹기 전이었다. 수색 정찰 나갔던 좌척후장 김인영이 급히 보고를 했다. 진해 땅 고리량에 왜선이 정박해 있다는 것이었다. 그러고 보니 왜선들이 거제도 부근의 근해와 크고 작은 섬들을 무인지경으로 돌아다니고 있는 것이 사실이었다. 대적할 경상 우수영의 수군이 원균의 지시로 병선을 자침시켜버린 뒤 와해되다시피 한 상황이기 때문이었다.

"수사 나리, 요번 출전은 우리 함대만 나가는 것이 으쩔께라우?"

"장수덜 불만이 크다니께 별수 읎지. 우덜찌리 출전혀."

"사기도 하늘을 쑤실 듯헌께 괴안찮을 껍니다요."

"단독으루다가 싸와보는 것두 좋을 겨."

그렇다고 경상 우수영의 수군을 운용하지 않겠다는 것은 아니었다. 전라 좌수영 함대가 공격할 때 경상 우수영 수군은 후방인 거제도 바다를 경계하고 방어하는 작전이 필요했다. 전투에

참여하지는 않지만 만일의 경우를 대비해서 후방 방어도 중요하기 때문이었다. 이순신은 장수들을 대장선으로 불러 전라 좌수영 함대만 고리량으로 출전한다고 말했다.

"고리량으로 가는디 우덜 군사만 출전헐 겨."

"경상 우수영 수군은 인자부텀 전투에서 빠지는게라우?"

"빠진다기보담 우덜 뒤에서 경계를 서는 것이니께 그리 알어."

"사또 나리, 앓던 이빨이 빠진 거멩키로 시원합니다요."

대장선에 모인 군관들이 이구동성으로 좋아들 했다. 실제로 전라 좌수영 수졸 두 명이 경상 우수영의 장수들이 쏜 화살에 부상을 당했으므로 당연히 전라 좌수영 장수들이 반감을 가질 만도 했다. 그러나 이순신은 앞으로도 경상 우수영의 수군들을 아예 전투에서 제외시킬 생각은 없었다. 전력 약화로 이어지는 조치는 전장에서 있을 수 없는 일이었다.

이순신 함대는 남포 앞바다를 떠났다. 남포 밑에는 저도와 자라섬, 쇠섬, 곰섬 등 여러 개의 섬들이 옹기종기 자리 잡고 있었다. 함대는 섬들을 수색하면서 나아가는 척후선의 뒤를 따랐다. 척후선에서 다시 보고가 올라왔다. 고성 적진포에 왜선 열세 척이 정박해 있다는 정보였다. 이순신은 또다시 어영담을 불러 물었다.

"적진포 지형을 말혀봐유."

"옥포랑 비슷합니데이. 도가지 속만치 짚십니더."

"일자진으로 공격혀야겄구먼유."

"왜선이 열세 척이라꼬 하니까네 그기 좋을 낍니더."

이순신의 작전은 이번에도 당파 전술이었다. 왜군보다 전력이 앞서고 옥포나 합포에서 검증된 전술이 당파 전술이었다. 적진포 앞바다에 이르니 사시가 다 되었다. 이순신은 첨자진에서 일자진으로 대오를 바꾸었다. 전선들은 이열 횡대로 적진포를 향해 다가갔다. 화포장들이 포신을 닦으며 느긋하게 공격 명령을 기다렸다. 사부들 또한 화포의 사각지대를 바라보며 활을 겨누었다.

적진포 역시 왜군들이 관가와 민가를 약탈하면서 불을 질러 포구에는 연기가 자욱했다. 송희립이 말했다.

"수사 나리, 왜놈덜이 우리하고 싸울라고 온 군사인지 노략질할라고 온 도적놈인지 모르겄습니다요."

"원래 저놈들은 왜구 출신이 많다카이. 버르장머리가 노략질에다 분탕질 아이가."

"왜구라믄 치가 떨리는 전라도에서 왔는디 여그서 또 만나뿐 진갑소잉."

실제로 요 며칠 사이에 본 왜군들의 짓거리는 수군이라기보다는 왜구의 행태였다. 노략질하러 바다를 건너온 왜구들과 조금도 다르지 않았다. 왜군들은 옥포나 합포에서도 뭍에 올라 성 안팎의 관가와 민가를 노략질하고는 민가에서 기르는 가축을 잡아먹거나 불을 지르고 다녔다.

왜군들의 행태는 적진포에서도 마찬가지였다. 성 안팎이 불타고 있었고 연기가 성 밖의 산비탈을 뒤덮고 있었다. 이윽고 대장선에서의 화포 한 발을 신호로 일자진을 친 판옥선들의 화포가 불벼락 치듯 불을 뿜었다. 왜군 일부가 판옥선 함포사격의 위세에 놀라 산으로 도망쳤다. 조총으로 발악하듯 저항했지만 판옥선의 천자총통과 지자총통의 화력에 곧 조용해졌다. 승부는 두어 식경 만에 금세 판가름이 났다.

함포사격이 끝나자, 좌부장 낙안 군수 신호와 순천 대장 유섭이 탄 순천 판옥선이 왜선으로 돌진했다. 격군들은 사력을 다해 노를 젓고 사부들은 팔에 쥐가 날 정도로 활시위를 당겼다. 화살에 불을 달아 쏘는 화공 전술은 왜군을 두렵게 하고 사기를 떨어뜨렸다. 신호의 뒤를 이어 급제 박영남과 보인 김봉수가 탄 협선도 왜선을 향해 달려갔다. 우부장 보성 군수 김득광이 탄 보성 판옥선도, 중위장 방답 첨사 이순신이 탄 방답 판옥선도, 우척후장 사도 첨사가 탄 사도 판옥선도, 후부장 녹도 만호가 탄 녹도 판옥선도, 이설과 송희립이 탄 본영 판옥선도, 이봉수가 탄 본영 판옥선도, 주몽룡이 탄 협선도 왜선을 향해 돌진했다. 모든 장수들이 왜선 한 척 이상씩을 빼앗았다.

적진포 굴강 바다는 군데군데 붉은색으로 변했다. 화포와 화살에 맞아 죽은 왜군의 시신들이 둥둥 떠다니다가 가라앉았다. 선창에도 왜군의 시신들이 거적때기처럼 널브러지고 나뒹굴었다. 대장선 상갑판에서 전투 상황을 주시하고 있던 이순신이 그제야 승전고를 치도록 금고수에게 명했다. 즉시 금고수는 북을 둥둥둥 쳤고, 취타수는 나발을 길게 불어 천아성을 냈다.

3전 3승.

전라 좌수영에서 구원 나와 세 번 전투하여 세 번을 승리한 장졸들의 기세는 하늘을 찔렀다. 승전고가 울리자 병선의 모든 장졸들이 갑판 위로 나와 '천세!'를 외쳤다. 적진포 전투는 전라 좌수영 수군만으로 싸워 이긴 전투였으므로 간밤에 투덜거렸던 장수들은 더욱 흥분했다. 불만이 햇볕에 봄눈 녹듯 사라져버렸다. 이순신은 송희립에게 전황을 보고받았다.

"왜선 열세 척을 모다 불태워 가라앉혀부렀습니다요."

"우덜 부상자는 몇인 겨?"

"한 멩도 읎습니다요."

"적의 전사자는?"

"나대용과 이봉수 군관이 셈했는디 이천 멩쯤 되는갑습니다요."

"옥포에서 죽은 왜적보다 적구먼."

"거그보담 반쯤 되는 거 같습니다요."

이순신은 아침밥을 먹기 전에 치른 전투였음을 그제야 알았다. 이른 아침에 척후선의 보고가 들어와 아침밥을 미루고 바로 출전했던 것이다.

"군사덜 아침밥을 멕여. 그러구 나서 뒤처리도 허구."

"예, 알겄습니다요."

이순신의 지시가 떨어지자 뒤쪽에 포진하고 있던 포작선들이 일제히 판옥선들 사이로 다가왔다. 배식 당번 수졸들이 판옥선으로 주먹밥을 날랐다. 이순신도 수졸이 가져온 주먹밥을 먹었다. 주둔지나 정박지에서는 국밥을 먹지만 전투 중에는 대개 주먹밥이 배식되었다.

그때였다. 적진포 뒷산에 숨어 있던 한 사내가 선창에 나타났다. 사내는 아내를 잃어버렸는지 등에 아기를 업고 있었다. 박만덕이 울부짖는 사내를 포작선에 태우고 몇 마디 심문한 뒤 곧바로 대장선으로 데리고 왔다. 박만덕이 이순신에게 보고했다.

"왜적에게 포로로 잡혀갔다가 돌아온 향화인向化人입니다요."

"워디 사는 누군 겨?"

"적진포 사는 이신동입니데이."

이신동은 이순신을 보자마자 안도하며 눈물을 닦았다.

"왜놈덜 악행이 생각보다두 심허구먼."

"왜놈덜이 어저께 와가꼬 말입니더, 민가를 노략질하고예 소와 말을 빼앗아 자기들 배에 나누어 실었십니더. 초저녁에는예 배를 바다에 띄워놓고 소를 잡아묵으면서 밤새 술 마시고 노래하고 피리 불고 해서 시끄러벘십니더. 노랫가락은 우리나라 노랫가락 같았십니데이. 오늘 이른 아침에 왜놈덜이 반은 배를 지키고 반은 고성 쪽으로 갔는데 그때 소인은 식겁해서 숨느라꼬 고마 늙은 어미와 처자들을 잃어삐렀십니더. 어미와 처자가 어디에 숨어삐릿는지 모르겠십니더."

"포로가 될지 모르니께 나를 따라갈 텨?"

"말씸은 고마우나 지는 여기 남아가꼬 엄니와 처자를 찾아야겠십니더."

이신동을 지켜보고 있던 장졸들이 모두 분통을 터뜨렸다. 특히 녹도 만호 정운이 참지 못했다. 이순신에게 큰 소리로 말했다.

"사또 나리, 천성이든 가덕도든 부산이든 시방 가서 왜적들을 쓸어뻔집시다요."

사도 첨사 김완과 송희립도 거들었다.

"한마음으로 우리 군사덜 심을 다하믄 못 할 것도 없십니더."

"수사 나리, 우리덜은 세 번 싸와서 다 이겨뻔졌습니다요. 그런께 이참에 왜적덜을 다 없애뻔집시다요."

장수들이 서로의 얼굴들을 쳐다보며 전의를 다졌다. 정운은 분해서 얼굴이 불그락푸르락했고, 김완은 성질을 참지 못하고 턱을 떨었다. 그러나 나이가 든 어영담이 나서서 차분하게 말했다.

"왜선들이 배를 대고 있넌 포구는 지형이 좁을뿐더러 바다가 얕십니더. 그러니 우리 판옥선이 들어가서 싸우기는 아조 에러울 낍니더."

썰물 때가 되면 수심이 얕은 포구에서는 판옥선의 저판이 암초나 개펄에 닿을 터였다. 판옥선이 왜선보다 바닷물에 더 많이 잠겨서 움직이기 때문이었다. 이순신은 망설이지 않고 결론을 내렸다. 전장에서 결론은 목숨과 직결되는 것이기에 신속해야 했다.

"맴이야 당장 쫓아가서 쓸어버리구 싶지만 우덜 전력은 왜적덜보다 열세여. 가덕도 쪽의 지형두 우덜에게 불리허고."

"사또 나리, 여그서 돌아가겠다는 것입니까요?"

"장수는 맴을 잘 다스려야 혀. 이억기 배들만 와두 한번 혀볼 만헌디 아적은 아녀."

이순신은 여수 본영을 떠날 때부터 전라 좌수영 이억기의 병선들이 합류하지 않은 것을 못내 아쉬워했다. 전라 우수영의 전력이 아직까지는 미흡하다고 판단했던 것이다. 통분한 마음 같아서는 당장 부산 쪽으로 출전하여 왜선들을 섬멸하고 싶었지만 전력이 보강될 때까지는 기다려야 했다. 이순신이 경상도의 이신동 같은 난민에게 할 수 있는 일은 경상 감사에게 난민들이 굶어 죽을지 모르니 구호해달라는 공문을 띄우는 것뿐이었다.

사시쯤에야 원균이 협선을 타고 대장선 가까이 왔다. 이순신은 장대에서 나와 원균을 맞이했다. 원균이 상갑판에 오르자마자 큰 소리로 말했다.

"이 수사, 적진포 승전을 축하하오."

"우덜 장졸덜이 잘 싸워 이긴 거쥬."

"우리가 후방을 자물쇠같이 경계하는 동안 가덕도의 왜적들이 얼씬도 못 했소."

원균이 말한 후방은 저도와 칠전도 사이의 바다를 말했다. 원균의 함대가 방어해줌으로써 이순신 함대가 적진포 공격을 마음놓고 한 것도 사실이었다. 그러나 원균의 말이 공치사로 귀에 거슬렸는지 정운이 대들었다.

"사또, 어저께 합포 싸움에서 우리 수졸 두 멩이 다쳐부렀소. 누구 땜시 그런 줄 아시오?"

"정 만호는 무슨 얘기를 하는 것인가?"

"아직도 모른가부요잉. 사또의 장수덜이 우리 수졸덜에게 화살을 쏴부렀당께요."

"서로 엉켜 싸우다 보면 그럴 수도 있지 않은가. 정 만호는 무슨 말을 그렇게 고약하게 하는가?"

정운에게 한 발 다가선 원균의 얼굴이 금세 굳어졌다. 칼이라도 불쑥 빼어 들 기세였다. 그러나 정운도 물러서지 않았다.

"공을 가로챌라고 허는 비겁한 짓이지라우."

급기야 이순신이 나서서 말렸다.

"정 만호, 원 수사의 도움을 받은 것도 사실이니께 사과혀!"

"지는 사실대로 야그혔그만요."

"설마 원 수사께서 그리 지시혔겄는가. 부하 장수덜이 맴이 앞서 잘못헌 겨."

이순신이 무마했지만 원균은 화가 나 대장선을 내려가버렸다. 무례한 부하를 크게 나무라지 않는 이순신이 섭섭하기만 했다. 그러나 이순신은 원균을 붙잡지는 않았다. 부하 장수를 잘 다루지 못하여 전라 좌수영 수군에게 피해를 준 것도 사실이기 때문이었다. 원균이 협선을 타고 사라진 뒤 송희립이 말했다.

"전리품은 으쩔랍니까요?"

"을매나 되는 겨?"

"왜적덜 배에서 찾아낸 물건덜인디 곳간 다섯 칸을 채우고도 남을 것 같아라우."

"쌀은 을매나 된다?"

"왜놈덜이 노략질헌 쌀인디 얼추 삼백 섬은 됩니다요. 그라고 의복이나 무명도 꽤 있그만요."

"심들게 노를 저슨 격꾼덜과 사수덜 몬자 주구, 그 나머지는 군관덜에게 돌아가게 혀. 지금 바루 나눠줘야 장졸덜 기분이 더 좋을 겨."

"예, 수사 나리."

"조정에 보낼 군사용품덜은 하나씩만 골라야 써."

장졸들이 노획한 물건들 중에는 군사용 무기와 기구들이 많았다. 왜군 총통 및 활과 화살, 그리고 붉고 검은 철갑, 쇠투구, 철광대鐵廣大, 금관, 금깃[金羽], 금삽金鍤, 깃옷[羽衣], 깃빗자루, 나각, 큰 쇠못, 성을 깨뜨리는 사색沙索 등이었다.

좌부장 신호가 벤 왜장의 머리는 왼쪽 귀를 잘라 소금에 절여 궤에 넣고 봉했다. 궤를 가지고 한양에 갈 군관은 송한련과 김대수로 정했다. 세 번의 승전에서 왜적의 머리를 하나만 잘랐다는 것은 조금은 이해할 수 없는 일이었다. 조정에 공을 가장 확실하게 인정받으려면 수급首級의 숫자를 알려야만 했다. 그러나 이순신은 수급을 가져오도록 지시하거나 원하지 않았다. 앞으로도 그럴 생각이었다. 장졸들이 수급의 숫자만 늘리려고 전투에 소홀할지도 모르기 때문이었다.

적진포 해전의 뒷수습은 정오 무렵에 끝났다. 이순신은 함대를 본영으로 안전하게 귀대시키기 위해 먼저 수색 정찰을 내보낸 척후선의 보고를 기다렸다. 좌우 척후선이 미륵도와 한산도 사이로 수색 정찰을 나가 있었던 것이다. 귀대할 때도 경상도 근해보다는 미륵도와 한산도 사이를 빠져나가 먼바다로 항진할 생각이었다.

마침내 왜선이 없다는 척후선의 보고가 들어왔다. 이순신은 원래 판단했던 대로 중군선 중위장에게 항진을 지시했다.

"본영 병선덜은 척후선을 따라 첨자진으로 항진혀!"

중군선 중위장이 여든다섯 척에 탄 병선의 장졸들에게 이순신의 군령을 전했다. 그러나 함대가 막 돛을 올리고 항진하려는 순간, 적진포 선창에 말을 탄 전령이 나타나 소리쳤다. 전라도 도사 최철견이 보낸 전령이었다. 승전의 들뜬 분위기에 찬물을 끼얹는 슬픈 소식이 전해졌다. 이순신은 최철견이 보낸 통첩을 받아보고 나서는 고개를 떨어뜨렸다. 통첩에는 임금이 한양을 떠나 서천 길에 올랐다는 내용이 쓰여 있었다. 손에서 힘이 빠져 나가버린 듯 이순신은 통첩을 떨어뜨렸다. 굵은 눈물을 하염없이 흘렸다. 송희립이 통첩을 주워 들더니 보고서는 큰 소리로 울었다.

"임금님께서 도성을 버리고 피난길에 오르셨그만이라우!"

이순신은 통곡하는 송희립을 끌어안고 같이 울었다. 이순신은 본영으로 귀대하는 동안 장대 안에서 내내 한양 쪽을 바라보며 입술을 깨물었다.

파천

궁궐을 빠져나온 임금 일행이 모래재를 넘자 날이 밝았다. 선조의 파천은 순조롭지 못했다. 새벽부터 내린 비는 벽제역에 이르러서는 하늘이 선조 일행을 책망이라도 하듯 쏟아졌다. 밭에서 비를 맞고 일하던 농사꾼들이 선조 일행을 보더니 달려왔다. 늙은 농부가 밭고랑에 찬 흙탕물을 저벅저벅 밟고 와 엎드려 울부짖었다.

"나라님이 우리를 버리고 가시면 우리들은 누구를 믿고 살아야 하옵니까요?"

선조 일행은 퍼붓는 비를 맞으면서도 피난길을 쉬지 않았다. 선조는 마치 왜군이 바로 뒤를 쫓아오는 것처럼 극도로 불안해했다. 손바닥에 물집이 생길 정도로 말고삐를 잡아당기곤 했다. 그러나 말은 미끄러운 진창에서 비틀거렸다. 왕비 일행이 탄 말들도 잘 나아가지 못했다. 뒤따르던 궁녀들은 옷소매로 얼굴을 가리고 울었다. 선조가 입고 있는 전포는 비에 젖어 갑옷처럼 무거웠다. 메고 있는 화살통에까지 빗물이 찼다. 경기 감사 권징이 벽제역에서 바친 도롱이는 입으나마나였다. 그래도 선조는 젖은 전포를 갈아입지 않았다. 파주 마산역에서 잠시라도 비를 피할 수 있었지만 그냥 지나쳤다. 한 걸음이라도 더 빨리 올라가 임진강을 건너야만 마음이 놓일 것 같아서였다.

임진강에 다다르니 날이 저물었다. 빗줄기가 약해진 것은 그나마 다행이었다. 선조는 나루터 남쪽에 있는 승청丞廳에서 영의정 이산해, 좌의정 유성룡과 함께 비를 피했다. 승청은 강을 건너는 관원들이 휴식을 취하는 휴게소 같은 곳이었다. 승청에서 나루터까지는 질퍽질퍽한 개흙이 수렁 같았으므로 말이 다니지 못했다. 어쩔 수 없이 선조도 걸어가야 했다. 선조를 호종하는 관원들의 질서는 이미 무너져버렸다. 종들과 말을 잃어버리고는 찾느라고 소동을 벌였다. 신하들은 대여섯 척밖에 없는 나룻배를 먼저 타려고 눈치를 봤다. 심지어는 나루터까지 선조를 업고 가겠다고 나서는 장수도 없었다.

선조는 하루 종일 비를 맞은 데다 허기가 져 오한이 들고 목이 탔다. 호종하는 내의원 용운이 눈치채고 부근 밭에서 오이를 서너 개 따 왔다. 선조가 하나를 먹다 말고 오이 두 개를 집어서 이산해와 유성룡에게 주었다. 용운이 가져온 소주도 술잔에 부어 두 정승에게 권했다.

"오한이 드는 데는 소주가 그만이오. 이게 마지막 술 같으니 드시오."

"전하, 비가 더 내릴 것 같사옵니다. 아껴 드시옵소서."

유성룡은 술잔을 받지 않고 사양했다. 선조가 남겨두고 마시기를 바라서였다. 나루터 주변은 여전히 소란스러웠다. 궁녀들이 울부짖는 소리, 잃어버린 말을 찾는 소리 등등 나루터 주변은 장돌뱅이들이 모인 장터처럼 질서가 어지러웠다.

그런데 그때 복닥거리는 사람들 속에서 장수 한 사람이 나섰다. 선조가 탄 말 뒤쪽에서 호종하던 광화문 수문장 고희였다. 시위 군졸들이 도망치건 말건 말없이 뒤따르던 수문장이었다. 발을 동동 구르며 허둥대는 도승지 이항복에게 고희가 다가가 말했다.

"승지 나리, 소장이 전하를 업고 나루터로 가겠습니다요."

"수문장은 어찌 임금님을 떠나지 않았는가?"

"임금님께서 욕을 보시믄 신하는 마땅히 죽어야지라우. 때가 위태로운디 어찌케 목심을 아끼겄습니까요?"

"따라오시게. 위로는 조관朝官으로부터 아래로는 군교軍校에 이르기까지 다 도망갔는데 그대만 남아 있군그래."

고희는 이항복을 따라 승청에 있는 선조 앞으로 가 엎드렸다. 이항복이 승청 추녀 끝에서 한두 방울씩 뚝뚝 떨어지는 낙숫물을 맞으며 아뢨다.

"전하, 수문장 고희 등에 업히시옵소서. 강을 빨리 건너려면 지금 나룻배를 타셔야 하옵니다."

"소장이 상감마마 옥체를 편안하게 나루터까정 모시겄습니다요."

"어서 가자. 강을 건너자꾸나."

고희의 등은 반석처럼 듬직했다. 삼십삼 세의 젊은 고희의 몸집은 장사와 다름없이 우람했다. 고희는 선조를 가볍게 업은 뒤 수렁이 다 된 강기슭을 내려갔다. 선조가 말했다.

"궁궐 어느 수문장이냐?"

"광화문 수문장이옵니다요."

"네 아비는 누구냐?"

"명종 임금님 때 훈련원 판관을 지낸 사렴이라고 하옵니다요."

"형제는 어찌 되느냐?"

"현이라는 동생이 있는디 성주 판관으로 있습니다요."

"의리가 있는 무부의 혈통이로구나. 내 너를 잊지 않을 것이다."

고희는 나루터에 다다라서는 엎드렸다. 자신을 발판 삼아 임금이 나룻배로 건너가게 하려는 것이었다.

"소장을 밟고 배를 타시믄 안전헐 것입니다요."

"허허. 너와 같이 충직한 장수들이 있는데 어찌 나라가 이 지경이 됐단 말이냐?"

이항복이 어디선가 사공을 구해 왔을 때는 벌써 날이 어둑어둑해지고 있었다. 빗줄기는 약해져 내리는 둥 마는 둥 했다. 불어난 강물에 밧줄이 끊어질 듯 나룻배가 뒤뚱거리며 밀리곤 했다. 이산해와 유성룡도 민가를 찾아가 사공을 데리고 왔다. 어느새 날이 어두워져 금세 캄캄해졌다. 이항복이 밧줄을 푸는 젊은 사공에게 말했다.

"불어난 강물에 물살이 세졌는데 강 북쪽 나루터로 쉬이 갈

수 있겠느냐?"

"나리, 가는 것은 어렵지 않습니다요. 어두워 아무것도 보이지 않으니 그게 걱정입니다요."

사공의 말을 듣고 있던 선조가 불안하고 초조하여 이산해에게 말했다.

"캄캄하여 강을 건너지 못하고 배가 서해로 떠밀려 가지 않겠소? 그러다가 왜적에게 붙잡히는 것이 아니오?"

"전하, 고정하시옵소서. 횃불을 만들어 밝히면 걱정할 것이 없사옵니다."

"비가 부슬거리는데 불가하지 않겠소?"

"전하, 그래도 불빛을 만들어야 안전하게 건널 수 있사옵니다."

선조가 옆에 있던 유성룡에게 갑자기 역정을 냈다.

"왜적이 나타나면 어찌 하려고 횃불 타령만 하고 있소?"

"전하, 승청을 불 지르면 그 불빛으로 무사히 강을 건널 수 있을 것 같사옵니다."

선조가 벌떡 일어나 이항복에게 큰 소리로 지시했다.

"도승지는 뭐하시오? 어서 승청에 불을 지르도록 하오."

"전하, 분부대로 승청에 불을 놓겠사옵니다."

이항복이 군졸들을 데리고 나루터 남쪽에 있는 승청으로 내려가자, 비로소 선조가 가슴을 쓸어내리며 말했다.

"좌상이 옆에 있으니 안심이 되오. 심장이 쪼그라들듯 아파서 숨을 쉴 수 없을 것 같소."

"전하, 후일을 도모하고자 서행西行하는 것이오니 마음을 편히 가지시옵소서."

승청에 불이 붙자 나루터 옆으로 흐르는 강이 훤히 드러났다. 사공이 삿대를 찔러 나룻배를 밀어내고는 서서히 노를 젓기 시작했다. 사공을 구하느라 넋이 나간 듯 동분서주했던 이항복과 안절부절못하는 선조를 안심시키고자 마음고생이 심했던 이산해와 유성룡의 얼굴이 드러났다. 세 사람이 다 울고 있었다. 그들을 쳐다보고 있는 선조 또한 울음 섞인 목소리로 말했다.

"내가 평소에 주색에 빠지지 않았는데도 이런 일을 만나다니 알 수 없는 일이오."

승청은 불티를 솟구치며 타고 있었다. 불기둥이 강물에 비쳐 번들거렸다. 대들보와 서까래가 불타면서 무너지는 소리가 나룻배까지 들려왔다. 선조가 넋두리하듯 말했다.

"왜적들이 승청을 뜯어 뗏목을 만들어 쫓아올지 모르니 차라리 불타 없어져버리는 것이 좋겠소."

선조의 머릿속은 오직 왜군을 따돌리고 안전하게 파천하는 것뿐이었다. 왜군에게 잡혀 인질이 된다는 것은 상상할 수도 없는 일이었다. 이윽고 사공이 나룻배를 강 북쪽 나루터에 댔다. 나루터에서 내리자마자 빗줄기가 다시 굵어졌다. 뒤따라온 신하들은 우찬성 정탁, 이조 판서 이원익, 병조 판서 김응남, 대사헌 이헌국, 대사간 김찬, 대사성 임국로 등이었다. 선조는 강을 건너고 난 뒤에야 평소의 목소리를 되찾았다. 자신을 탓하기보다는 신하들이 원망스러웠다. 선조는 짐짓 엄한 목소리를 내어 신하들을 꾸짖었다.

"내가 경들에게 국정을 맡겼는데도 이 지경에 이르렀구나."

신하들은 아무도 대답하지 못했다. 손으로 땅바닥을 짚은 채 입을 다물고 있을 따름이었다. 신하들 중에 누군가는 선조가 피난길에 오른 책임을 져야 할지도 모를 일이었다. 선조의 파천을 막을 수 없는 상황이었지만 그렇다고 만류하지 못한 책임이 없어지는 것은 아니었다.

선조 일행은 임진강 나루터에서 동파관으로 향했다. 파주 목사 허진과 장단 부사 구효연이 동파관에서 지공차원支供差員(임금의 식사 담당자)을 맡기로 돼 있었던 것이다. 하루 종일 굶은 선조는 배가 고팠지만 동파관까지는 참아야 했다. 임진강 나루터에서 떠난 시각이 술시(초경)였으므로 자시에나 동파관에 도착할 수 있었다. 허기가 진 선조는 더 이상 참지 못하고 내시에게 물었다.

"동파는 아직 멀었느냐?"

"알아보니 삼경이 돼야 동파에 도착한다 하옵니다."

술시부터 시작하는 밤을 다섯으로 나누니, 이경은 해시고 삼경은 자시를 말했다.

"지금이 이경이란 말이냐?"

"그렇사옵니다. 해시이옵니다."

"허기가 지니 오장육부가 떨려 말도 못 하겠구나."

배가 고프기는 호종하는 신하들 모두 다 마찬가지였다. 저물기 전에 임진강을 건너기 위해 폭우 속에서도 끼니를 거른 채 쉬지 않고 올라왔던 것이다. 이항복은 내시에게 차와 술을 올리라고 재촉하곤 했지만 내시는 차와 술을 가져오지 못했다. 드디어 선조가 격하게 짜증을 내자, 내관 용운이 자신의 상투 속에서 무엇인가를 꺼냈다. 기름종이로 돌돌 만 것은 누런 사탕 덩어리였다. 용운은 사탕 덩어리를 반으로 나눈 뒤 물에 타서 올렸다.

사탕 물을 마시고 나서야 선조는 조금 힘을 냈다. 이제 고작 이경이니 삼경이 되려면 서너 식경은 더 가야 동파관에 다다를 터였다. 물론 내관 용운은 지금 선조가 찾는 것은 독한 술임을 잘 알고 있었지만 임진강을 건너기 전에 소주가 떨어져버렸으니 사탕 물이라도 내놓을 수밖에 없었던 것이다. 선조가 파천길에 유독 술을 찾는 까닭은 몸이 오슬오슬 춥고 떨리는 오한에다 밑도 끝도 없는 불안 때문이었다. 그런 까닭에 소주 같은 독주를 마셔야지만 한동안 마음이 진정되고 그런 상태를 견뎌낼 수 있었다. 호종하는 신하들 모두 선조의 처지를 잘 알고 있었지만 캄캄한 밤중이었으므로 술을 구할 수 없어 난처하기만 했다. 그래도 권율의 부장으로 있다가 선조를 호종하게 된 신여량과 그의 동생 신여정은 술 구하기를 포기하지 않았다. 신여량은 척후장처럼 선조 일행을 십여 리 앞서가면서 동생을 민가로 보내곤 했다.

"임금님이 오한에 벌벌 떨어분께 니가 민가를 돌아다님서 심을 써야 쓰겄다."

"성님, 낮도 아닌디 으디서 술을 구할께라우?"

"지성이믄 감천이란 말을 니는 못 들어봤냐?"

"요 캄캄헌 밤중에 술을 구해 오라고 허는 것은 모새로 밥을 맹글라는 말이랑 같지라우."

"행차 앞길을 선도하는 내가 나설 수 없응께 니보고 구해 오란 것이여."

"나도 임금님께 술을 구해 바치고 싶지라우. 답답해불그만이라우."

결국 신여정은 민가를 헤매다가 술을 구해 왔다. 쉰 막걸리가 되어 시큼한 냄새를 폴폴 풍겼지만 항아리를 들고 신여량에게 달려왔다. 신여량은 잠시 길가에서 쉬고 있던 선조 일행에게 돌아가 유성룡을 찾았다.

"대감 나리, 전하께 올릴 술을 구해 왔습니다요."

"그대는 누구인가?"

그때 호종 신하들 중에 병조 판서 김응남이 나서서 말했다.

"오위도총부에 있던 신여량이 아닌가?"

"대감 나리께서 작년 그짝 자리로 천거해주셨지라우."

"그건 내가 아닐세. 난 자네를 호종 장수로 불렀을 뿐이네."

유성룡은 신여량의 신분이 확인되자 선조에게 데리고 갔다. 신여량은 고개를 숙인 채 유성룡을 따라가 선조 앞에서 엎드렸다. 유성룡이 아뢨다.

"전하, 호종하는 장수 신여량이 술을 구해 와 데리고 왔사옵니다."

"정녕 여량이 술을 구했단 말이냐?"

"전하, 늦어부렀사옵니다."

선조의 말투가 술 소리만 듣고도 부드러워지자 호종하는 신하들도 마음이 놓였다. 선조가 신여량에게 물었다.

"야심한 밤에 술을 구해 오다니 너의 정성에 놀랄 수밖에 없구나."

"전하, 폴씨게 가져와불지 못헌 것이 한스럽습니다요."

"허허. 너의 기특한 마음을 보니 너에게 하사하지 않을 수 없구나."

선조는 내시를 불러 장수에게 내릴 수 있는 최고의 하사품인 갑옷과 은대, 구리 지팡이, 청룡도를 가져오게 했다. 임금이 무장에게 칼이나 혁대를 하사하는 일은 아주 드문 일이었다. 임금이 내린 보검은 '명령을 거역하는 자가 있으면 이 칼을 사용하라'는 무언의 명이기 때문이었다. 신여량은 엎드려 무릎걸음으로 다가가 하사품을 받고는 물러났다. 선조는 시큼털털한 막걸리 몇 잔으로 목을 축였다. 술기운이 올라오는 동안 끄윽끄윽 트림을 해댔다. 이윽고 선조가 말고삐를 힘껏 잡아당기자 말이 진저리를 치며 나아갔다.

선조 일행이 동파관에 도착하니 예상한 대로 삼경이었다. 임금 일행이 도착하자마자 파주 목사 허진과 장단 부사 구효연이 종들을 불러 좁쌀로 밥을 지었다. 사경이 되어서야 선조는 좁쌀밥으로 시장기를 면했다. 그러나 좁쌀밥마저 세자 이하 모두는 먹지 못했다. 행차를 호위하면서 하루 종일 굶었던 신하와 군졸들이 부엌으로 들어와 마구 빼앗아 먹어버렸기 때문이었다.

파주 목사 허진과 장단 부사 구효연은 눈앞이 노래졌다. 날이 새는 대로 임금과 세자, 왕비 일행에게 올릴 아침밥과 반찬이 순식간에 사라져버렸으니 기가 막히지 않을 수 없었다. 덜컥 겁이 난 허진과 구효연은 약속이나 한 듯 날이 새기도 전에 줄행랑을 놓았다.

결국 유성룡이 새벽에 민가로 나가 구걸하듯 쌀 석 되를 구했다. 선조와 왕비, 세자만 흰 쌀밥을 겨우 먹었다. 선조는 또 울컥했다. 수라상은 고사하고 고작 허기를 면할 정도의 공깃밥이라니 피난길에 나선 자신의 신세가 처량했다. 언제 끝날지 모르는 피난길이었다. 먹는 것으로만 치자면 미관말직 구실아치 밥상이나 다름없었다.

선조는 동파관 방이 답답하여 말채찍을 들고 마당으로 나왔다. 도승지 이항복을 불러 물었다.

"영의정과 좌의정은 어디 있는가? 유배 중인 윤두수도 불러 같이 오게 하라."

마침 서인 윤두수는 개성 동쪽의 연안에서 귀양살이 중이었다. 연안은 동파관에서 해주 가는 길 중간쯤에 있는 가까운 거리였으므로 선전관이 윤두수를 금세 데리고 올 수 있었다. 임금이 유배 중인 죄인을 부르면 그 자체로 해배가 되는 셈이었다.

선조는 마음이 많이 약해져 있었다. 마당에 서서 가만히 있지 못하고 왔다 갔다 하면서 두리번거렸다. 민가로 뿔뿔이 흩어져 잠을 자러 갔던 이산해와 유성룡이 먼저 돌아왔고 한참 만에 윤두수가 들어와 엎드렸다.

"전하, 강녕하시옵니까?"

"왜적이 쫓아오는데 아무도 계책을 내놓지 않으니 답답해서 불렀소."

윤두수를 보는 선조의 두 눈이 촉촉해졌다. 이산해와 유성룡은 동인이었고, 윤두수는 서인이었다. 선조는 동인인 영의정과 좌의정에게서 특별한 계책이 나오지 않자 서인 윤두수를 불렀던 것이다. 선조가 말채찍으로 마당을 치며 앞에 있는 신하들의 이름을 부르며 말했다.

"이산해, 유성룡, 윤두수야! 일이 이렇게까지 되었으니 내가 어디로 가야 하겠는가? 꺼리거나 숨기지 말고 속에 있는 생각을 말하라. 승지의 뜻은 어떠한가?"

이항복이 아뢨다.

"우리나라는 원래 약해서 적을 당할 도리가 없사옵니다. 지금 계책은 오직 서쪽으로 올라가 명나라에 하소연하는 수밖에 없사옵니다."

윤두수도 아뢨다.

"북도는 군사와 말이 날래고 굳세옵니다. 또한 함흥과 경성은 모두 천연적인 요새로 믿을 만하옵니다. 그러니 재를 넘어 북쪽으로 가시는 것이 좋겠사옵니다."

이항복이 다시 아뢨다.

"전하, 의주에 진주해서도 팔도가 모두 함락될 지경에는 명나라에 가서 호소할 수밖에 없사옵니다."

"내부하는 것이 본래 나의 뜻이다."

내부內附란 다른 나라에 들어가 붙는다는 뜻이니 선조 역시 여차하면 명나라로 들어가겠다는 고백이었다. 그러자 유성룡이 깜짝 놀라 아뢨다.

"그렇지 않사옵니다. 대가大駕가 우리 국토 밖으로 한 걸음만 옮기면 조선은 그때부터 우리나라가 아니옵니다. 그러하오니 명나라로 가서는 아니 되옵니다."

이항복은 유성룡이 자신의 말을 오해하고 있다고 생각했다.

"신이 말씀드린 것은 곧장 압록강을 건너자는 것이 아니옵니다. 극단의 경우를 두고 드린 말씀이옵니다."

"지금 관동과 북도의 병력이 그대로 있고 호남에서 충의 있는 사람들이 곧 벌 떼처럼 일어날 터인데 어찌 급하게 그런 말을 할 수 있단 말이오."

유성룡이 논쟁하듯 따지자 이항복은 입을 다물어버렸다. 그러나 마음속으로는 유성룡에게 질 생각이 없었다. 이항복은 마음속으로만 항변했다.

'명나라로 가시라고 한 까닭은 왜국의 인질이 돼서는 안 되기 때문이오. 전하가 계셔야 명나라의 군사 지원을 받아 우리들이 잃어버린 고토를 찾을 수 있을 것 아니오.'

이산해는 끝내 한마디도 하지 않고 물러났다. 윤두수 역시 유배지인 연안의 적소謫所에서 이제 막 달려와 계책을 생각해볼 겨를이 없었기 때문에 가만히 듣고만 있을 수밖에 없었다. 유성룡이 동파관 마당을 물러서자, 그제야 선조가 윤두수에게 말했다.

"경이 재주가 있으니 가히 위급한 나라를 구할 것이라고 생각해서 특명으로 불러왔소. 급히 계책을 마련해 올리라는 내 뜻을 저버리지 마시오."

"전하, 성은이 망극하옵니다."

"경에게 정을 표할 물건이 이것밖에 없소."

선조가 허리에 차고 있던 푸른 수주머니를 윤두수에게 풀어 주자 윤두수가 눈물을 흘리며 동파관 마당을 물러섰다. 유성룡은 이항복의 말에 충격을 받은 듯 수어사 이성중을 붙들고 말했다. 유성룡은 김성일, 이성중 등과 스스럼없이 터놓고 지내는 같은 동인이었다.

"내 말을 도승지에게 전하게. 어찌 경솔하게 전하가 나라를 떠난다는 말을 하는지. 자네는 전하가 명나라로 가겠다면 무조건 막아야 하네. 그것이 신하 된 자의 충성이네. 자네가 옷을 찢어 발을 싸매고 길가에서 전하를 따라 죽는다 해도 그것은 궁녀나 내시의 충성밖에 되지 못할 것이네. 도승지의 말이 한번 퍼지면 인심이 와해될 것이니 누가 능히 수습하겠는가?"

유성룡이 친한 이성중을 통해서 이항복에게 말을 전하려 한 까닭은 그만큼 큰 충격을 받았기 때문이었다.

동파관을 떠난 행차가 개성에 이르자 성안의 양민들이 모여들었다. 땅바닥에 주저앉아 통곡하는 사람도 있었고 소리치며 분기탱천하는 사람도 있었다. 도성 주변의 온화한 경기도 양민들과 달리 위로 올라갈수록 행동이 투박하고 성질이 거칠었다. 할 말을 참지 않고 걸걸하게 뱉어냈다. 임금을 따르며 호종하는 신하들을 나무라듯 소리쳤다.

"상감은 백성들을 생각하지 않고 후궁들만 부자 만들기를 일삼고 김공량만 총애하다가 오늘 이 지경에 이르렀소. 그런데 어찌 공량을 시켜 적을 토벌하지 않은 것이오?"

양민들 사이에서 신하들을 향해 돌멩이가 날아오기도 했다. 호종하는 신하들이 몸으로 막다가 돌멩이에 맞아 피를 흘렸다. 그러나 무기를 든 시위군은 달려가 막지 못했다. 양민 가운데 우두머리를 잡아 참수했다가 폭도로 변한다면 뒷일을 장담할 수 없었다. 시위군은 사기가 땅바닥에 떨어져 있었다. 군졸들은 눈치껏 도망갔고 장수는 쫓아가 잡지도 않았다. 황해 감사 조인득과 서흥 부사 남억이 군사 수백 명과 말 오륙십 필을 거느리고 왔지만 군졸들은 하루 만에 흩어져버렸다. 윤두수를 어영대장으로 임명하고 나서야 겨우 질서가 잡혔다.

선조의 파천길은 언제 끝날지 몰랐다. 평양에서 멈추지 않으면 의주까지 길어질 것인데 문제는 개성에서보다 더한 수모를 당할 것이 분명했다.

귀진

전라 좌수영 함대는 해시 무렵에 여수 본영 앞바다에 도착했다. 화포를 쏘아 올리지 않고 조용히 굴강 안팎으로 들어왔다. 나발은 물론이고 징이나 북도 치지 않았다. 다만 모든 판옥선에서 아군임을 알리는 신호용 횃불을 들어 올려 좌우로 흔들었을 뿐이었다. 방비하고 있던 본영에서도 횃불을 들어 올려 좌우로 흔들며 응답했다. 어두운 하늘에서는 각시탈처럼 생긴 달이 묵묵히 내려다보고 있었다. 상현달에서 보름달로 부풀어가고 있는 달이었다.

조방장 정걸과 우후 이몽구가 남문루인 진해루에 올라 수졸들을 지시하고 있었다. 수졸들의 대부분은 출전하지 않은 토병과 의승청 소속의 의승 수군들이었다. 정걸이 경계를 풀지 않은 채 말했다.

"횃불만 봐블믄 이기고 돌아온 거멩킨디 어째 아리끼리해분당께."

"지도 바다가 조용한 기 참말로 이상헙니데이."

병선들은 캄캄한 어둠 속으로 스며들듯 굴강 안팎의 바다로 다가와 돛과 닻을 내렸다. 승전했다는 소문과 달리 병선들의 움직임은 별스럽게 적막했다. 이몽구는 굴강 바다를 주시하며 진해루 난간을 탁탁 두드렸다. 병선들의 움직임은 승전한 신호가 아니었다.

"무신 일이 있는지 얼릉 가보드라고잉."

"호사다마라고 얄궂은 생각도 듭니데이."

이몽구는 전투에 이기긴 했으나 많은 장졸들이 전사한 것은 아닌지 불길한 생각이 들었다. 그러나 정걸은 이순신의 승전 소문을 믿었다. 대부분의 병선이 돌아온 것을 보면 전투 성과가 분명 클 것이라고 짐작했다. 오랜 전투 경험에서 떠오른 직감이었다. 정걸은 이몽구와 함께 남문을 나섰다.

"으짜든지 나가보드라고잉."

"혹시 귀진歸陳을 하다가 왜적들 공격이 있었는지 모르겠십니데이."

"어리한 생각 말드라고. 장군은 절대로 방심허실 분이 아닌께 말이시."

"버버리 함대맨치로 보인다, 아입니꺼."

"어허, 야심헌 밤중에 포구를 시끄럽게 해서 뒤집어놓을 일이 있겄능가?"

정걸은 자꾸 의심하는 이몽구의 말을 잘랐다. 달이 떠 있었으므로 선창으로 내려가는 길은 어둡지 않았다. 그래도 군관을 불러 수졸들이 횃불을 들고 길 양편으로 서서 이순신 수사와 장졸들을 맞이하게끔 지시했다.

선창에는 하선한 이순신과 장수들이 모여 있었다. 수졸들은 아직 병선에서 내리지 않고 뒤치다꺼리를 하고 있었다. 정걸은 이순신을 보는 순간 자신의 직감이 옳았다는 느낌이 들었다. 이몽구가 다가가 큰 소리로 말했다.

"수사 나리, 감축드립니데이!"

"본영은 아무 이상 읎는 겨?"

"예, 수사 나리."

이순신의 질문은 그뿐이었다. 입을 다물어버렸다. 점고할 때와 달리 말하기 귀찮아했다. 횃불에 드러난 어영담을 비롯한 장수들의 표정도 무표정했다. 정걸이 참지 못하고 말했다.

"이 공, 무신 일이 있었는게라우?"

"전하께서 파천길에 올랐구먼유."

"임금님께서 한양을 떠나셨다는 말씸인게라우?"

"맞구먼유."

이순신 앞에 서 있던 장수들이 고개를 떨어뜨렸다. 잠시 어정쩡한 침묵이 흘렀다. 횃불을 든 수졸들의 얼굴마저 일그러졌다. 순간, 이몽구가 굴강 바다로 뛰어들듯 네댓 걸음 달려가더니 주저앉아 으헉으헉 하고 소리 죽여 울었다. 그러나 정걸은 애써 담담하게 말했다.

"그래도 공이 겨신 한 왜놈덜은 짚은 수렁에 점차로 빠져불

거그만요."

"천 배 만 배루다가 갚아줄 거유."

이순신의 말투는 장검을 칼집에서 빼어 든 것처럼 단호했다. 도성을 짓밟은 왜적들이 조선 땅에서 단 한 사람도 살아 돌아가지 못하게 하겠다는 결연한 의지가 배어 있었다. 이순신의 단호한 말에 장수들이 다시 고개를 들었다. 장수들의 눈이 횃불에 번뜩였다. 이순신이 장수들에게 지시했다.

"노획물은 내일 군사를 시켜 본영 창고루 옮기도록 혀. 군사덜을 빨리 본영으루 올려 보내 자게 혀. 장수덜두 마찬가지여. 바다에서 싸우느라구 고생이 많았으니께 오늘 밤은 푹 자야 헐 겨."

이순신이 먼저 선창을 떴다. 말먹이꾼 군노가 끌고 온 말에 올라탔다. 장수로 싸운 군관들이 뒤를 따랐다. 이순신은 정걸과 말을 나란히 타고서 남문으로 향했다. 그제야 이순신은 본영의 상황이 어땠는지 궁금한 것을 캐물었다.

"의승 수군덜 훈련은 워땠슈?"

"자원한 중덜이라 이번 수군에 입대헌 장정덜보담 낫그만이라우."

"전력에 보탬이 된다는 말이지유."

"메칠만 더 훈련허면 자기덜 몫은 충분히 허겄당께요."

"다음에 출전헐 때는 의승 수군두 참전시켜야겄구먼유."

"훈련시켜봄서 안 것인디 중덜도 상하가 분명하드랑께요. 특히 수승 의능이 젊은 중덜에게 허는 말은 마치 사또가 부하덜에게 허는 말이랑 똑같드랑께요."

"의능의 인품이 훌륭허니께 고개를 숙이구 따르는 거지유. 명령에 복종허는 우덜 군사덜하고는 다르지유."

정걸은 남문에서 이순신을 배웅하고 자신은 진해루로 올라갔다. 성문 수문장과 석성 화포대 화포장들이 교대하는 삼경까지는 자신도 감독할 책임이 있었다. 물론 불시에 순시를 돌기도 했다. 달이 지고 나자 사위가 캄캄해졌다. 남문 좌우에 세워놓은 횃불만 배롱나무 붉은 꽃처럼 환했다. 초저녁부터 석보창까지 순시를 돌고 온 유기종이 진해루로 올라왔다. 유기종은 호리병을 하나 들고 있었다. 이번 전투에 출전하지는 못했지만 승전 소식에 한껏 흥분한 목소리로 말했다.

"조방장님, 우리 수군이 왜놈덜을 싹 쓸어뻰졌다고 석보창까정 소문이 났습니다요."

"그래서 술을 가져왔는가?"

"술청을 지남시롱 조방장님 생각이 나서 가져왔그만이라우."

"근무 중에 술 마시믄 감옥 가는 거 아적 모르는가?"

"지는 술을 입에 대지 않았그만이라우. 자시가 지나믄 지 근무 시간이 아닌께 그때부텀은 목을 축여도 되지 않을께라우? 수사 나리께서 승전해부렀응께 조방장님께 한잔 올려야 쓰겄그만요."

"고로코롬 마신다믄 문제 될 것은 읎지만 말이여."

"조방장님께서 믿어주신께 지가 이러지라우. 우리 본영에서 근무 시간 중에 술 마시는 장졸은 아무도 없당께요."

"유 군관 말인께 내가 믿어부러야제."

자정을 전후로 순시 경계조가 교대하기 때문에 유기종이 호리병을 들고 온 것 자체는 아무 문제가 없었다. 더구나 유기종은 혼자 마시려고 한 것이 아니라 승전을 자축하고자 숨기지 않고 직속상관인 정걸에게 허락을 받으러 온 셈이었다.

"유 군관, 오늘 참말로 한잔허고 잡은갑네잉."

"우리 군사가 왜넘덜과 싸워 이겨서 돌아왔는디 어찌케 잠만 잘 수가 있당가요."

"그라믄 시방 군관청 유 군관 방에 몬자 가서 있어불드라고. 나는 군사덜 교대 끝나는 거 다 확인허고 갈 텡께."

유기종이 간 뒤 동문과 서문, 남문의 책임자인 수문장과 일곱 군데 화포대의 화포장들이 정걸을 찾아와 보고했다. 자시부터 문지기 수졸들을 지휘할 수문장이나 화포장들은 모두 진무들이었다. 수문장 진무들이 정걸에게 수문지기 교대가 완료됐음을 알리는 증거는 성문 열쇠였다. 수문장 진무들은 정걸에게 성문의 열쇠를 보여주고, 또 화포장들은 화포의 이상 유무를 보고한 뒤 새로운 군호를 받아 각자 위치로 돌아갔다. 어젯밤과 달리 자시를 기해 바뀐 군호는 '동풍' '섬멸'이었다.

이윽고 정걸은 우후 이몽구와 경계 군사를 감독하는 임무를 교대했다. 자시 이후에는 이몽구가 진해루에 있으면서 수문장과 화포장들을 감독할 것이었다. 불시에 성문을 돌면서 졸고 있는 문지기 수졸이나 술을 마시는 수문장이나 화포장을 적발하는 것이 순시 감독관의 일이었다.

군관청으로 먼저 올라간 유기종은 수완이 뛰어난 군관이었다. 잠자는 통인을 깨워 육포 안주를 마련했을뿐더러 막걸리도 한동이 구해 군관청 자기 방에 갖다 놓았다. 아직까지도 유기종은 선조가 도성을 버리고 피난길에 올랐다는 사실을 모르고 있었다. 방 안에 놓인 술과 안주를 본 정걸이 놀랐다.

"이 사람이 밤을 새워불라고 작정했는갑서야."

"아따, 조방장님. 지가 싸워 이겨분 거멩키로 기분이 좋아분당께요."

"이기고 돌아온 우리 장졸덜이 으째서 조용해분지 아적도 모르는가?"

"밤중이라서 그러겄지라우."

"승전고라도 울리고 들어와야 허는 것이 정상이라는 말이시."

"그라고 본께 그랍니다요잉."

정걸은 막걸리 한 사발을 단숨에 들이켰다. 사발을 비운 뒤에는 입가와 수염에 묻은 막걸리를 손으로 쓰윽쓰윽 닦았다.

"유 군관도 한잔 마셔뻔져."

"뭔 일이 있는게라우?"

"그랴. 임금님이 도성을 버리고 피난 중이라고 허네."

"뭣이라고라우?"

"임금님이 도성을 떠나셨는갑서."

"음마!"

유기종은 기가 막혀서 한동안 말을 잇지 못했다. 얼이 빠진 듯 정걸을 멍하니 쳐다보면서 입을 다물었다.

"메칠 전에 도성을 떠나 지금쯤 평양에 도착하셨을 틴디 뭘 그리 놀란당가? 메칠이나 지나분 일을 갖고 말이시."

"조방장님, 임금님만 살라고 도성을 버리셨다고라우!"

"술이나 받으랑께. 임금님이 떠나분 도성 사람들은 인자 불쌍헌 난민들이제 머."

"한양이 함락됐다고라우? 조방장님, 참말로 믿어지지 않는당께요."

"우리덜이 심을 키워 도성을 되찾아야제, 시방 당장에는 어차겄는가. 술이나 마셔부러."

유기종이 받은 충격도 다른 군관들처럼 컸다. 술을 대여섯 잔이나 정신없이 들이켰다. 갑자기 벙어리가 돼버린 듯 입도 다물어버렸다. 정걸은 유기종의 기분을 이해할 수 있었으므로 내버려두었다.

이윽고 유기종이 술에 취해 말했다.

"조방장님, 딱 한 가지만 물을께라우."

"영감탱이인 내가 뭘 안다고 자꼬 물어싼당가."

"임금님께서 백성을 버리고 피난 간 일이 옳은 일이당가요?"

"내가 임금님 짚은 마음을 어찌케 알겄는가? 모다 조정 대신덜허고 의논해서 결정한 일이시겄지 머."

"조정 대신덜은 뭐허는 사람덜이당가요? 임금님께서는 종묘사직이 있는 도성을 떠나서는 절대로 안 돼야불지라우."

"이 사람아, 불경허게 자꼬 임금님을 들먹이지 말게. 밤말은 쥐가 듣는다는 말을 몰라분가?"

"조방장님은 도망간 임금님이 겁나게 두려운게비요잉."

"이 늙은 놈이 살믄 을매나 살겄는가. 나는 젊은 자네가 걱정

이어서 하는 말이시."

갑자기 유기종이 옆방까지 들릴 정도로 소리 내어 울었다. 그런 뒤 비틀거리며 방문을 열고 나가더니 누군가에게 항의하듯 마당에 오줌발을 갈겼다. 옆방에서 자고 있던 군관은 송희립이었다. 송희립이 자다가 깨어나 유기종 방으로 들어와 말했다.

"조방장님, 유 군관은 으째서 취해부렀당가요?"

"야간 근무 끝내고 기분 좋아서 정신읎이 마셔부렀다네."

"옆방까정 다 들리드그만요. 지도 술 한잔 해야 쓰겄습니다요."

"송 군관도 마셔부러."

"우리는 싸워서 이겼는디 임금님은 피난 가시고……. 무신 조환지 모르겄습니다요."

"전라 좌수영이라도 이겼은께 희망이 있는 것이여."

"참말로 그럴께라우?"

"낭구 뿌렝이에다가 물을 안 주믄 낭구는 죽는 벱이여. 우리 나라로 치자믄 겡상도와 전라도 바다는 낭구 뿌렝이에 해당헌다 이 말이시. 즈그덜 나라에서 군수물자를 보낼려고 해도 우리덜이 여그서 막아불믄 어차겄는가? 기세 좋게 올라갔던 왜놈덜은 겔국 후퇴할 수밖에 읎을 것이랑께."

"왜놈덜이 증말 후퇴할께라우?"

"우리덜이 여그서 하기 나름이제. 바다에서 보급로를 막아분디 무신 수로 싸우겄는가. 벨수 읎제잉. 장기전으로 가믄 우리덜이 더 유리해진당께. 앞으로의 시간은 우리 편이다, 이 말이시."

"그래도 우리 수군이 여그서 이기고 있고, 전라 충청 겡상 삼

남의 대군이 한양으로 올라가고 있었응께 임금님께서 도성을 지켰어야지라우."

송희립도 유기종처럼 선조가 도성을 비우고 파천한 것에 대해서는 분통을 터뜨렸다. 성을 버리고 도망치는 장수를 경멸하듯 말했다. 그러나 정걸은 생각이 조금 달랐다.

"임금님이 도성을 지키시다 왜적놈덜헌티 잡혀불믄 으쩔 것인가. 나라에 고런 수모가 어딨겄는가."

"조방장님은 으째서 임금님께서 인질이 된다고만 생각허십니까요."

"내 야그 좀 들어보더라고잉."

정걸은 또다시 막걸리를 들이켜고는 말했다.

"순변사 이일 군사는 챙피허게 지대로 싸워보지도 못허고 상주에서 무너져뻔졌고, 삼도 순변사 신립 군사는 충주에서 미련허게 싸우다가 패퇴해부렀고, 한강에 방어선을 친 김명원 도원수 군사도 사방에서 몰려오는 왜군에게는 중과부적이었을 틴디, 임금님께서 어느 군사를 의지해 도성을 지키겄다고 궁궐에 남아 싸울 수 있으시겄는가."

정걸은 급박하게 돌아가는 전투 상황을 어느 정도는 알고 있었다. 전라 감사 이광이 군사를 이끌고 한양으로 북진하는 동안 도사 최철견이 감사를 대신해서 각 진영에 공문을 띄워 알렸던 것이다.

"임금님께서 왜놈덜과 싸우시다가 순절허신다 해도 고것으로 끝나는 것은 아니랑께라우. 돌아가신 임금님께서 살아 있는 군사덜에게 사즉생의 사기와 심을 주시는디 물리치지 못헐 적이 워디 있겄습니까요."

"송 군관의 말이사 그럴듯헌디 반대로 생각헐 수도 있당께. 임금님이 읎는디 군사덜은 누구를 위해 싸우겄는가? 임금님께 도성을 지키라고 헌 신하덜도 있었을 것이고, 피난을 건의한 신하덜도 많었을 것인디 내 생각으로는 고런 뜻도 있단 말이시."

마루에 드러누워 방 안에서 하는 얘기를 어렴풋이 듣고 있던 유기종이 들어왔다. 얼굴은 여전히 붉었고 눈동자가 풀어져 있었다.

"조방장님, 죄송합니다요. 마루에 앉아서 야그를 들어본께 모다 일리가 있그만요."

"우리덜이 여그서 백날 야그해봤자 입만 아프당께. 그랑께 다른 야그나 허세. 인자 유 군관은 술 마시지 말고."

"그라믄 한마디만 허고 지는 자겄습니다요."

"또 무신 야그를 헐라고?"

"조방장님 야그허고 송 군관 야그를, 그랑께 두 야그를 합쳐불믄 으쩌겄냐 이겁니다요."

"말헌 거 본께 아적 술이 깰라믄 멀었네그려."

"임금님께서는 왕위를 광해군마마께 물려줍니다요."

"어허, 임금님 야그는 고만 허란께!"

"조방장님, 한마디만 허락해주시랑께요. 그라믄 저그서 디진 듯이 자불랑께요."

"딱 한마디여잉."

"임금님은 도성을 지키시고 새 임금님이 된 광해군마마는 신하들을 거느리고 천도헌다 이겁니다요. 훌륭허신 광해군마마는 틀림읎이 왜군을 물리칠 것입니다요."

어찌 보면 유기종의 얘기는 순수했다. 술주정만으로 볼 수는 없었다. 선조는 비록 순절할망정 도성을 지켰다는 명분을 얻어 백성들의 비난을 면하고, 왕이 된 광해군은 천도한 곳에서 심기일전한 뒤 왜군을 격퇴한다는 이야기였다. 그러나 암군暗君인 선조가 왕위를 붙들고 있는 한 비현실적인 이상일 뿐이었다. 유기종의 술주정에 즉각 정걸이 화를 냈고 송희립이 반발했다.

"유 군관, 우리덜은 임금님을 위해서 싸우는 장수여!"

"고것을 잊어뻔졌다믄 장수가 아니지라우."

"근디 으째서 헛소리를 헌당가?"

그러자 유기종이 고개를 세차게 흔들며 태도를 바꾸었다.

"조방장님, 지가 주제넘은 야그를 혔그만요."

송희립이 눈을 크게 뜨며 다그쳤다.

"유 군관, 조방장님이 으쩐 분인지 모르는가? 임금님께서 보내신 경장이신디 어찔라고 함부로 막말을 헌당가."

유기종이 방바닥에 두 손을 짚고 일어나더니 무릎을 꿇었다.

"조방장님, 지가 원통하고 분통해서 못 할 야그를 해부렀습니다요."

"취헌 유 군관을 으째야 쓰까라우?"

"내 잘못도 있응께 방금 야그는 못 들은 것으로 허겄네. 내가 술을 마시자고 헌 것이 허물이제."

정걸이 벌떡 일어나 방을 나갔다. 뒤이어 송희립도 방을 나와 말했다.

"조방장님, 수사 나리께서도 임금님이 피난 가셨다는 야그를 듣고 종일 비통해하셨습니다요."

"내일 승전을 축하하는 자리를 마련허라고 지시혔는디 늦춰야 쓰겄그만."

"축하 자리는 수사 나리 맴이 아닐 것입니다요. 아마도 고런 자리를 만든다면 크게 화를 낼 것입니다요."

정걸이 승전의 소문을 듣고 진무들에게 며칠 전에 지시했던 것은 사실이었다. 좌수영 관내에서 농악을 이끄는 꽹과리잡이 상쇠와 징잡이, 북잡이와 장구잡이, 붉은 치마에 노란 저고리를 입은 무동舞童과 탈을 쓰고 웃기는 탈광대를 뽑아 왔고, 특히 바라춤을 추는 승려들에게는 춤사위를 장엄한 전승무戰勝舞로 바꾸게 하였던 것이다.

"알겄네. 임금님께서 피난길에 오르신 것도 따지고 보믄 우리덜이 임금님을 잘 모시지 못헌 것이네."

"묵고살기 심든 백성덜이 참말로 불쌍허그만요. 겡상도 해안에 가본께 왜놈덜 노략질로 양민덜 모냥이 거렁뱅이가 다 됐드랑께요. 피난민덜은 집을 떠난 지 오래돼분께 양식이 떨어져 금방 굶어 죽을 것 같았습니다요. 수사 나리께서는 우리덜 배로 데리고 오려 했지만 고럴 수도 읎었지라우."

"송 군관 말이 맞그만. 전쟁이 나믄 오갈 데 읎는 백성덜만 심들어지고 고달프당께."

"겡상도를 떠나올 때 수사 나리께서 경상 감사께 피난민덜을 구제해달라고 공문을 띄우고 왔습니다요."

"겡상도 피난민덜이 이 공을 믿고 의지해서 전라도로 몰려올 것 같그만."

정걸의 말은 곧 현실로 나타났다. 이순신은 전라 좌수영 관내인 두산도(돌산도) 둔전이나 흥양 도양 목장 등에서 피난민들이 농사지어 먹고살 수 있도록 허락해달라는 장계를 올렸던 것이다. 둔전이나 목장은 나라의 것이므로 전라 좌수영 관내라 하더라도 임금의 허락을 받아야 했다.

정걸과 송희립은 군관청 마루에 앉아 한동안 말없이 밤바다를 내려다보았다. 바다는 먹물을 풀어놓은 듯 검고 칙칙했다. 그러나 새벽이 오는 하늘은 푸르게 푸르게 꿈틀거리고 있었다.

새 전술

오관 오포의 장졸들은 왜선에서 노획한 물품들 가운데 쌀 삼백 석과 무명베 등을 이순신의 지시에 따라 공평하게 나누었다. 장졸들이 환호성을 질렀다. 무명베는 주로 군관이나 진무들이, 쌀은 수졸들이 자루를 들고 와 받았다. 또한 왜군의 군사 무기나 용품 등은 한 점씩 추려서 임금이 있는 행재소로 가기 위해 군관 송한련과 진무 김대수가 날렵한 협선을 타고 서해 쪽으로 떠났다.

본영은 썰물이 빠져나간 바다처럼 휑했다. 오관 오포에서 온 수군과 의승 수군들이 각자의 진포나 절로 다 돌아갔기 때문이었다. 본영에서 근무했던 정걸과 송희립도 사흘간 특별 휴가를 받아 흥양으로 돌아가는 병선을 탔다. 이순신을 그림자처럼 보좌하는 송희립의 임무는 남문 밖에 사는 황득중과 이봉수가 번갈아가며 맡기로 했다. 나대용은 발포 가장이었으므로 발포로 돌아갔으나 그의 사촌 동생 나치용은 고향 나주로, 유기종도 휴가를 받아 광양으로 떠났다. 이순신이 전시임에도 장졸들에게 휴가를 주는 것은 승전에 대한 보상이기도 했지만 부모를 봉양하고 오라는 뜻에서였다.

이순신은 어머니의 안부와 가족들 소식이 궁금하여 동헌 나장을 이미 아산으로 보냈다. 이순신 자신은 단 하루라도 본영을 떠날 수 없었던 것이다. 머릿속은 온통 다음 전투의 전략과 전술에 대한 생각뿐이었다. 옥포, 합포, 적진포의 전투에서 연달아 이겼다고 방심해서는 안 되었다. 승전은 했지만 고민거리도 생겼다. 일자진 공격대형에다 함포사격의 당파 전술을 왜군 장수가 알아버렸으므로 새로운 전술이 필요했다. 이제 단조로운 일자진의 당파 전술만으로는 다음 전투에서 승전한다는 보장이 없었다. 새로운 전술과 전략을 짜내지 않으면 패할 수도 있었다. 이순신은 동헌방 책상머리에 앉아서 이런저런 궁리를 했다. 그때, 임시로 참좌 군관이 된 이봉수가 들어와 보고했다.

"수사 나리, 장졸들은 물론 의승 수군까정 다 휴가를 보냈습니다요."

"중덜은 집이 없으니께 다덜 절로 가겄지?"

"관내에 있는 절로 다 돌아갔습니다요. 군관덜은 비상이 걸리지 않는 한 사흘 뒤에는 다시 돌아올 것입니다요."

그러나 폐사되다시피 한 절의 승려들은 돌아가지 않으려고 했다. 본영에 남아 있으면 숙식이 해결되기 때문이었다. 그래도 이봉수는 승려들이 본영에 남는 것을 허락하지 않았다. 의승 수군도 수군 조직의 일부이고 단체 행동을 따라야 했다.

특별 휴가뿐만 아니라 임시 휴가도 있었다. 농번기가 되어 농가에 일손이 부족할 때 임시 휴가를 주어 집으로 돌아가게 했다. 또한 군량미가 바닥이 난 춘궁기에도 장졸들에게 임시 휴가를 주어 그 사이에 창고를 채운 적도 있었다.

"수사 나리 말씀대로 군관 휴가는 사흘이고 수졸덜은 명이 있을 때까정 진포에서 대기허라고 했습니다요."

"휴가 기간에 병선도 정비허구 부모님을 뵙구 와야 헐 겨."

"근디 수사 나리, 차 쪼깐 마시겄습니까요?"

"좋지. 낮부터 술을 마실 수는 읎지 않겄남."

"승설이 차를 준비혔다고 헙니다요."

"가져오라구 혀."

이봉수는 기생청 방에 있는 다모 승설을 불렀다. 승설은 이순신이 경상도로 나가 있는 동안 포작선을 타고 득량만의 군영구미로 가 갈평 다소(보성 회천면)와 웅점 다소(보성 웅치면)에서 차를 구해 왔던 것이다. 전라도 남해안에는 바닷바람과 바다안개를 먹고 자라는 차나무 자생지들이 있어서 궁중에 차를 진상하는 다소가 다른 지방보다 많았다. 갈평 다소와 웅점 다소의 떡차는 하지 무렵에 만들어졌다. 승설이 배를 타고 군영구미까지 가서 발효차인 떡차를 구해 온 것은 지극정성이 없으면 엄두도 내지 못할 일이었다.

승설이 옻칠을 한 검은 소반에 분청 다관과 사발을 가지고 들어왔다. 다관에서 발효차 향이 목서꽃 향기처럼 시나브로 풍겼다. 승설이 차를 따르기 전에 먼저 윗목으로 한 걸음 물러서서 이순신에게 큰절을 했다.

"사또 나리, 강녕하시옵니까요?"

"니 덕분에 복통 읎이 잘 보냈다."

승설이 진무 박만덕에게 부탁하여 조계산 발효차를 한 뭉치나 대장선에 보낸 것은 사실이었다. 위장병을 달고 사는 이순신은 대장선에 의원을 승선시켜 편강 등의 한약을 복용함으로써 위통을 면할 수 있었다. 편강뿐 아니라 발효차 덕분에 전투에만 전념할 수 있었으므로 승설에게 고마워하지 않을 수 없었다.

"승설이 우린 차를 마셔보자."

"이 떡차는 군영구미 부근에 있는 다소에서 구해 왔습니다요."

"군영구미라니 아적 수군이 있더냐?"

"군사 몇 명이 포구를 지키고 있었습니다요."

"그 우에 모새밭은 말을 훈련시키구 풀을 멕이는 백사정일 겨."

이봉수가 머릿속으로 지도를 그리는 이순신을 새삼스럽게 흠모하는 눈빛으로 보며 말했다.

"수사 나리께서는 전라도 해안 지방을 쫙 꿰뚫어불그만요."

"장수가 되려믄 지도를 훤히 외구 있으야지."

승설이 차를 따른 뒤 방을 나서려고 하자 이순신이 말했다.

"청매를 만난 적이 있는 겨?"

"인자 성제멩키로 소식을 나누고 있습니다요."

"거, 잘됐구나."

"시방 워디에 있는 겨?"

"아적 순천에 있습니다요."

"일부러 데꾸 올 것은 읎지만 만나거든 동헌에 들르게 혀."

"예, 사또 나리."

이봉수는 청매를 또렷하게 기억했다. 흥양 순시 때 봉수군 점고 군관으로 이순신을 따라나선 적이 있었는데, 나라의 말을 키우는 백야곶 목장에서 순천 부사 권준을 따라온 기생들 가운데 청매를 보았던 것이다.

"수사 나리, 청매는 권 부사 소첩이 아닌갑네요잉."

"권 부사가 맴을 주는 기생은 따루 있드라니께."

이봉수가 야릇하게 쳐다보며 웃었다. 그러자 이순신이 정색을 하고 말했다.

"이 군관, 내가 오늘 야그허고 싶은 것은 따루 있네."

"뭣이당가요?"

"왜적을 이길 수 있는 새 전술을 짜내봐."

화약의 원료인 염초 제조 전문 군관인 이봉수가 특별한 전술을 구상한다는 것은 무리였다. 전술과 전략은 정걸과 송희립이나 나대용이 보좌를 잘했다. 이봉수는 한참을 생각하다가는 말했다.

"수사 나리, 지는 화포 성능이나 개선허는 디다 심쓰겄습니다요."

"다 잘허믄 좋지 않겄남."

"요번에 알았는디 총통 속이 참지름멩키로 맨질맨질 혀야제 탄환이 멀리 나가불드라니께요."

"기여. 총통 속은 늘 거울멩키루 반질반질 윤이 나야 혀."

"화약도 개발혀야겄지만 수졸덜에게 총통 속을 틈만 나믄 가시나 방뎅이 만지드끼 닦으라고 헐랍니다요."

이순신이 차를 마시다 말고 말했다.

"일자진 공격은 말여, 자루 같은 바다에서는 좋은디 사방이 확 트인 바다에서는 곤란혀. 그러니께 일자진에 전술적으로 변화가 있으야 써. 변화가 읎으믄 너른 바다에서 우덜이 당할 수두 있는 겨."

그때였다. 고음천 바닷가 송현 마을에 대대로 터를 잡고 사는 정철이 들어왔다. 정철은 정린의 친형이자 정대수의 삼촌이며, 성주 판관으로 떠났던 정춘의 사촌 형이기도 했다. 모두가 남해안의 지세와 물길에 밝은 이순신 휘하의 군관들이었다. 이순신은 정철을 보자, 또다시 이봉수에게 했던 말을 반복했다.

"한마디루 정리허자믄 전술 변화가 있으야 헌단 말여."

"수사 나리, 지 생각은 쪼깐 다릅니다요."

"뭣이 다른 겨?"

"일자진 함포사격은 검증받은 전술이당께요. 긍께 베릴 꺼 읎다는 말씸이지라우."

"입 아프게 자꼬 야그허게 허는 겨? 왜놈덜이 훤히 아는 전술은 위험허단 말여."

"긍께 늘 일자진 함포사격에 유리헌 곳으로 유도혀야지라우. 도가지 같은 바다로 끌어들여 싸워야지라우."

"바다가 워치게 도가지 같은 곳만 있댜!"

"함포사격은 너른 바다보담 좁은 바다가 타격허기 좋은께 그라지라우. 괴기를 그물로 잡을 때도 좁은 디로 몰아불믄 무자게 많이 잡을 수 있당께요."

이봉수가 한마디 거들었다.

"수사 나리, 정 군관은 유인 전술을 야그허는 것 같습니다요."

"나두 알어. 도가지 같은 바다에서 화포루다가 때리는 전술은 이미 써묵었단 말여."

"워메, 지가 쪼깐 아는 척해부렀습니다요."

"정 군관은 참말루 남해안 지세두 잘 알구 물길도 훤헌 겨?"

"우리 성제덜이 모다 무과 급제허기 전까정은 배를 탔그만요."

이순신은 유리한 지형으로 유인하여 공격하는, 이른바 유인 전술을 잘 알고 좋아했다. 유인 전술이야말로 일자진 함포사격과 조합이 잘 맞는 전술이었다. 그러나 전투는 원하는 곳에서만 벌어지는 것은 아니었다. 사방이 트인 바다에서 왜군과 맞닥뜨렸을 때는 또 다른 전술을 가지고 싸워야 했다. 더구나 전투 경험이 많은 왜적은 백병전을 선호했다. 배를 붙여놓고 뛰어넘어와서 벌이는 백병전에 능했던 것이다. 화포를 쓸 수 없는 근접전에는 칼과 활만이 유효했다. 조선군을 놀라게 한 왜군의 조총도 백병전에서는 거추장스러운 무기였다.

"우덜이 활은 잘 다루지만 조총하구 칼은 왜놈덜이여."

"긍께 배로 기어올라 오지 못허게 혀야지라우."

"이 군관, 여그 좀 봐봐."

이순신이 붓으로 종이에 무언가를 그렸다가 지웠다. 콩 타작을 하는 도리깨와 흡사한 모양의 그림이었다.

"수사 나리, 으째서 도리깨를 그린당가요?"

"왜놈덜이 우덜 배로 기어오를 때 사용헐라고 그려."

"도리깨가 무기가 된다고라우?"

정철이 웃음보를 터뜨리려고 하자 이봉수가 그의 옆구리를 찔렀다. 정철은 이봉수보다 한 살 아래였으므로 사석에서 그를 만나면 깍듯이 '성님'으로 불렀다. 이순신은 신무기에 대해서 진지하게 설명했다.

"사부덜은 활 쏘는디 격꾼덜이 문제여. 배가 움직이지 않을 때는 노를 놓구 무기루 싸워야 허는디 적당헌 것이 읎단 말여. 고때는 요걸루다가 휘두른다믄 워뗘?"

"집에서 쓰는 도리깨는 한두 번 사용허고 베리지 않을께라우?"

"워째 자네덜은 하나만 알고 둘은 모른댜? 쇠루다가 맹글믄 오래 쓸 겨."

"쇠도리깨로 후려쳐뻰지는 무기그만요."

"이 군관이 맹글 텨? 산학을 잘허니께. 쇠도리깨를 신무기로 잘 맹글어보란 말여."

"못 맹글 것도 읎지라우. 석보창 성냥간에 가믄 될 것도 같어라우."

"이 군관이 철쇄 횡설 작업헐 때 쇠를 만져봤으니께 맽기는 겨."

소포 바다에 철쇄를 설치한 것은 결코 단순한 작업이 아니었다. 이봉수와 같이 셈에 밝은 사람만이 감독할 수 있는 일이었는데, 본영 선소와 두산도 바다 밑에 나무 기둥을 박고 맷돌 모양의 돌을 놓은 다음 쇠줄로 엮어놓음으로써 적선의 접근을 봉쇄

했던 것이다. 이순신은 철쇄 횡설 작업이나, 쇠도리깨 제작은 자신이 밑그림을 그려주기는 했지만 실제로 만들 수 있는 사람은 이봉수뿐이라고 판단하고 믿었다.

내아로 가서 점심을 한 뒤에 사장으로 자리를 옮겨 마저 못한 이야기를 계속했다. 이순신의 관심은 오직 해전에서의 새 전술이었다. 그러나 첫 전투에서 일자진의 당파 전술이 워낙 위력을 발휘했기 때문에 별다른 영감이 떠오르지 않았다. 이봉수나 정철은 말할 것도 없었다. 이윽고 이순신은 활쏘기로 분위기를 바꿔볼 생각을 했다.

"활이나 쏠 겨?"

"예, 수사 나리."

"습사허다 보믄 생각이 떠오를 겨."

"수사 나리, 백병전을 걱정허고 겨신게라우?"

"솔직히 그려."

"으쩐지, 그래서 쇠도리깨를 맹글라고 허셨그만요."

"백병전서는 왜놈덜 조총도 우리덜 화포두 소용읎다니께. 근디 왜놈덜이 우덜보다 칼을 더 잘 쓰니께 문제여. 거기에 대한 대책이 있으야 된단 말여."

이순신이 먼저 화살을 1순 쏘고 나서였다. 마침 흙바람이 일어 다섯 발 중에서 세 발이 과녁을 빗나갔다. 명궁수 축에 드는 이순신으로서는 아주 드문 일이었다. 바람이 불어도 그 상황까지 감안하여 활을 쏘아야 제대로 된 명궁수였다. 이봉수나 정철은 다섯 발 모두 과녁을 크게 벗어나버렸다.

"수사 나리, 앞으로도 해전만 헐 것입니까요?"

"해전만 허다가 옥포에서 왜장을 놓쳐버렸는디 앞으로는 육전두 허지 않으믄 안 될 겨."

그러나 가장 바람직한 전술은 육군과 수군의 합동 작전이었다. 전선을 버리고 도망가는 왜군은 의병이든 관군이든 그들 작전에 맡기는 것이 최선이었다. 수군이 육지에서 도망치는 왜군을 추포하는 데는 한계가 있었다. 수군은 진지와도 같은 배를 떠나서는 안 되기 때문이었다.

"해안 지리에 밝다는 의승 수군에게 육전을 맡겨볼 겨."

"에지간헌 중덜은 다 탁발을 다닌께 지리에 밝을 것입니다요."

"고것이 의승 수군의 장점을 살리는 것이기두 혀."

"다음 출진은 은제일께라우?"

"으짜든지 이억기 우수영 전선덜이 와야 혀."

"아적까정도 우수영 배덜이 안 오는 것을 보믄 참말로 징그랍그만이라우."

정철이 절레절레 도리질을 했다. 이봉수도 맞장구를 쳤다.

"질긴 고래 심줄멩키로 징허당께요."

"전라 감사 지시도 우습게 봐분 거 아닐께라우?"

"아녀, 먼 사정이 있겄제. 그래두 지나친 것은 사실이여."

두 번째 순에서는 모두가 다섯 발 중에서 네 발을 맞추었다. 다행히 바람이 멈춘 덕분이었다. 문득, 이순신은 새 전술을 떠올렸다. 큰 변화는 아니지만 거북선으로 돌격하여 적진을 혼란에 빠뜨리는 전술이었다. 거북선이 먼저 적진으로 들어가 휘젓고 다닌 뒤 함포사격을 하면 더 위력적일 것 같았다. 일자진의 함포사격 전에 돌격 전술이 하나 가미된 공격이었다. 거북선이기에 돌격 작전이 가능했다. 거북선은 적의 조총과 활 공격을 막으면서 화포를 쏠 수 있는 유일한 돌격형 전선이기 때문이었다.

이순신은 크게 만족했다. 습사대를 내려서면서 이봉수와 정철에게 말했다.

"이보게, 활로를 찾았네. 거북선으루다가 돌격 전술을 쓸 때가 된 겨!"

"수사 나리! 왜놈덜이 거북선을 보믄 혼비백산헐 껍니다요."

"기여. 다음 전투는 거북선이 앞장설 겨."

"바닷가 육전은 중덜헌티 맡길 것이지라우?"

"조방장 야그인디 중덜이 군사훈련을 잘 받고 있댜."

세 사람은 조그만 누각인 사정으로 올라가 활터 진무에게 막걸리를 가져오게 하여 목을 축였다. 멀리서 뻐꾸기 울음소리가 들려왔다. 정철이 뻐꾸기가 우는 숲을 찾다가 눈길을 멈추었다. 산길 너머에서 남루한 누더기를 입은 사내가 걸어오고 있었다. 사내는 사정을 향해서 오고 있었다.

"정 군관, 누가 이짝으로 오는갑네."

"여그는 아무나 들어오지 못허는 군사 지역인디라우."

"오메! 성주 판관으로 갔던 정춘이 아니여?"

"동상이 으째서 여그를 온당가요, 잘못 봤겄지라우."

"아따, 정 군관은 집안 동상도 못 알아보는갑네잉. 정춘이가 맞당께. 근디 으디서 고상혔는지 거렁뱅이가 다 돼부렀네그려."

이봉수보다 두 살 아래인 정춘이 맞았다. 정춘은 이봉수 말대로 거지꼴로 나타났다. 이순신도 눈앞에 있는 사람이 정춘이라는 것을 바로 알아보았다. 정춘이 성주로 떠나기 전에 선물로 소리 나는 화살인 효시를 준 일까지 있었던 것이다. 정춘이 이순신 앞으로 와서 넙죽 엎드렸다.

"수사 나리, 절 받아부씨요."

"정 군관 무신 일로 여그 온 겨?"

"죄송헙니다요."

"금의환향혀야지 워째서 이런 꼴루 왔댜?"

"왜놈덜헌티 성주성을 뺏기고 여그로 왔습니다요."

"바루 온 겨?"

"진주로 갔는디 감사헌티 파직당했지라우. 수사 나리께서 고성 적진포에 겨신다는 소문을 듣고 바로 쫓아갔는디 배덜이 하루 전에 떠불고 읎드그만요. 할 수 읎이 걸어 걸어서 여그까정 왔지라우."

성주성이 구로다 나가마사가 지휘하는 왜군 제3군단 군사 만 이천 명의 공격을 받고 함락된 것은 4월 27일이었다. 고니시는 경상도의 중로(동래-양산-청도-대구-인동-선산-상주), 가토는 좌로(동래-언양-경주-영천-신녕-군위-용궁), 구로다는 우로(김해-성주-무계-지례-추풍령)로 공격했는데 성주성이 무너짐으로써 왜군은 침략 보름 만에 경상도를 완전히 점령해버린 셈이었다.

"잘 온 겨. 내 밑에서 일혀. 육전을 치러본 경험이 있으니께 잘 살려봐."

"어처코롬 은혜를 갚을께라우?"

정춘은 엎드려서 울었다. 땟국물이 덕지덕지 낀 얼굴에 눈물 콧물을 흘리며 흐느꼈다. 군관 선배가 되는 이봉수가 혀를 차며 정춘을 일으켜 세웠다.

"마실에 갔다 왔는가? 식구덜이 목이 빠지게 지달렸을 틴디."

"본영으로 갔다가 수사 나리께서 활터에 겨시다는 야그를 듣고 여그로 바로 왔그만요."

이순신은 정춘에게 막걸리를 한 잔 따랐다. 정철이 막거리 사발을 들고 정춘에게 가면서 한 손으로 코를 막았다.

"상거렁뱅이가 따로 읎네잉. 시궁창 냄시가 코를 찌르는그만. 얼릉 마실로 가서 옷을 갈아입드라고잉."

이순신은 미소를 지었다. 성주성 전투 경험이 있는 정춘의 가세가 반가웠다. 흙 속에서 보석을 찾은 기분이 들었다. 흙 묻은 보석은 잘 닦아주기만 하면 제 빛을 내는 법이었다. 이순신은 쇠도리깨의 창안도 몹시 흡족했다. 쇠도리깨를 견고한 신무기로 만드는 데는 셈을 잘하고 눈썰미 좋은 이봉수가 제격이었다. 이순신은 이봉수에게도 술을 한 잔 더 따라주었다.

통인

고향인 흥양 마륜 마을로 간 송희립은 이틀 만에 여수 본영으로 돌아왔다. 특별 휴가를 하루 스스로 반납한 셈이었다. 마륜 마을(고흥 대산면 마륜리)은 여산 송씨 집성촌이었다. 내금위 군관을 지낸 아버지 송관은 여전히 마륜 마을에서 선대의 유지를 이어받아 서당을 운영하고 있었고, 천품이 자애롭고 부지런한 어머니 보성 선씨도 여전했다. 세 살 위 형 대립은 문과 급제 준비로 한양을 고생스럽게 오르내리곤 했다. 반면에 열여섯 살 아래인 동생 정립은 노비를 부리며 굽은 소나무가 선산을 지키듯 고된 농사일을 묵묵히 거들고 있었다.

휴가를 반납한 군관은 송희립뿐만이 아니었다. 전라 좌수영 군관 대부분이 휴가 기간을 다 채우지 않고 귀대했다. 본영을 지키는 직속상관 이순신의 눈치를 봤다. 이순신이 은근히 압력을 넣어 불러들인 것은 아니었다. 군관들의 자발적인 의지였다. 군관들의 책임 의식은 아무래도 수졸이나 의승 수군보다는 강했다. 군관들은 본영에 복귀하자마자 동헌으로 올라가 이순신에게 귀대 신고를 했다. 송희립의 신고를 받은 이순신이 농담하듯 말했다.

"고향보담 여그가 더 좋은 겨?"

"인자 여수 구신이 다 되분 거 같아라우. 하루 지난께 여그 수영이 눈앞서 삼삼허드랑께요."

"그래두 부모가 기신 고향 집보다 편헌 디는 읎는 겨."

"그라지라우. 여그 남문 들어스는 순간 흥양에 기시는 엄니 손맛이 생각나드랑께요."

"모친 음석 솜씨 말허는 겨?"

"울 엄니 손맛은 마륜 마실서 알아주지라우. 푸렁지에다가 집장 넣고 되작되작만 혀도 꿀맛이 난당께요."

"야그만 들어두 침이 나오는구먼."

"수사 나리께선 고향 집 무신 음석이 생각나신게라우?"

"충청도 음석은 전라도보담 못햐. 고향 집 음석? 초겨울 따순 밥에 퉁퉁장 올려 비벼 묵으믄 그만이지 머. 시래기 동태찜두 전라도에는 읎는 음석이구."

"퉁퉁장이 뭣인게라우?"

"여그 전라도 청국장인 겨. 겡상도 태생인 어 현감은 담북장이라구 허드구먼."

"수사 나리, 음석 야그허다 봉께 배가 고파붑니다요."

"오늘 점심때는 서대회 무침이나 묵어볼 겨? 막걸리 뿌리고 고추장에다 무수채 넣고 조물조물 비빈 서대회 무침 말여. 여수 음석 중에서 식욕을 돋구는 디는 갓짐치 말구 최고여."

"폭싹 익은 방답 갓짐치도 입맛 땡기는 디는 최고지라우."

이순신은 아침나절 내내 군관들의 신고를 받았다. 정철의 동생 정린, 정춘과 조카인 정대수, 서춘무, 이대립, 황상중, 김두일, 박대복, 유기종 등등이었다. 이순신은 특히 성주에서 돌아온 판관 정춘을 따로 불러 이야기를 나누었다.

"옷이 날개인 겨. 새 옷을 입구 있으니께 인물 나는구먼."

"수사 나리를 또 모시게 되니까 의욕이 생깁니다요."

"나는 훈련만 고되게 시키는 범 같은디두?"

"공평허게 시키신께 다덜 불만은 읎지라우."

"무신 군관을 허고 싶은 겨?"

"지는 바다의 수세를 쪼깐 안께 정탐선을 타고 싶그만요."

"위험헌디 괴안찮혀?"

정탐선은 어선으로 위장하고 적진으로 들어가 정탐하는 배를 말했다. 두말할 것도 없이 정탐은 왜적에 붙잡혀 죽거나 포로가 되기 쉬운 아주 위험한 임무였다. 바다의 물길이나 해안의 지세를 모르고는 맡을 수 없는 자리였다.

"수사 나리를 보좌허는 일인디 그런 거 안 따진당께요."

"허허허."

"수사 나리께서 지가 성주로 떠날 때 효시를 주셨지라우?"

"기여."

"왜적을 몬자 발견해서 효시를 반다시 한 번 사용허구 싶그만이라우."

정춘은 성주에서 거지꼴로 돌아오는 동안에도 화살통에 이순신이 정표로 준 효시만큼은 꼭 넣고 다녔는데, 이제야 사용할 수 있는 기회가 왔구나 하고 생각했다. 이순신은 정춘의 마음이 가상하여 승설에게 차를 들여오게 했다. 어제부터 승설은 아예 동헌으로 올라와 여종을 부리며 이순신의 수발을 들었다. 승설이 우려 올리는 차는 웅점 다소와 갈평 다소에서 가져온 떡차였다. 뜨거운 물에 우러난 떡차의 빛깔은 보름달 빛처럼 황금색으로 맑았다. 승설은 이순신에게는 향기로운 상품의 차만 올렸다. 빛깔이 칙칙한 데다 맛까지 맑지 않고 텁텁하면 하품의 차로 쳤다. 이순신도 차맛을 어느 정도 알고는 있었다.

"이 차는 약이니께 많이 마셔야 써. 그동안 몸이 상혔을 겨."

"고맙습니다요."

정춘은 사발에 담긴 뜨거운 차를 단숨에 마셨다. 목구멍이 덴 것처럼 따끔했다. 그러나 차가 식도를 타고 깊숙이 내려가는 동안 속이 편안해졌다. 차는 식도를 타고 내려가 오장육부를 돌고 향은 입안에 남아 둔해졌던 기분이 살아났다. 정춘이 놀라면서 물었다.

"차가 요로코롬 맛있는지 몰랐습니다요."

"맛두 맛인디 몸에 병을 읎애주는 약인 겨. 중국 사람덜은 차를 시두 때두 읎이 마셔서 백 살을 넘게 산댜. 그러니께 차는 불로초인 겨."

승설이 우린 차를 또 가져오자 이순신이 말했다.

"청매는 잘 있는 겨?"

"지는 직접 만나지는 못했습니다요. 소문에는 병이 나서 드러누워 있다고 하드그만요. 통인 아재가 순천 가실 때 부탁헐라고 합니다요."

"통인은 오늘 순천에 들어갈 일이 있을 겨."

"더 자세허게 알어보겄습니다요."

"차도가 읎으믄 본영으로 델꾸 오라구 혀. 여그는 의원이 용허지 않은감."

통인 향리 편에 순천 부사 권준에게 급히 보낼 공문이 있었던 것이다. 지난 2월 29일 전라 감사 이광으로부터 순천 부사를 전라 좌수영 수군에서 전라도 육군 중위장으로 임명한다는 공문을 받았는데, 이후 이순신의 간곡한 건의로 다시 원래대로 수군 중위장으로 되돌린다는 이광의 공문이었다. 전라 좌수영의 이인자급인 권준이 전라도 육군 중위장으로 간다는 것은 이순신으로서는 전력 손실이 아닐 수 없었는데 해결되어 다행이었다. 통인이 가지고 갈 공문은 이광이 이순신에게 보낸 것과 이순신이 순천 부사 권준에게 쓴 공문 등 두 가지였다.

승설은 부랴부랴 동헌을 나와 통인을 찾았다. 남문과 동헌 사이를 두 번이나 오르내렸다. 통인은 군관과 수졸들이 휴가를 갔을 때도 본영에 나와 대기했다. 상부로부터 언제 공문이 내려올지 모르기 때문이었다. 공문이 내려오면 관내 고을로 전달하는 것이 통인의 임무였다. 군관으로 치자면 전령인 셈이었다.

승설은 땀을 훔치면서 안도의 한숨을 쉬었다. 통인은 아직 순천으로 떠나지 않고 객사 앞에서 유기종과 이야기를 나누고 있었다.

"통인 아재!"

"승설이가 급헌 일이 있는갑서야. 볼따구가 벌개가지고 나헌티 달려오는 거 봉께."

"순천 가시는게라우?"

"응, 그란디."

"사또께서 청매를 델꼬 오라고 하시그만요."

통인이 유기종을 보면서 눈을 찡긋했다. 무슨 뜻인지 금세 알겠다는 표정이었다. 유기종이 한마디 했다.

"수사 나리께서 청매를 이뻐헌갑네잉."

"아따, 가스나 싫다고 허는 남자 있간디? 승설이 니를 좋아허는 군관덜이 사실은 많등마."

통인이 눈길을 본영 앞바다로 돌리며 넌지시 딴청 피우듯 말했다. 승설이 얼굴은 물론 목덜미까지 붉혔다.

"먼 엉큼한 생각을 헌당가요? 청매가 병에 걸려 일어나지도 못헌다고 허드랑께요."

"알았응께 가보소."

"자네는 으째서 승설이헌티 챙피를 주는가?"

"내 눈은 못 속이네. 유 군관도 승설이헌티 관심이 있는 거 같은디."

"쓰잘데기읎는 소리 말고 청매나 잘 데리고 오게."

"청매 야그를 허믄 순천 부사가 날 괘씸허게 보지 않을랑가?"

"고거야 자네가 베락 맞을 일인가? 수사 나리께서 말씸헌 일인디."

"고래 쌈에 새비 등 터질 수도 있단 마시."

"고건 염려허지 말게. 권 부사가 좋아허는 기생은 따로 있다는 소문 들었응께."

"고러믄 안심이지."

통인은 화제를 돌렸다. 이순신의 황소고집에 대한 이야기였다. 이순신은 명분 있는 일에는 적당히 타협하는 법이 없었다. 그러니 이순신의 직속상관들은 애증의 감정이 생기지 않을 수 없었다. 전라 감사 이광만 해도 이순신을 특채한 장본인인데 인사 문제로 갈등을 겪었던 것이다.

"감사 나리께서 권준 부사를 전라도 육군으로 데리고 갔다가 다시 전라 좌수영 수군으로 원위치시킨 거 자네도 아는가?"

"우덜은 아적 모르제. 인사 정보야 자네가 번개멩키로 빠릉께."

통인이 거드름을 피우듯 고개를 끄덕끄덕했다. 공문을 가지고 관내의 순천, 낙안, 보성 등의 수령들에게 다니는 것이 임무이다 보니 인사가 아니더라도 무슨 정보건 군관들보다 빨랐다. 인사가 있는 달이 되면 군관이나 진무들이 통인에게 첩보를 얻으려고 했다.

"겔국 전라 감사가 수사 나리 고집에 진 것이랑께."

"권준 부사께서 본영으로 돌아오믄 전력이 보태지는 것은 틀림읎제. 순천 선소 배덜이 좌수영 관할이 된께 말이시. 지난번 옥포 싸움 때 권준 부사를 대신해서 봉사 유섭이 순천 대장으로 왔잖은가. 자기 배와 군사가 읎응께 낙안 군수 밑에서 싸왔다고 하드랑께."

유섭이 좌부장 낙안 군수가 지휘하는 판옥선에 승선한 것을 두고 하는 말이었다. 순천 대장이라고는 하지만 순천의 병선을 가지고 나오지 않았으므로 낙안 군수의 전선을 탈 수밖에 없었던 것이다.

"유 군관, 나 얼릉 순천에 다녀와야겄네. 갔다 와서 술 한잔 허드라고."

"바쁘믄 목장에서 막 가지고 나온 살찐 군마를 타고 갔다 와."

"청매를 태우고 올라믄 큰 말을 타야 쓰겄네."

통인에게 말타기는 기본이었다. 임무가 신속하게 공문을 전달하는 일이기 때문이었다. 무과 급제에 낙방만 하다가 색리(아전)가 되었으므로 통인은 다른 구실아치보다 말타기에 능했다. 활이나 칼도 장졸들처럼 잘 다루었다. 통인이 군관들을 이해하고 친하게 지내는 것도 그런 경력과 성향에 기인한 것이다.

통인은 유기종이 내준 군마를 타고 남문을 나섰다. 하늘에 비구름이 몰려오고 있었지만 통인은 도롱이를 챙기지 않았다. 날씨로 보아 소낙비가 내리다가 곧 그칠 것 같았다. 길바닥에 먼지가 폴폴 일어날 만큼 달포째 가뭄이 이어지고 있었다.

승설은 기생청으로 돌아와 빈방 하나를 청소하기 시작했다. 자신의 옆방이었다. 기생청의 방들은 거의 다 비어 있었다. 이순신이 작년에 기생청의 기생들을 다 다른 고을로 보내버렸던 것이다. 최근의 기생청은 군관들이 몰려와 차를 마시는 다시청이나 다름없었다. 오관 오포 중에서 유일하게 다시청이 차려진 셈이었다.

통인은 미시가 좀 지나 순천성에 도착했다. 때를 놓쳐 점심을 먹지 못했지만 배는 고프지 않았다. 남문 문지기 군졸은 통인을 알아보고는 바로 성문을 열어주었다. 문지기는 바람처럼 자유롭게 성을 드나드는 통인을 부러워했다. 구실아치에 불과하지만 직책상 늘 고을 수령들과 말석에 앉아서 술을 마시거나 어울리기 때문이었다.

마침 순천 부사 권준은 동헌에서 집무를 보고 있었다. 권준은 동헌 마루에서 통인을 맞았다. 통인은 권준과 낯익은 사이였기 때문에 예를 생략하고 바로 용무로 들어갔다.

"부사 나리, 공문을 가져왔습니다요."

"어디 보여주게."

권준은 이순신이 보낸 공문을 읽어 내려가면서 묘한 표정을 지었다. 전라 감사 이광이 보낸 공문은 전라도 육군의 중위장에서 전라 좌수영 수군의 중위장으로 복귀시킨다는 내용이었다. 또한 이순신이 자필로 쓴 공문은 머잖아 출진할 것이니 순천 선소의 병선을 잘 정비하여 대기하고 있으라는 지시였다. 권준은 자신을 놓고 전라 감사와 전라 좌수사가 밀고 당기기를 한 것에 자존심이 상한 듯 보였다. 더구나 이순신은 전라 감사 조방장으로 있을 때는 자신보다 벼슬이 낮았던 것이다. 그랬던 이순신이 전라 좌수사까지 고속 승진했고, 이제는 감사에게 고집을 부려 기어코 자신의 휘하에 두고 말았으니 권준으로서는 현실을 인정하면서도 씁쓸하지 않을 수 없었다.

"감사와 수사가 서로 나를 인정해주는 것은 고마운 일이네. 하지만 명색이 부사인 내게 한마디 양해도 없으니 기분이 썩 흔쾌하지는 않네."

"감사와 수사께서 부사 나리를 탐내는 까닭은 지략이 워낙 뛰어나신께 그럴 겁니다요."

"나를 위로하지 말게. 전력이 조금 보태지니까 그러는 것일 뿐이네."

권준은 정확하게 이순신의 마음을 읽었다. 이순신이 권준을 한사코 수군으로 데려오려고 하는 이유는 바로 그것이었다.

"지가 부사 나리라믄 맴을 간단허게 정리허겄습니다요."

"자네는 어떻게 하겠는가?"

"시방은 전쟁 중인께 전술이 뛰어난 분 휘하로 들어가 공을 세우겄습니다요."

"수사 나리 휘하가 공을 세우는 데 좋다는 말이군. 사실은 나도 녹을 먹는 사람으로서 공을 세워 나라에 도리를 다하고 싶네. 내가 아쉬운 건 사전에 한마디 언질도 없이 임명하니 섭섭한 마음이 든다는 것이네."

"수사 나리께서는 옥포 싸움을 해보고 나서 부사 나리가 더욱 필요했을 것입니다요."

"돌아가거든 내일이라도 인사를 드리러 간다고 전하게."

"마음을 쉬이 정리허신께 지도 가벼운 맴으로 돌아갈 것 같습니다요."

"걱정하지 말게. 내게 기회인지도 모르지. 공을 세울 수 있는 기회 말이네."

권준은 통인과 이야기를 나누면서 착잡한 마음을 가라앉혔다. 통인이 수사와 부사 사이를 지혜롭게 줄타기한 결과였다. 전시에 수군의 중위장 역할은 결코 작은 것이 아니었다. 단순히 공격부대의 가운데 위치하는 육군의 중위장과는 달랐다. 중군선의 중위장은 대장선에서 내리는 이순신의 명을 받아 모든 병선에 지시하는 중요한 임무를 수행하는 장수였다. 수군은 대장의 명령을 전달하는 체계가 무너져버리면 육군보다 더 순식간에 오합지졸이 돼버렸다. 바람 소리와 파도 소리, 노 젓는 소리로 뒤엉킨 바다에서는 장수의 말은 멀리 가지 못했다. 명령을 전하는 신호는 오직 깃발과 나발과 북, 징 소리뿐이었다. 그 역할을 하는 장수가 바로 중군선의 중위장인 것이었다.

"어서 본영으로 돌아가게."

"그란디 지가 여그 온 이유가 또 있그만요."

"무엇인가?"

"청매를 데리러 왔그만요."

"수사 나리 지시인가?"

"예, 부사 나리."

권준이 웃으며 말했다.

"나는 진즉 청매가 수사 나리 품에 안길 줄 알았네."

"나리께서 그러셨다니 믿어지지 않그만이라우."

"봄이었을 것이다. 수사께서 여천 백야곶 목장에 오셨을 때 내가 순천 기생 세 명을 데리고 가 술자리를 마련했는데 수사께서 유독 청매에게만 눈길을 주셨다네."

"청매를 데리고 가도 되겠습니까요?"

"아무리 기생이라 하더라도 청매의 허락이 있어야 하네."

"고건 걱정허시지 않아도 됩니다요."

"자네 능력대로 하게."

"사실은 지난번에도 지가 청매를 데리고 간 적이 있습니다요."

"청매가 응한다면 아예 본영으로 가도 좋네. 수사께서 외로우시니까 청매를 부르셨겠지."

소문대로 권준은 청매에게 별 호감이 없는 것 같았다. 술자리에 기생청의 다른 기생을 부르곤 하는 모양이었다. 통인은 동헌을 나와 기생청으로 갔다. 순천성의 기생청은 오관 오포 가운데서 미모가 뛰어난 기생들만 모이는 곳으로 유명했다. 인물로만 치자면 청매는 앞자리에 앉지 못할 정도로 미모가 빼어난 기생들이 많았다.

통인은 몇몇 기생들과는 스스럼없이 이야기를 하는 사이였다. 술자리에서 낯이 익은 기생들이었다.

"아재는 또 청매를 보러 왔당가요?"

"청매는 워디 있는디?"

"섭섭허그만요. 청매만 기생이당가요."

"내가 찾는 것이 아녀."

"누가 찾는디요?"

"지체 높은 분이여. 니덜은 몰라도 된당께."

"근디 으째야 쓰까라우?"

"나헌티 뭐가 있다고 빙빙 돌리고 그런당가잉."

"청매가 겁나게 병이 들었당께요."

"참말이여?"

"아재헌티 뭣할라고 거짓말한다요."

통인은 얼굴을 일그러뜨렸다. 순천 부사한테 허락까지 맡았는데 난감했다. 청매를 데리고 가 이순신에게 자신의 능력을 인정받으려고 했던 것이다.

"무신 방도가 읎겄는가?"

"메칠 지나도 일어날지 모르겄당께요."

"요즘은 좋은 약도 많등마. 여수로 가서 치료허믄 안 되겄능가?"

"상사벵에는 약이 읎어라우."

"청매가 상사벵이 걸렸다고? 먼 소리여."

"기생 상사벵에는 서방님허고 자는 거밖에는 약이 읎지라우."

"그려?"

그러나 기생청 방으로 들어간 통인은 몹시 놀라고 말았다. 청매는 이불을 둘러쓰고 있었다. 상사병이 아니라 여름에 창궐하는 돌림병인 것 같았다. 이불을 조심스럽게 걷어내자 허연 탈바가지 같은 청매의 얼굴이 드러났다.

"내 보기엔 돌림벵 같은디 어째사끄? 본영으로 델꼬 가기 심들겄는디."

"서너 수꾸락 죽을 묵다가 어저께부텀 죽도 못 넘기는그만이라우."

"약도 소용읎는가?"

"의원이 다녀갔는디 벨 차도가 읎어라우."

통인이 청매를 흔들어 깨웠다. 그러자 눈곱이 낀 눈까풀을 바르르 떨더니 겨우 눈을 떴다. 그러나 시선은 희미했다. 눈동자가 풀어져 보였다. 통인은 간병하고 있던 기생들을 잠시 동안 방에서 나가게 했다. 그래도 이순신의 뜻을 전해야 했던 것이다. 통인이 청매의 얼굴에 대고 말했다.

"청매야! 사또께서 니를 델꼬 오라고 혀서 왔당께."

놀랍게도 청매가 눈을 떴다가 스르르 감았다. 청매의 눈가에 물기가 배었다. 통인의 말을 알아들었다는 반응 같기도 했다. 그러나 다시 눈을 뜨지는 못했다. 통인은 고개를 저었다. 청매가 살아난다면 기적이라고 생각했다.

전공 시비

순천 부사 권준에게 전라 좌수영 중위장으로 복귀하라는 이순신의 공문을 전하고 하루 만에 돌아온 통인 색리는 동헌으로 올라와 이순신에게 보고했다. 이순신은 동헌 마루 호상에 앉아서 통인의 보고를 건성으로 들었다. 전라 감사 이광과 합의한 인사이므로 통고나 다름없기 때문이었다. 앞뒤가 트인 동헌 마루는 바람이 이따금 선선하게 스쳤다.

"사또 나리께 곧 인사드리러 오겄다고 했습니다요."

"내 판단이 옳은 겨. 권 부사를 우덜 수군 장수로 돌린 건 말여."

"순천은 오관 오포 중에 하나가 아닙니까요."

이순신은 통인의 말을 듣고 있지 않았다. 좀 전부터 귀담아듣고 있는 소리는 매미 소리였다. 매미가 동헌 마당가에 있는 오동나무 가지에 붙어서 숨넘어갈 듯 울고 있었다. 오동나무는 올봄에 유기종이 광양에서 이식한 것이었다. 이순신이 오동나무를 관아에 심기 시작한 것은 오래된 일이었다. 서른여섯에 수군과 첫 인연을 맺은 홍양의 발포 만호 시절부터였다.

벼슬아치들이 심어 키운 오동나무는 나중에 두 가지 용도로 쓰였다. 거문고를 만들거나 판옥선 상판으로 사용했다. 물론 이순신은 판옥선 상판용으로 오동나무를 심곤 했다. 오동나무는 가볍고 불에 잘 타지 않으므로 적의 화공에 강했다. 통인은 업무 보고를 끝낸 뒤 청매의 소식을 전할까 말까 망설이다가 참았다. 병이 난 청매를 데리고 오지 못했기 때문이었다. 자청해서 좋지 않은 소식을 전하기가 부담스러웠다. 통인은 바로 승설을 찾았다. 마침 승설은 내아에 올라와 여종들이 발효시킨 찻잎을 햇볕에 쪼이고 있었다.

"승설이 니가 사또께 말씸드려야 쓰겄다."

"무신 말씸이라우?"

"니 동상 청매가 곧 죽겄드랑께. 사또께 고런 야그를 내가 어찌케 허겄냐."

"음메, 뭐시라고라우?"

"일어날라믄 심들겄다야."

"사또께 말씸드려 어차든지 살려야지라우."

"의원을 보내주신다고 혀도 돌림벵 같은디 어처코롬 낫겄냐."

통인은 혀를 차면서 밖으로 나가버렸다. 승설은 내아 토방에 주저앉아 멍석에 널린 누런 찻잎을 바라보았다. 그렇다고 넋을 놓고 앉아 있을 수만은 없었다. 승설은 순천을 다녀와야겠다고 생각했다.

'청매에게 펄펄 끓는 발효차를 멕여보자.'

발효차는 양민들 사이에서 쉽게 구할 수 있는 만병통치약 대용이었다. 심한 고뿔이나 몸살에도 발효차는 실제로 효험이 있었다. 몸살이 나 끙끙 신음하던 사람도 발효차 몇 사발을 마시게 하면 거뜬히 일어났던 것이다. 승설은 동헌으로 가서 홀아비 색리에게 부탁했다. 색리의 저고리에서는 퀴퀴한 홀아비 냄새가 났다. 승설은 냄새 때문에 얼굴을 돌리고 말했다.

"사또님을 뵐 수 있을께라우?"

"무신 일인디?"

"말씸드릴 일이 있그만이라우."

"알겄다. 쬐깐 지달려야 허겄다. 시방 박 진무가 보고허고 있응께."

승설은 내아로 돌아가 발효차를 준비했다. 아궁이에 찻물을 끓이도록 여종에게 시켰다. 발효차는 뜨겁게 마셔야 맛이 더 났다. 식어버리면 쉰 막걸리처럼 맛이 시큼털털하게 변했다. 색리가 내아 마당으로 와 손짓을 했다. 동헌방으로 들어가도 좋다는 표시였다. 승설에게 은근슬쩍 호의를 보이는 홀아비 색리였다.

"승설이, 동헌방에 아무도 읎어. 언능 가봐."

"고맙그만이라우."

승설은 소반에 차를 가지고 동헌 토방으로 올라갔다. 마침 진무 박만덕이 동헌 마당에 서서 송희립과 이야기를 나누고 있었다.

"쇤네 차 가지고 왔그만이라우."

"내게 할 말이 있는 겨?"

"예, 사또 나리."

"들어와 말혀."

승설은 동헌방에 들자마자 차를 올리고는 용건을 말했다.

"청매가 겁나게 아프다고 허는그만이라우."

"워디가 아프다는 겨?"

"돌림벵에 걸렸다고 헌당께요."

"순천에 돌림병이 왔다는 소리는 금시초문인디."

관내에 돌림병이 돌면 고을 수장은 즉시 공문으로 보고하도록 돼 있었다. 돌림병이 장졸들에게 퍼지면 전력 약화로 이어지기 때문이었다.

"통인 아재헌티 들었그만이라우."

"어허."

이순신이 잠시 날창을 만지작거리며 생각에 잠겼다. 다음 출전 전략에 골몰하고 있는데 갑자기 끼어든 청매의 소식이 난감했다.

"쇤네가 순천으로 가서 돌보믄 어처겄습니까요?"

"좋은 생각인디, 의원을 불러 지시헐 티니께 몬자 가볼 겨?"

"예, 사또 나리."

승설은 이순신에게 용건만 말하고는 동헌방을 나왔다. 이순신도 군관들의 보고를 받고 있는 중이었다. 청매의 일로 길게 이야기할 분위기가 아니었다. 이순신의 머릿속은 온통 다음 해전의 전술에 대한 생각뿐이었다. 박만덕이 승설을 기다리고 있다가 말했다.

"통인헌티 들었는디 청매가 으쨌땀시로야?"

"돌림벵이라고 하드그만이라우."

"에끼 이 사람아, 무신 돌림벵이당가. 돌림벵이 왔으믄 순천은 시방 난리가 나부렀제. 여러 사람덜이 떼로 걸려뻔지는 벵이 돌림벵이랑께. 통인이 모르고 헌 소린께 내가 몰린 피문어 줄 틴께 가지고 가서 푹 고와 멕여봐. 발딱 일어나불 것인께."

"진무 아재 말씸대로 그래야지라우."

"통인 말은 원래 거품이 있응께 걱정 말드라고잉."

"진무 아재 말씸을 듣고 나니 맴이 쪼깐 놓여부요."

"아따, 오늘도 더울랑갑서야. 아척부텀 매미가 울어싼 거 봉께로."

박만덕의 이야기를 듣고 나서야 승설은 마음을 놓았다. 매미가 아침부터 크게 우는 날은 땡볕이 가마솥을 달구듯 뜨겁게 쏟아졌다. 그래도 승설은 순천으로 갈 채비를 서둘렀다. 어쩌면 자신의 간병으로 청매가 훌훌 자리를 털고 일어날지도 몰랐다.

이순신이 송희립의 말소리를 듣고는 동헌방으로 불러들였다. 송희립의 말소리는 다른 군관에 비해 유난히 컸다. 송희립이 이순신에게 박만덕의 건의를 전했다.

"수사 나리, 박 진무가 수졸헌티는 숭어나 농어 잡이를 허락해달라고 헙니다요."

"싸움이 읎으니께 그리 혀. 양식허구 바꾸믄 좋지."

"괴기란 놈도 잽히는 철이 있는디 쪼깐 지나믄 민어 철입니다요."

"고런 소식보담두 장계를 가지고 간 송한련 소식은 워쩐 겨?"

"아적 읎는디 지 생각으로는 인자 행재소 부근에 도착했을 거 같습니다요."

송희립의 추측은 맞았다. 경강선을 타고 올라갔던 송한련이 황해도 역참의 찰방에게 전라 좌수영 수군의 승전 소식을 구두로 전했을 뿐인데도 찰방은 비변사에 보고하기 위해 역참 말을 타고 단숨에 평양으로 달려갔다. 이순신의 세세한 장계가 아닌 찰방의 구두 보고였지만 평양 행재소 비변사에서는 이순신을 표창하자고 청했고, 선조는 이순신의 품계를 종2품의 가선대부로 올려주었던 것이다.

"수사 나리, 근디 원 수사가 시비를 걸지 않을께라우?"

"시비를 걸 게 있남."

"연합 작전인디 수사 나리 이름으로만 장계를 올렸다고 말입니다요."

"택두 읎는 소리!"

"하기사 원 수사는 우리 장졸덜 뒤에서 화살을 쏜 군사의 우두머리인디 헐 말이 있겄습니까요."

"혹시 훗날 원 수사가 전공을 가로챘다구 억지를 부릴지두 모르지만 세상의 일은 사필귀정인 겨. 임금님 파천 소식을 듣구 우덜은 적진포에서 바루 귀진혔잖혀. 그라구 난 뒤에야 장계를 써서 올렸구. 행재소에 기신 임금님께 한시라두 빨리 승첩을 올려야 하는디 언제 원 수사하구 왔다 갔다 하면서 승첩을 쓰겄난 말여. 말두 안 되는 소린 겨."

"수사 나리 말씀을 듣고본께 이해가 됩니다요. 지는 난중에 원 수사 쪽에서 시비를 걸지 몰라 말씀드렸지라우."

"승첩 장계를 지체허는 것두 임금님께 죄를 짓는 거란 말여."

"임금님을 기쁘게 헐 일을 못 허는 것도 죄란 말이지라우? 졌다는 장계만 받다가 승첩을 보믄 다덜 통곡헐지도 모르겄그만이라우."

"유성룡 대감 같은 분은 통곡헐 분여."

"임금님을 모시는 정승 대신덜이 다 그러겄지라우."

"원 수사의 시비보담 더 신경이 쓰이는 것은 우덜 장졸덜이여. 만약인디 말여, 원 수사와 연명으로 장계를 올렸을 경우에 워떤 결과가 날지 아남?"

"지는 모르겄는디라우."

"에렵게 생각헐 거 읎어. 앞에서 싸운 송 군관허구 후방에서 경계를 선 원 수사의 군관하구 공이 같다믄 기분이 워쩔까?"

"공평허지 않응께 화가 나겄지라우."

"우덜 장졸덜허구 원 수사 장졸덜하구는 역할이 달랐던 겨. 싸움은 우덜이 한 것이란 말여. 그런디도 공을 같이 혀서 표창헌다믄 우덜 장졸덜이 가만 있겄느냔 말여. 나는 고것이 더 큰 시비 거리라구 봐. 내 공이야 난중에 가려지겄지만."

물론 이순신이 전라 좌수영 장졸들의 공을 염두에 두고 원균과 연명으로 장계 쓰는 일을 유보한 것은 아니었지만 결과적으로는 그러한 문제점도 분명 있었다. 만약에 원균이 연명으로 장계를 올리자고 강하게 요구했더라도 이순신은 거절해야 마땅했다. 전라 좌수영과 경상 우수영 장졸들 간에 갈등이 생길 수밖에 없기 때문이었다.

"지는 거그까정은 생각허지 못했습니다요. 지뿐만 아니라 모든 군사는 공이 공평허지 않다믄 필시 불만이 커질 것 같습니다요."

"전시야말루 전공은 공명정대혀야 허는 것이여."

"수사 나리, 근디 실제로 원 수사가 장계를 연명으로 쓰자고 요구를 헌 것입니까요?"

"물러. 기억이 안 나. 임금님께서 파천허셨다는 청천벽력 같은 통문에 눈앞이 캄캄혔으니께. 본영으로 귀대허는 동안 내내 송 군관두 눈물만 흘리더구먼."

"워디 지만 그랬당가요? 군관덜 모다 얼이 빠져부렀지라우."

원균의 입장에서는 연명으로 장계를 올려 이순신이 세운 전공에 묻어가고 싶은 마음이 컸겠지만 실제로 그가 연명으로 장계를 요구했는지는 알 수 없었다. 자존심이 센 장수로서 그런 요구를 했을지 의문이 들었다. 더구나 자신의 부하들이 한심한 작태를 보인 탓에 입을 다물 수밖에 없는 처지였다. 좌수영 군사가 제압한 왜선을 빼앗으려고 아군에게 화살을 쏜다거나 공을 세울 욕심으로 바다에 떠 있는 왜군의 목을 베는 데 열중하여 정운에게 거칠게 항의받는 등 수모를 당했던 것이다.

"장졸덜이 모다 잘 싸웠지만 나는 송 군관이나 정운 만호가 세운 공이 가장 크다구 생각혀."

"지덜을 이쁘게 봐주신께 그러지라우."

송희립이 넓적한 뒤통수를 긁적이면서 말했다. 평소에는 이순신에게 한없이 고분고분한 그였지만 자신의 소신을 주장할 때는 무례할 정도로 돌변했다. 정운도 마찬가지였다. 경상도로 구원을 나서기 전에 장수들 사이에서 의견이 분분할 때였다. 장수들 한쪽에서 "우리 전라도를 방어허기도 심겨운디 어짤라고 겡상도로 간당가요?"라고 하였음에도 불구하고, 정운과 송희립은 서로 의기투합하여 "왜적을 섬멸허는디 우리 도, 남의 도를 갈르지 말어야 하지라우. 왜놈덜 대그빡을 몬자 콱 눌러뻰지면 우리 전라도 또한 보전헐 수 있을 것 아닙니까요"라고 하여 이순신을 내심 기쁘게 하였던 것이다.

"송 군관이 나헌티 대드는디 겁나드라구."

"지금 생각해본께 수사 나리께서 승질 급헌 우리덜이 나서도록 유도헌 거 아닌게라우?"

"그때 난 쾌재를 불렀으니께 송 군관이 짐작혀."

"아이고메, 우리덜이 아무리 길길이 뛰어도 수사 나리 손바닥서 논당께요."

"아녀. 출전할 때는 송 군관이나 정 만호같이 바람을 잡아주는 장수가 필요혀. 송 군관이 의분심을 냈으니께 환갑노인 어 현감이 앞장서겄다고 혀서 장졸덜 전의가 솟구친 겨."

이순신과 송희립은 출전하기 전의 상황을 떠올리며 옛이야기처럼 스스럼없이 말했다. 물론 당시는 지금과 달리 하루하루의 밤낮이 어떻게 바뀌는지 모를 정도로 긴박하게 돌아갔던 때여서 진중의 분위기는 무겁기만 했었다. 이순신은 출진을 앞두고 전략

전술 회의를 수시로 했고, 장졸들의 군기를 다잡느라고 도망친 황옥천을 붙잡아 인정사정없이 효수하여 진중에 걸었던 것이다.

그런데 이순신은 3전 3승을 했음에도 불구하고 전투는 이제부터 시작이라고 생각했다. 왜군에게 좌수영 수군의 전략과 전술이 1차 출전에서 다 노출됐기 때문이었다. 이순신은 송희립에게 다음의 전술을 슬쩍 밝혔다.

"다음 전투는 당파 전술에다 돌격 전술을 보태 공격헐 겨."

"돌격할 전선은 정해졌습니까요?"

"그야 거북선이 몬참 돌격혀야지."

송희립은 전투 경험이 다른 군관에 비해 풍부했다. 지도 만호를 연임하는 동안 노략질하는 왜구를 여러 번 격퇴한 경험이 있었다. 물론 그때의 전선은 판옥선보다 전투력이 떨어지는 맹선이었다. 비밀 전선인 거북선과 옛 병선인 맹선은 차원이 달랐다. 거북선은 왜적의 조총 사격과 화공을 방어하면서도 함포사격과 화살 공격을 할 수 있게끔 철갑을 씌운 전선이었다.

송희립은 전라 좌수영의 비밀 전선인 거북선의 방어 기능보다는 거북선을 움직이는 돌격장 즉 귀선장이 더 중요하다고 보았다.

"수사 나리, 돌격장은 담력이 세불고 수세를 잘 아는 군관이 맡어야 할 것 같습니다요."

"기여. 송 군관이 눈여겨본 사람이 있는 겨?"

"지보고 추천하라믄 두 사람을 말씸드릴 수 있습니다요."

"누군 겨?"

"이기남 군관허고 이언량 군관이지라우."

"이언량이는 옥포 싸움에서 보니께 돌격장으로서 아주 침착허고 용맹스러와 수졸덜이 잘 따르더구먼."

"이기남이도 이언량 못지않습니다요."

"알았으니께 혼자만 알고 있으야 혀."

"예, 발설허지 않겄습니다요."

"2차 출진에는 두 사람 다 쓸 겨."

"거북선 두 척을 모다 출진시킨다는 것입니까요."

"아녀, 영귀선만 출진시키고 방답귀선은 본영을 지켜야 혀."

영귀선은 본영 선소에서 건조한 거북선을 말했다. 그리고 방답 선소에서 건조한 거북선을 방답귀선이라고 불렀다.

"전투에 따라 두 명의 돌격장을 교대로 출전시키겄다는 말씸 같습니다요."

"기여. 한 명이 부상을 당할지두 모르니께 두 명을 델꾸 가는 겨. 적진으루다가 들어가는 돌격 전술이 위험허니께 그럴 수밖에 읎어."

이순신이 구상하는 거북선의 장수 배치였다. 전장에서 거북선의 위력을 발휘하려면 한 척이 더 효율적일 수 있었다. 두 척이 종횡무진으로 돌격하다가는 공격선이 꼬일 수 있기 때문이었다. 그리고 두 명의 장수를 돌격장으로 임명해 경쟁시키는 것도 전력을 끌어올리는 데 효과적일 수 있었다. 송희립은 이순신의 전술에 탄복했다.

"수사 나리를 모시고 있다는 것이 지헌티는 복입니다요."

"은젠가 말혔지만 송 군관 같은 사람이 내 옆에 있으니께 든든혀."

이순신과 송희립은 바늘과 실 같았다. 장졸들이 그렇게 말했고 부러워했다. 이순신 곁에는 항상 송희립이 있었는데 마치 빛과 그림자 같았다. 이순신은 자신의 최측근인 참좌 군관 송희립을 단 한 번도 바꾸려고 생각해본 적이 없었다. 그만큼 송희립을 피가 섞인 가족보다도 더 신뢰했다.

말고삐를 잡은 군노는 건장했다. 여수에서 순천까지 땀 한 방울 흘리지 않고 가볍게 걸었다. 승설이 탄 말에게 꼴이나 물을 먹이려고 풀밭이나 냇가에서 서너 번 멈추었을 뿐이었다. 호젓한 산길을 젊은 군노가 앞장서서 걷고 있으므로 승설은 안심했다. 승설이 순천성 남문에 이르렀을 때는 해가 뉘엿뉘엿 지고 있었다. 말먹이꾼 군노와 남문지기 수졸은 서로가 구면인지 성문이 바로 열렸다.

승설은 곧장 기생청으로 올라갔다. 말은 남문지기에게 맡겨졌다. 군노가 말에 실었던 짐을 들고 뒤따라왔다. 짐이라야 박만덕 진무가 준 말린 피문어 한 두름과 발효차를 싼 보자기가 다였다. 승설은 순천성이 조금도 낯설지 않았다. 선암사에서 다모로 차출되어 막 나왔을 때 전라 좌수영 통인이 오기를 기다리면서 순천성에 잠시 머물렀던 것이다. 그러나 기생청의 기생들과는 초면이었다. 기생청의 기생 하나가 승설을 보더니 외지에서 온 기생인 줄 알고 거드름을 피우며 말했다.

"워디서 온 기생이당가요?"

"지는 기생이 아니라 여수 본영 다모라고 허는디요잉."

"누구를 찾는게라우?"

텃세를 부리듯 말하는 기생의 두 눈 밑에는 기미가 자글자글 했다. 마치 젖은 바가지에 깨알이 붙은 것 같았다.

"청매가 지 동상이그만요."

"오메, 청매 언니 된당가요?"

그제야 기미가 잔뜩 낀 기생의 얼굴 표정이 부드럽게 바뀌었다.

"쩌그 저 방에 있그만요."

승설은 숨을 길게 내쉬며 안도했다. 기생청을 보자마자 두근거렸던 가슴이 편안해졌다. 청매가 방에 아직도 있다는 것은 돌림병이 아니라는 증거였다. 의원이 돌림병이라고 진단하면 즉시 격리시키는 것이 성안 양민들의 불문율이었다. 청매가 누워 있다는 방에 석양이 비쳤다. 방문을 열자 머리를 산발한 채 청매가 방벽에 등을 기대고 앉아 있었다. 승설은 속으로 중얼거렸다.

'일어나지도 못헌다고 들었는디 청매가 앉아 있는 거 보소잉.'

청매가 자리를 털고 일어나 앉아 있는 것만으로도 기적이었다. 통인은 일어나기 힘들 것이라고 말하면서 혀까지 찼던 것이다. 승설은 청매를 와락 끌어안았다.

"동상이 아픈 줄 알았으믄 진작 왔을 틴디."

청매가 고맙다는 말 대신에 고개를 끄덕였다. 그러더니 눈물을 주르륵 흘렸다.

"꿈에 사또 나리께서 오셨는디 언니가 와부렀소."

"사또께서 의원을 보내주신다고 했응께 쪼깐만 지달려."

"나리께서 날 잊어불지 않았그만이라우."

"난 여그서 동상을 간병허고 돌아갈 틴께 맴 푹 놓고 병이나 빨리 낫아불드라고잉."

승설은 발효차부터 달여와 마시게 했다. 저녁 끼니부터는 피문어죽을 끓여 한 사발씩 먹였다. 하루 이틀 지나자 청매의 얼굴은 금세 달라졌다. 핏기가 돌아와 살갗에 탄력이 생겼다. 걸음도 비틀거리지 않고 냇가까지 걸었다. 승설은 청매를 냇가로 데리고 가 머리를 감겨주고 빗어주었다. 승설이 판단하기로는 굳이 여수 본영의 의원이 오지 않아도 될 것 같았다.

승설이 순천성에 온 지 닷새 만이었다. 승설은 청매를 말에 태우고 따라온 군노와 함께 순천을 떠나 여수로 향했다.

전하, 자책하소서

파천길의 선조 일행을 괴롭히는 것은 두 가지였다. 하나는 배고픔이었고, 또 하나는 백성들의 따가운 시선이었다. 두 가지 괴로움 중에서도 배고픔이 더 참기 힘들었다. 백성들의 비난은 큰 저잣거리를 지날 때 한두 번으로 그쳤지만 하루 종일 지속되는 배고픔은 체통이나 양심까지 마비시켰다. 선조는 물론이고 호종하는 신하들의 위엄은 어느새 사라져 초라하기 짝이 없었다.

신하들이 민가로 들어가 양식을 구하는 것도 한두 번이었다. 평양 가는 길에 위치한 역참에서는 끼니를 대지 못했다. 선조 일행은 배가 고파 초경인데도 행차를 멈추곤 했다. 검수역을 지나 봉산에서는 대사헌 이헌국이 말 위에서 주먹을 휘두르며 소리쳤다.

“정승이고 승지고 모두 개자식이다. 어찌 임금님이 수라를 못 잡숫고 가시게 하는가!”

그러나 그의 주먹은 허공에서 허우적거거릴 뿐이었다. 이헌국

역시 배가 고파 목소리는 흐느끼듯 기어들어 갔다. 일행 모두가 소리 없이 웃었다. 그의 주먹질은 속이 빤히 들여다보이는 허세였던 것이다.

살아 있는 사람들의 사정이 더 급한데, 선대왕과 왕비들의 태묘 신주는 거추장스러울 뿐이었다. 선조 일행이 개성에 도착한 뒤였다. 예조 판서 정창연이 선조에게 아뢨다.

"태묘 신주를 말 위에 실으려면 말 오십 필이 필요하옵니다. 지금 여러 고을이 비어 말이 없사옵니다. 만약 급한 일이 닥치면 반드시 낭패를 볼 터이니 미리 정결한 땅속에 묻어 모시어서 행차를 간소하게 하는 것이 좋을 듯하옵니다."

그때 여러 신하들은 모두 새 정승이 취임하면 의논하자고 반대하였으나 정창연은 선조 일행이 떠난 뒤 목청전 바른편에 묻어버렸다. 목청전은 태조 이성계의 옛집이었다. 일행이 보산역에 갔을 때 해풍군 기耆가 윤두수의 손을 잡고 울면서 말했다.

"대감, 태묘 신주를 버렸는데도 알지 못한 것은 어인 일이오."

윤두수는 깜짝 놀랐다. 마침 정창연이 태묘 신주를 묻은 날 유배에서 풀려나 정승이 된 그였으니 충격을 받을 수밖에 없었다.

"그날은 제가 정승이 된 날입니다. 제가 정승이 되자마자 나라가 망한 것이나 다름없게 됐습니다. 공의 말씀이 아니었던들 태묘 신주 없는 나라가 될 뻔했소이다."

윤두수는 즉시 예조 참의 이정립과 종묘 제조 윤자신을 개성으로 보내어 묻었던 태묘 신주들을 모셔 오게 했다. 종묘 정전인 태묘의 신주들은 나라의 정통성을 세워주는 위패였으므로 살아 있는 왕만큼 중요했던 것이다.

그러나 신여량처럼 선조 일행을 호위하는 무관들의 생각은 대신들과 달랐다. 험난한 파천길에 태묘 신주를 말 오십 필에 태우고 가는 것을 이해할 수 없었다. 호위군들은 태묘 신주를 태운 말들을 빼서 달아나버리곤 했고, 그 때문에 파천길은 자꾸만 더디어졌다. 신여량은 네 살 위인 고희를 만나 불만을 터뜨렸다. 호남에서 올라온 두 장수는 마음속의 말을 스스럼없이 했다.

"성님, 살아 있는 사람도 시방 죽을 지경인디 신주까정 호위하라고 허니 돌아버리겄습니다요."

"이 사람, 선대왕들이 있응께 시방 임금님이 겨신단 말여. 그렁께 큰일 날 소리 허믄 못써. 난 오늘로 호종은 마지막이시."

"성님은 워디로 간당가요?"

"곽산 군수로 가라는 명이 떨어져부렀네."

"선전청 선전관에서 군수로 나가는 것인께 승진이지라우?"

"동상, 난리가 난 마당에 승진허믄 뭐한당가? 관아는 장터멩키로 어수선헐 것인디. 그래도 가라고 헌께 떠나야지 뭐."

두 사람은 호종하면서 오다가다 만난 터라 이야기를 길게 하지는 못했다. 신여량은 척후장이기 때문에 행차보다는 늘 십여 리 앞서가서 지나칠 역참의 상황을 살펴본 뒤 돌아오곤 했다. 평양이 가까워질수록 역참들은 어지럽게 비어 있었다. 역졸들이 역참의 물품을 챙겨서 줄행랑을 쳤기 때문이었다. 고을 수령들도 마지못해 자리를 지키면서 전쟁 소문에 귀를 기울이며 눈치만 보고 있었다. 파천길에서 만난 장연 현감 김여율도 마찬가지였다. 화가 난 병조 참판 심충겸이 김여율을 다그쳤다.

"자네 백 씨伯氏(김여물)는 비록 문관이나 신립과 함께 왜적과 싸우다 죽었는데 자네는 젊은 무관으로서 어찌 편하게 앉아 있는가. 응당 싸우기를 청해서 빨리 복수하게나."

"신립 장군이 형님의 말을 듣고 새재의 지세를 이용해 나아가 싸웠으면 충주에서 패배하지 않았을 것입니다."

"지나간 허물을 들먹인들 무엇을 얻겠는가."

김여율은 심충겸의 말을 알아듣지 못하고 난감한 얼굴빛을 보였다. 이에 심충겸이 큰 소리로 말했다.

"너처럼 겁 많은 사람은 목을 베어 달아야 하느니라!"

김여율은 심충겸의 지시를 받고는 모래 씹은 얼굴이 되어 임진강으로 나섰다. 그래도 선조는 김여율이 그의 큰형인 김여물처럼 충의와 용기가 있다고 생각해서 품계를 올려 보냈다.

마침내 선조 일행은 이순신이 적진포에서 승리한 날 평양에 도착했다. 물론 신여량은 일행보다 먼저 대동강을 건너 평양 감사 송언신에게 알렸다. 평양 감사는 삼천여 군마를 거느리고 선조 일행을 맞이하였다.

평양은 한양의 모습과 비슷했다. 한강 같은 대동강이 있고, 성안에는 기와집과 초가들이 즐비했다. 군사들이 삼삼오오 경계하는 거리는 긴장감이 감돌았으나 성안의 풍경은 평화로웠다. 선조 일행을 맞이하기 위한 삼천여 군사들의 창과 칼이 햇빛에 번뜩였다. 군마를 탄 기병들이 흙바람을 일으키며 먼저 나타나 선조 일행을 선도했다. 비로소 선조는 안도했다. 평양의 객사와 동헌, 내아가 행궁으로서 손색이 없었다. 호종한 대신들의 얼굴에도 '이제는 살았구나' 하는 안도감과 생기가 돌았다.

두말할 것도 없이 선조가 안도한 까닭은 배고픔을 면할 수 있겠다는 희망 때문이었다. 선조는 평양성의 행재소인 객사에서 첫 지시를 내렸다.

"수라는 싱싱한 것으로 만들 것이며 수량도 풍족하게 하라. 세자 이하도 다 이에 따르도록 하라."

선조의 음식 타령은 현실과 동떨어져 생뚱맞았지만 윤두수는 아무 말도 하지 않았다. 그 자신도 평양으로 오는 동안 심신이 지쳐버린 탓이었다. 낮에는 걷고 밤이 되면 몸을 짐승처럼 웅크리고 잤다. 폭우가 쏟아졌을 때 한두 번 민가에 들어가 신세 졌을 뿐 재상 이하 모두가 축축한 풀밭에서 노숙해왔던 것이다. 그것도 편한 잠이 아니었다. 호위군들이 간간이 내는 구령 소리에 잠을 청할 수가 없었다.

그래도 음식에 대한 임금의 명을 반대하는 신하는 아무도 없었다. 정빈貞嬪 홍씨, 정빈靜嬪 민씨, 숙의 김씨, 숙용 김씨와 신성군, 정원군 및 그 부인 두 사람에게는 각각 하루에 세 끼씩, 시녀와 세숫물 담당인 수모水母와 그 아래의 나인들에게는 하루에 두 끼씩을 지급하도록 지시했다. 선조의 명이 내리자 행재소까지 따라온 시녀들은 임금과 왕비를 시중들기 위해 한양의 궁궐에서처럼 임무를 즉시 일곱 가지로 나누어 맡았다.

일곱 가지는 왕과 왕비의 침전을 보살피는 지밀, 의복을 꾸미고 간수하는 수방, 세숫물을 준비하는 세수간, 떡이나 간식을 내오는 생과방, 12첩 수라를 만들어 올리는 수라간, 빨래를 하는 세답방 등이었다. 각 방의 우두머리 상궁은 나인을 다스렸다. 또 나인의 일을 보조하는 최하급 나인도 있었다. 지밀과 궁 밖으로 오가는 편지를 전하는 색장과 지밀에 불을 지피는 복이, 세숫물을 떠오는 수모, 물을 긷는 무수리, 지밀을 청소하는 파지, 상궁의 하녀인 비자 등이 그들이었다.

물론 이와 같은 선조의 조치는 대간들의 마음을 불편하게 했다. 지평 박동현은 분통을 터뜨렸다. 선조가 행재소란 군색한 현실을 고려하지 않고, 백성들의 고통은 안중에도 없는 듯 자신과 왕비와 후궁들과 세자들의 안락만을 위하고 있기 때문이었다. 드디어 대간들이 선조에게 자책하라는 뜻으로 짧은 상소문을 올렸다. 대사헌 이헌국, 대사간 김찬, 집의 권협, 장령 정희번, 이유중, 지평 박동현, 이경기, 헌납 이정신, 정언 황붕, 윤방 등이 글로 아뢨다.

'삼가 생각건대 국운이 극도로 비색하여 왜구가 쳐들어오자 각 고을이 모두 소문만 듣고도 무너지는 판국입니다. 백만 백성들의 희망은 오직 전하의 행동 여하에 달려 있는데 수당지계垂堂之戒를 생각지 않으시고 경솔히 파천의 계획을 세우셨습니다. 행궁의 참담함과 형색의 처량함은 저 천보天寶(당나라 현종 연호) 연간에 있었던 안록산의 난리 때보다 심합니다.

대가가 파천한 지 겨우 삼 일 만에 적병이 이미 경성에 들어와 조상들께서 경영해오신 세업世業이 하루아침에 모두 잿더미가 되었습니다. 이는 다 조정에 가득한 신하들이 전하의 마음을 돌리지 못한 죄이니 몸을 만 조각으로 끊더라도 조금도 아까울 것이 없으나, 천추만세 뒤에 전하께서는 무슨 낯으로 하늘에 계신 선왕들을 뵙겠습니까. 이미 지나간 일은 후회해도 아무 소용이 없습니다. 지금의 계책으로는 전하께서 뜻을 굳게 정하시어 인심을 얻는 것이 상책입니다. 전하의 뜻이 정해지고 인심이 수습되면 아무리 위급한 처지에 있더라도 모두 구제될 것입니다.

원하건대 전하께서는 통렬하게 자책하시고 결연하게 마음을 고치시어 비록 혼란한 중이지만 자주 경연에 나가시어 날마다 묻고 들으심으로써 한 마음의 진망眞妄과 천고의 시비에 대한 논란이 간책簡策 속에서 분명하게 드러나게 하소서. 그렇게 하신다면 어찌 성지가 안정되지 않고 인심을 화합하지 못한 근심이 있겠습니까. 그렇게 하지 않으신다면 전후좌우에 함께 있는 자들은 모두 부녀자나 내시들뿐일 것이니, 듣는 말이라고는 모두 슬프고 괴로운 말일 것이요, 아뢰는 말이라고는 모두 일시적인 계책들뿐일 것이므로 근심 걱정 외에 다른 생각이 없을 것입니다. 따라서 어찌 전하의 심화心火가 가라앉을 날이 있겠으며, 무너진 국운이 다시 회복될 시기가 있겠습니까.

아아, 당당하게 경성을 죽음으로써 지켰어야 했는데, 마치 헌신짝처럼 버린 죄악이 이미 가득 찼는데도 그를 보호하기에 급급했으며, 묘당의 대신들은 오직 안일을 일삼아 도망갈 생각뿐 다시 충의를 발휘하여 떨쳐 일어날 생각을 아예 갖고 있지 않았습니다. 이 모두가 기필코 지키겠다는 전하의 확고한 뜻이 없는

데서 비롯된 것입니다. 이것이 바로 신들이 가슴을 치며 통탄해 마지않는 까닭입니다. 전하께서는 유의하소서.'

선조는 차자箚子(간단한 상소문)를 받고 나서 가슴이 뜨끔했다. 수당은 기왓장이 떨어지기 쉬운 처마와 뜰 사이를 일컫는 말이다. 그러니 수당지계란 평소에 위험한 처지를 염두에 두고 경계한다는 뜻이었다. 선조는 자신을 호종해온 그들의 건의를 내치지 못했다. 일단 대간들의 상소를 받아들이는 모양새를 취했다.

"차자를 보니 너희들의 충의를 알겠다. 국사가 이 지경에 이르렀으니 천지 사이에 설 면목이 없다. 다만 한 번 죽지 못한 것이 한이다. 다시 통렬히 자책하는 바이다."

그러고 나서 이조 참판에 오른 이항복에게 물었다.

"김명원, 신할이 거느리는 임진의 군사는 어떤가?"

"임진을 지키기에 병력이 아주 모자란다고 하옵니다."

김명원이 중과부적이라는 핑계로 한강에서 퇴각하여 달아났지만 선조는 죄를 묻지 않고 경기, 황해도의 군사를 징집하여 임진강을 지키도록 지시했고, 또한 신할을 불러올려 통어사로 삼아 유극량의 부하들을 붙여 임진강 서쪽을 방어하도록 명한 바 있었다.

선조는 명을 내리는 데 지체하지 않았다. 지사 한응인을 각 도의 도순찰사로, 이천을 방어사로 삼았다. 임진강이 무너지면 평양성도 위험하므로 군사를 모집하기 위해서였다. 다음 날에는 유홍을 우의정 겸 도체찰사로 삼아 군사 삼천 명을 주어 임진강으로 떠나게 했으나 그는 날이 지나도록 머뭇거렸다. 애가 탄 선조가 유홍을 불러 물었다.

"왜 떠나지 않는가?"

"전하, 다리 밑에 종기가 나 떠나지 못하고 있사옵니다."

유홍과 같이 불려 와 있던 이헌국이 한심한 얼굴로 그를 쳐다보더니 꾸짖었다.

"내 할 말은 아니오만 대감은 재주도 없고 덕도 없는데 정승이 되었소. 은혜가 지극히 큰데 겁을 내고 나가지 않으니 마치 연회에 나갈 기생이 발 아프다고 핑계 대고 노래하지 아니한 것과 같으오. 어찌 감히 이럴 수가 있소!"

그래도 유홍은 다리 밑 종기 때문에 고통스럽다는 듯 얼굴을 찡그리고 있을 뿐이었다. 그런 유홍을 보기가 민망했던지 선조가 서둘러 자리를 수습했다.

"한응인을 먼저 보내는 것이 좋겠소."

선조가 한응인과 이천을 불러 지시했다.

"응인과 천은 평안도 정병 오천 명을 데리고 임진으로 가서 적을 치되 명원의 지시는 받지 말라."

마음이 불안하고 약해진 선조는 삼 일 만에 또 자책했다. 전날 자책이 대간들의 상소에 의해 했던 것이라면 이번에는 신하들에게 전교를 내리는 형식이었다.

"옛적부터 난을 만난 임금은 반드시 자기 자신을 낮추어 깎는 거조가 있는 것이니 이제부터 모든 소장疏章에 예성睿聖이라는 존호는 일체 쓰지 않는 것이 옳다."

이성중이 선조의 전교를 받자마자 나서서 아뢨다.

"참으로 거룩하신 거조이니 당연히 명대로 받들어 아름다운 은덕을 이루어드리겠사옵니다."

윤두수가 바로 이성중의 말을 막았다.

"오늘 이런 변을 당함은 모두 신하의 잘못인데 임금께 스스로 폄하하도록 권하는 것이 어찌 의리에 합당하단 말인가."

'신하들의 잘못'에 대해서는 이미 선조가 개성에 이르렀을 때 한 번 제기했던 문제였다. 그럼에도 불구하고 윤두수가 그 문제를 또 거론하는 이유는 따로 있었다. 방종한 대신들을 견제하는 데 효과가 제법 컸던 것이다. 선조는 이헌국의 건의를 받아들여 "도성을 버리자는 말은 산해뿐 아니라 좌상(유성룡)도 말했고, 최이상崔二相(찬성 최황)도 역시 말한 것이다"라고 말하며 망설임 끝에 이산해를 파직시켰는데, 그때 유성룡은 사모를 벗고 섬돌 아래로 내려가 "원컨대 신도 산해와 같이 국사를 그르친 죄를 받겠습니다"라고 하며 눈물을 흘렸다. 그러나 최황은 "신은 단지 일이 만약 위급하면 잠깐 다른 곳으로 피해서 뒷날을 기다리자고 한 것이니 실상은 산해들과 다릅니다"라고 변명하여 선조를 어이없게 했다. 유성룡과 달리 나만 살고 보자는 행태였던 것이다.

이산해와 유성룡이 파직을 당한 이후에도 대간들의 공격은 멈추지 않았다. 유성룡보다는 이산해가 공격을 더 받았다. 선조에게 총애를 받아온 인빈 김씨의 오빠 김공량도 마찬가지였다. 백성들의 분노를 가라앉히기 위해서는 누군가가 희생양이 돼야 했다. 선조가 평양 행재소에서 음식 타령을 했던 바로 그날에도 사간원과 사헌부에서는 상소문을 올렸다.

'급제及第(과거에 급제했지만 벼슬이 없는 사람) 이산해는 본시 간사한 사람으로 평생 동안 전하께 아첨하고 환심을 사는 것을 일삼았으며, 정승이 된 후에는 몸을 보존할 생각과 지위를 잃게 되지 않을까 하는 염려가 더욱 심해져서 천한 사람들(김공량 등)과 결탁하여 빌붙는 등 못하는 짓이 없었으므로 인심은 날마다 떠나게 되고 나라의 형세는 날로 기울게 되었습니다.

왜변이 일어난 뒤에는 나라의 어려움을 구제하기 위한 한 가지 계책이나 한 가지 지모智謀도 낸 적이 없으며, 입대入對하는 날 전하께서 파천할 뜻을 갖게 된 것도 모두 이 사람이 한 것입니다. 결국 그는 임금으로 하여금 나라를 잃고 떠돌게 만들었을 뿐 아니라 종묘사직이 적의 소굴로 되고 이백 년 동안 편히 살아온 백성들을 모두 어육魚肉이 되게 하였으니, 임금을 잊고 나라를 저버리고 질서를 어지럽히고 재앙을 부른 죄가 극도에 달한 것입니다. 벼슬을 박탈한 것만으로는 부족하니 율律에 의거하여 죄를 줌으로써 종묘사직에 사죄하고 백성들이 위로받게 하소서.'

그러나 선조는 이산해를 감싸지 않을 수 없었다. 이산해에 대한 공격이 결국은 자신을 향하고 있음을 잘 알기 때문이었다.

"이산해에 대한 논죄는 지나치다. 이미 삭직했으니 결단코 죄를 더 줄 수는 없다. 또 이산해만이 그 죄를 받는다는 것은 나로서는 이해할 수 없다. 승인하지 않겠다."

다음 날에도 상소문이 또 올라왔다. 이번에는 홍문관 부제학

홍인상과 부응교 윤담무가 건의하였다.

'급제 이산해는 오랫동안 정승의 자리에 있으면서 국사를 염려하지 않고 오직 아부와 아첨으로 몸을 보존할 계획만 하였으며 자리를 지키겠다는 일념으로 못하는 짓이 없었습니다.

영상이 된 몸으로 궁녀, 내시 등 천인들과 결탁하여 왕래한 것은 다 아는 일이어서 감추기 어려운 일로 온 나라 사람들이 침을 뱉으며 욕한 지 오래됩니다. 변란이 생긴 후로 우두커니 묘당에 앉아 있으면서 변란에 대응하는 어떤 계책도 내놓을 줄 몰랐고 제안된 정책에 대해서도 전혀 찬성도 반대도 하지 않았습니다.

파천에 대한 지시가 있자 그만두도록 하지 못했을 뿐 아니라 도리어 신잡을 보고, 옛날부터 위태할 때엔 잠깐 피한 때도 있었다고 하였습니다. 사직을 위해 죽어야 할 대신의 도리가 과연 이럴 수 있는 것입니까. 종묘와 사직이 뒤엎어지고 백성들이 어육이 되었으니 나라를 저버린 죄를 어찌 숨길 수 있겠습니까. 그 관직을 깎는 것만으로는 사람들의 마음을 승복시키기에 부족하니 법에 의거하여 정죄함으로써 내외에 널리 사죄토록 해야 할 것입니다.'

선조는 속으로 끙끙 앓으며 답답해했다. 삼사 대간들의 건의는 모두 자신들은 허물이 없고 정승들에게만 죄가 있다는 식이었다. 정승 바로 위는 선조 자신이었다. 그렇다고 호종하는 그들의 건의를 마냥 모른 체할 수도 없었다. 할 수 없이 선조는 이산해를 평해로 귀양 보냈다.

그나마 선조의 마음을 잘 헤아리는 신하는 윤두수와 이항복이었다. 이항복을 도승지에서 병조 판서로 임명한 것은 그만큼 그를 신뢰하기 때문이었다. 사실, 선조의 마음이 온통 가 있는 곳은 임진강이었다. 임진강을 사수해야만 평양이 안전할 것이었다. 강변에서 토병을 징발해 왔지만 그러나 행재소 안에는 임진강으로 보낼 관록의 장수가 없었다. 궁여지책으로 경상 감사로 보냈던 이성임을 부임 도중에 다시 평양으로 불러들여 강변 토병 팔백 명을 거느리고 임진강으로 떠나게 했다.

이산해가 평해로 귀양가버리고 없자, 이번에는 김공량을 정죄하라는 탄핵이 들끓었다. 아예 김공량의 목을 베어 효수하라는 상소문도 올라왔다. 종친인 한음도정漢陰都正(종친에게 내리는 벼슬) 현俔이 건의하였다.

'삼가 생각하건대, 어가가 궁궐을 떠나던 날 순릉향사順陵香使(왕릉 제사 담당 제관)로서 대궐문까지 달려갔다가 우연히 본 일입니다. 모여 있던 장수들은 눈을 흘기고 달아나면서 '이것은 하늘로부터 내려온 일이 아니라 사람이 빚어낸 일이다'라고 말하였습니다.

적을 맞아 싸우러 나가던 병사들도 병기를 질질 끌고 도망가면서 '우리 임금(왜적)이 왔으니 이제는 살았구나. 기꺼이 적군을 맞이해야지'라고 하였습니다.

아, 터전을 닦고 인仁을 쌓아올린 우리 선왕의 공로와 쉬게 하고 먹이고 길러준 은혜는 어찌 되는 것입니까. 심지어 파천하던 날 시장에 가듯 무리 지어 어가를 따를 생각은 하지 않고 '이제야 갚을 수 있다'는 말을 드러내놓고 하였으니, 이렇듯 심할 수가 있단 말입니까.

그 근원을 캐보면 한두 가지가 아닙니다. 총애받는 간신이 아첨하여 위로는 전하의 총명을 좀먹고, 밖으로는 권세를 휘둘러서 민심은 날이 갈수록 가려지고, 정치는 날이 갈수록 문란해졌는데도 그들이 아직까지 살아 있기 때문입니다.

누구에게 물어봐도 김공량의 죄라고 말하지 않는 사람이 없습니다. 귀로 듣고 눈으로 직접 본 신은 간담이 찢어지고 통곡이 나오며 피를 토할 지경입니다. 당 현종 때 양국충은 마외馬嵬에서 성난 군사에게 피살되어 백성들을 감동시켰고, 덕종은 (자신을 벌하는) 애절한 조서를 내린 뒤에야 봉천으로부터 돌아올 수 있었습니다.

삼가 원하건대, 전하께서는 조종의 옛 문물과 제도를 생각하시고 사직이 폐허가 된 것을 통감하시어 즉시 자신을 죄책하는 전교를 내리시고 통렬하게 자책하셔야 합니다. 사치스러운 토목공사, 여러 궁궐의 침탈 행위, 조정의 부정不淨, 외교상의 실책, 벌과 상의 부적합한 시행, 이단의 숭상, 언로의 두절, 총애받는 궁녀들이나 신하들의 등쌀, 가득한 내탕內帑, 번거롭고 가혹한 부역 등 온갖 잘못들을 나열한 뒤 글을 강개하게 써서 중외에 선포하시고, 잇달아 김공량의 머리를 베어 효시하신다면 백성들은 즐거워하면서 임보林甫의 고기를 다투어 씹게 될 것이며, 사기가 진작되어 구준寇準의 담력에 격동될 것이며, 백성들은 상처를 싸매고 전쟁터로 나갈 것이고, 병사들은 진격만 하고 후퇴하지 않을 것은 물론, 백번 패한다고 해도 오히려 백번 싸우려고 할 것입니다. 그러니 어찌 흙담 무너지고 기왓장 흩어지듯[土崩瓦解] 할 염려가 있겠습니까.'

인빈 김씨의 오빠로 지나치게 세도를 부렸던 김공량을 효수해야 한다는 상소에 대해 선조는 "나라가 망할지언정 죄 없는 사람을 죽일 수가 없다"고 버티다가 결국 허락하였으나 김공량은 이미 강원도로 도망가버린 뒤였다.

동인인 이산해와 김공량의 몰락은 서인의 복귀를 뜻했다. 선조 24년(1591) 좌의정 정철이 세자 책봉을 주청하고 나서자 김공량은 이산해와 결탁하여 서인 대신들을 몰아낼 궁리를 했다. 인빈 김씨를 시켜 선조에게 '정철의 주장은 자신의 소생인 신성군을 해치려는 음모'라고 고변하게 한 것이다. 당시 정여립 사건을 조사하면서 득세했던 서인 대신들은 조정에서 쫓겨났다. 그러나 이제 강계로 유배를 떠났던 정철은 평양에 들어온 왕자를 호위하게 됐고, 연안으로 귀양 갔던 호조 판서 윤두수는 정승이 되어 돌아온 것이다.

임진강

도원수 김명원은 한강에서 후퇴하여 임진강 변에 진을 쳤다. 군사는 한양을 함락시킨 왜군의 숫자에 비해 턱없이 부족했다. 왜군과 비교할 수 없을 정도로 열세였다. 부원수 이빈과 별장別將 유극량 이하 장수 이십여 명과 한강에서 후퇴한 장졸과 황해도, 평안도, 함경도에서 징집한 토병 칠천여 명이 전부였다. 반면에 임진강으로 북진할 고니시와 가토 대장이 지휘하는 왜군은 이십오만여 명이었다.

김명원은 도도하게 흐르는 강물을 바라보며 입술을 깨물었다. 장졸들은 임진강 북쪽 강변 좌우에 배치되어 경계를 서고 있었다. 임진강 변에 최후 방어선을 친 전략이었다. 한마디로 더 이상 물러날 수 없는 배수의 진이었다. 김명원은 강변을 거닐면서 부르르 진저리를 쳤다. 한강에서 방어하고 있던 때가 자꾸 떠올라 쓸개를 씹은 듯 입안이 썼다.

그때 김명원은 남산의 남쪽 한강변에 세워져 있는 정자 제천정濟川亭에서 왜적의 기세를 살피고 있었는데 현실은 악몽과 다름없었다. 제천정은 장수들이 모여 작전 회의를 하는 한강 방어군의 지휘 본부였다. 방어군 장수들의 사기는 곤두박질쳤다. 김명원과 부원수 신각, 종사관 심우정과 홍봉상 등이 왜적의 기세에 놀라 할 말을 잃고 있었다. 호령하던 김명원의 목소리는 절로 기어들어 갔다.

"까마귀 떼같이 몰려오는군."

화포장이 소리쳤다.

"도원수님, 화포를 쏠까요? 명령을 내려주십시오."

"거리가 멀지 않느냐. 내 명을 기다려라."

"적들은 이미 조총을 쏘며 강을 건너고 있습니다."

이윽고 김명원이 장검을 휘두르며 명을 내렸다.

"화포를 쏘아라."

일제히 한강 방어군의 화포가 불을 뿜었다. 화살도 왜군을 향해 비 오듯 날아갔다. 그러나 왜군들은 공격의 속도를 조금도 늦추지 않았다. 괴성을 지르며 아군 방어선과 제천정을 향해 조총을 쏘아댔다. 아군 장졸들의 방어는 차츰 힘에 부쳤다. 몇 겹의 대오로 몰려오는 왜군을 저지하는 데는 역부족이었다. 한강을 뒤덮은 왜군의 공격력은 아군을 압도했다. 탄알이 제천정 지붕까지 날아와 우박처럼 떨어졌다.

그때마다 장수들이 정자 마룻바닥에 얼굴을 박고 엎드렸다. 종사관 홍봉상은 아예 정자 뒤로 피신했다. 탄알을 맞고 비명을 지르는 장수도 있었다. 김명원이 꼿꼿하게 서서 엎드려 있는 한 장수의 엉덩이를 날창으로 때렸다.

"엉덩이에 총을 맞고 죽을 장수로군. 멍청한 오리 같으니라고!"

"장군, 장졸들의 사기가 바닥입니다. 이는 임금님이 파천하셨기 때문입니다."

"임금님을 탓하지 마시게. 우리 군사로 방어하기에 한강이 넓을 뿐이네."

김명원은 선조와 대신 탓으로 돌리는 신각을 나무랐다. 그러나 신각은 한강만 탓하고 있는 김명원이 의심쩍었다.

"장군, 이 지경에는 별수 없습니다. 지세가 유리한 곳으로 후퇴해야 합니다."

부원수 신각의 말에 김명원은 잠시 망설였다. 실제로 한강의 전 나루터에서 뗏목을 띄우고 일제히 건너오는 왜군을 막는다는 것은 불가능했다. 방어하는 아군의 군사가 너무 적었다. 순간 김명원의 머릿속으로 임진강이 스쳤다. 대규모의 왜군을 격퇴하려면 널따란 한강보다는 임진강이 전술적으로 더 유리할 수 있었다. 김명원이 사색이 되어 있는 종사관 심우정에게 지시했다.

"숭례문에 있는 이양원 유도대장에게 알려라. 한강 방어군은 작전상 임진으로 후퇴할 것이다."

"알겠습니다. 임진을 지켜서 그 위라도 막아야 합니다."

심우정이 울음 섞인 소리로 대답했다. 성안에 유도대장 이양원이 있다고 하지만 한강 방어군이 무너지면 한양은 함락된 것이나 다름없었다. 후퇴를 명하는 김명원의 목소리가 떨렸다.

"무거운 화포는 강에 넣어버려라. 가벼운 군기軍器만 가지고 후퇴한다."

"화포를 버리면 임진에서 무엇으로 방어합니까?"

"부근 성에서 가져오는 수밖에 없다."

김명원은 지체 없이 장졸들을 이끌고 임진강으로 향했다. 부원수 신각이 눈 깜짝할 사이에 사라져 보이지 않았지만 그를 찾지 않고 달렸다. 조총 소리가 들리지 않을 때까지 뒤를 돌아보지 않고 후퇴했다.

김명원의 군사가 한강을 비우자, 성안을 지키고 있던 이양원도 수성이 불가능할 것 같아 즉시 양주로 퇴각했다. 이윽고 한양 거리에서 군사와 군마가 감쪽같이 사라졌다. 왜군은 큰 저항을 받지 않고 뒤편의 후속 부대까지 뗏목을 띄워 한강을 건넜다. 그러나 숭례문 안으로 바로 들이닥치지는 않았다. 열려진 성문 안에 복병이 있을까 의심하여 서둘러 입성하지 않고 성 밖에 난장처럼 진을 쳤다. 반민들이 몰려나와 환영하자 그제야 의심을 거두었다.

신각은 상관인 김명원에게 허락도 받지 않고 양주 쪽으로 달렸다. 정여립의 난을 평정한 공이 있다고는 하지만 문관 출신인 김명원의 작전 능력에 회의를 품었던 것이다. 문관 출신과 무관 출신의 갈등이었다. 그래도 신각의 행동은 군율에 어긋나는 일이었다. 양주를 향해 달리던 신각은 퇴각하는 이양원의 부대에 합류했다.

김명원은 신각이 괘씸하여 몇 번이나 이를 갈았다. 자신의 명을 받아 움직이는 부원수가 사라져버렸으니 배신감이 더했다.

"이놈, 네 목숨이 몇 개인지 지켜보겠다!"

"신각이 도망친 이유가 있을 것입니다."

종사관 심우정이 나름대로 짐작을 했다.

"나를 못 믿겠다는 것이 아닌가?"

"부원수는 우리 군사가 한강에서 물러나는 것을 보고 임진강에서도 그러리라고 지레 겁을 먹은 것입니다."

"신각을 용서치 않을 것이다."

김명원은 임진강에 도착한 뒤 왜군의 규모와 아군의 상황을 알리는 장계를 올렸다. 선조는 후퇴한 김명원의 죄를 묻지 않고 경기도와 황해도 군사를 징집하여 임진강을 지키라는 어명을 내렸다. 며칠 후 김명원은 또다시 장계를 올렸는데, 그것은 신각을 처벌해달라는 내용이었다. 김명원은 자신의 부대를 이탈한 신각이 한강 상류 쪽 이양원의 진에 가 있다는 소식을 듣고 전령을 보내 불렀지만 응하지 않자 더욱 분노했던 것이다.

'신각이 주장主將의 명을 어기고 마음대로 다른 진에 가서 오지 않으니 죄를 주소서.'

이양원은 이일, 신각 이하 장수 십여 명과 군졸 오천 명을 이끌고 대탄大灘에 주둔하며 왜군과의 전투를 계획하고 있었다. 그러니까 임진강 방어선은 동서 횡대로 쳐진 셈이었다. 김명원은 이양원의 부대와 세를 불려 한양을 공격할 기회도 엿보았다. 실제로 임진강 밑의 벽제역 등에 복병을 보내 왜군을 죽이기도 했다. 이는 평양 행재소 대신들에게 '머잖아 환도할 것'이라는 희망을 주었다.

임진강 김명원의 진에 합류한 장수 권징이 급히 장계를 올렸다.

'적이 고군孤軍으로 깊이 들어와 발이 헐고 기운이 빠져 세가 이미 꺾이었으니 원수를 독려하여 기회를 타 급히 공격하기를 청합니다.'

그러나 권징의 판단은 성급한 것이었다. 왜군은 대장 가토와 고니시가 서로 경쟁하듯 한양을 함락시킨 뒤 이제는 평양을 향해 올라오고 있었다. 비록 군사들이 지쳤다고는 하나 전력과 화력은 아군과 비교할 수 없을 정도로 월등했다. 상주와 충주 전투에서 아군의 명장들이 전투다운 전투 한 번 해보지 못하고 패퇴한 것이 그 증거였다. 한강에서 왜군의 전력을 직접 눈으로 본 김명원은 신중하지 않을 수 없었다. 평양 행재소 대신들과 생각이 달랐다.

그러자 평양 행재소에서는 왜적을 먼저 공격하지 않는다며 김명원을 문책하려고 했다. 일부 대신은 '왜적들은 멀리 와서 발이 부르트고 피곤해 넘어지기 일쑤이므로 몽둥이로도 두들겨 잡을 것이다'라는 저잣거리의 뜬소문을 믿고 김명원을 비난했다.

비변사에서는 한 걸음 더 앞섰다. 선조에게 김명원의 군사를 진격시켜 한양을 수복해야 한다고 건의하였다.

'도원수 김명원의 요즘 처사는 사람들의 마음을 흡족하지 않게 하고 있습니다. 경성이 함락된 지 이미 오래인데도 진격할 마음은 없고 오로지 물러나 앉아 나루터를 지키는 일만을 상책으로 삼고 있으므로 사기事機를 잃은 것이 몇 번인지 모를 정도입니다. 또 부원수 신각이 제멋대로 도망쳤는데도 이를 막아내지 못했으니 그 나머지 일을 가히 알 수 없습니다. 수어사守禦使 신할은 조정이 이미 사태를 보아서 바로 진격하라고 명령했음에도 불구하고 군사들을 계속 묶어두고 영세한 적을 습격하지 않음으로써 적의 세력을 날이 갈수록 더욱 성해지게 만들어 회복할 날이 없습니다. 신들은 우려를 이기지 못하여 늘 교체시키려고 했지만 적과 대치하고 있는 이 마당에 장수를 바꾸기가 쉽지 않아서 그대로 두었던 것입니다.

그러나 이제 한응인이 이미 대군을 모두 거느리고 갔으니 사태에 대응하여 진격하는 일을 한응인이 임의대로 처리하게 하고, 임진, 두기, 낙하 등지의 강 연안 우와 아래를 지키는 일은 김명원이 맡아서 방어하게 하되, 사태의 진전을 보아서 이러한 명령에 집착하지 말고 시기를 정하여 진격하고 적을 섬멸토록 하라고 두 곳의 대장에게 명을 내리소서.'

김명원은 비변사에서 위와 같이 건의했다는 소식을 전해 듣고는 아연실색했다. 명색이 도원수인 자신은 임진강만 방어하고 도원수의 명을 받지 않고도 한응인, 신할, 권징 등에게 공격 권한이 주어졌다고 하니 이해할 수 없었다. 이는 한양을 빨리 수복하고 싶어 안달이 난 행재소 대신들의 희망일 뿐이었다. 군사 조직에서는 있을 수도 없고 있어서는 안 될 처사였다. 장수들이 도원수의 명령에 따라 움직이지 않는다면 그 군사는 이미 오합지졸이나 다름없었다.

군령이 바로 설 수 없는 조치였다. 행재소에서 선전관을 보내 동래성에서 비겁하게 회군한 경상 좌병사 이각을 효수했지만 소용없는 일이었다. 이각은 근왕하러 간다는 핑계를 대고 죽령을 넘어와 김명원 휘하로 들어와 있었던 것이다. 선전관이 이각의 목을 베 군중 앞에 돌렸지만 장졸들의 기강은 바로 세우지 못했다.

왜군은 임진강 아래까지 공격해 왔지만 팔구 일이 지나도록 더 이상 진격을 하지 않고 있었다. 아군이 임진강에 배수진을 쳤다는 사실을 잘 알고 있기 때문이었다. 김명원이 보낸 복병에게 벽제에서 당하고, 이양원의 지시를 받은 신각의 군졸들이 양주 게재(해우령)에서 왜군 머리 칠십여 개를 베었지만 왜군은 지금까지의 기세와 달리 보복 공격을 주저했다. 아군을 건드려보기 위해 소규모의 군사로 유인작전을 쓸 뿐이었다.

유극량이 말을 타고 김명원의 군막으로 달려왔다. 유극량은 신할 휘하의 장수였지만 문무를 겸한 김명원을 흠모했다.

"왜놈들이 진지를 태우고 물러가고 있습니다."

"가짜 진지일 것이야. 우리 눈을 속이려 드는 것이니 더욱더 철저히 경계해야 하네."

"무기까지 수레에 실어 물러나고 있습니다."

"왜적이 물러갈 이유가 없네. 적들의 목표는 임진을 넘는 것인데 이상하지 않은가? 적이 허를 드러내 보이는 것은 반드시 속셈이 있을 것이네."

유극량은 신할의 군막으로 돌아와 김명원의 뜻을 알렸다.

"도원수께서는 왜적들이 일부러 우리를 기만하는 것이라고 합니다."

"유인작전이라는 건가?"

"그렇습니다."

"공격을 해보면 유인작전인지 아닌지 알 수 있겠지."

신할은 이미 왜군을 공격하려고 결심한 상태였다. 권징도 마찬가지였다. 김명원의 얘기를 듣고자 유극량을 보낸 것은 겉으로나마 도원수에게 예를 갖추기 위해서였다. 신할의 군막에는 오천 명의 장졸들을 거느리고 있는 도순찰사 한응인도 와 있었다. 한응인의 뜻도 왜군을 공격해 행재소에 전공을 알리는 것이었다. 그런데 그때 두 사람의 군교가 한응인 앞으로 오더니 그중 한 사람이 건의를 했다.

"우리 군졸들은 병들고 약합니다. 믿을 군졸은 강변 토병인데 토병 역시 멀리 와서 피곤하니 조금 쉬었다가 거사하면 어떻겠습니까?"

강변 토병은 북방 오랑캐와 자주 싸워본 정예병이었다. 한응인은 국경 지방의 토병 전투력을 알고 있었다. 주청사奏請使로 나갔다가 돌아오면서 서도 국경에서 천 명의 토병이 훈련하는 모습을 직접 눈으로 보았던 것이다.

"서도 국경의 토병을 얕보지 말라."

"얕보는 것이 아니라 휴식이 필요하다고 말씀드렸을 뿐입니다."

"공격은 때가 있는 법이다. 두류하는 너희들을 용서치 않겠다."

두류逗遛는 전장에 나가지 않고 머뭇거리는 행위이다. 한응인은 장검을 빼어 들더니 가차 없이 두 군교의 목을 차례로 베어버렸다. 아무도 예상치 못했던 일이었다. 군교의 잘린 목에서 피가 솟구쳐 장수들의 전포 자락을 적셨다. 권징은 눈을 감았다가 슬그머니 뜨더니 피비린내 나는 광경을 보고는 다시 감아버렸다.

별장 유극량만이 방금 목을 베인 군교와 같은 의견으로 진정했다.

"도순찰사께서는 가볍게 강을 건너갈 일이 아닙니다. 왜놈들에게 속아 당할 수도 있습니다."

"내 명에 불복하겠다는 것인가!"

"나의 별장이 도순찰사 명을 따르지 않겠다니, 내 칼을 받아야 할 것이니라."

신할이 칼을 빼어 치켜들었다. 그러나 유극량은 물러서지 않았다. 오히려 신할 앞으로 나아가 목을 내밀면서 말했다.

"제가 머리를 땋고 난 뒤부터 종군했으니 어찌 죽는 것이 두려워서 하는 말이겠습니까. 국사를 그르칠까 걱정이 될 뿐입니다."

신할이 주춤하자, 유극량은 보란 듯이 군졸 몇 사람을 데리고 즉시 임진강을 건너갔다. 그러고는 경계를 서고 있던 왜군 기병 두 사람의 목을 베어 가지고 돌아왔다. 용기가 없어 두류하는 것이 아님을 행동으로 보여주었던 것이다. 이윽고 한응인과 신할은 휘하의 장졸들에게 공격 명령을 내렸다.

"왜적의 목을 베 오라. 임금님께서 후한 상을 내리실 것이니라."

한응인과 신할의 장졸들이 일제히 함성을 지르며 임진강으로 향했다. 뗏목을 탄 장졸들이 비구름처럼 강을 덮었다. 김명원이 관병觀兵을 하면서 혀를 찼다.

"목숨이 달린 싸움인데 경솔하구나. 장수는 부하들의 목숨을 누구보다도 아껴야 하는 법인데도. 쯧쯧쯧."

유극량도 결국에는 따라나섰다. 김명원에게 마지막인 듯 인사하며 말했다.

"대장이 건너가는데 제가 어찌 뒤에 있을 수가 있겠습니까?"

"목숨을 보전하시게. 별장의 목숨은 더 큰 일에 쓰여야 할 것임을 명심하시게."

한응인은 우군을, 신할은 좌군을 통솔하며 쳐들어갔다. 그러나 왜군의 진지는 별 움직임 없이 조용했다. 나무하고 풀을 베던 왜군 몇 명이 달아날 뿐이었다. 아군은 북과 징을 치며 공격했다. 잠시 후에는 왜군의 진지에 불을 질렀다. 치솟는 연기를 보면서 김명원의 장졸들 중에서 누군가가 아군이 이겼다고 소리 지르며 날뛰었다. 검찰사 박충간과 김명원의 종사관이자 독군관督軍官인 홍봉상도 박수를 치며 환호했다.

홍봉상은 흥분을 참지 못하고 급히 강을 건너가 적진까지 가서 전투를 독전했다. 그때였다. 왜군 예닐곱 명이 사타구니만 가린 채 알몸뚱이로 칼춤을 추면서 나타났다. 공격하는 좌우군이 그들을 쫓아가자, 그제야 숨어 있던 왜군 매복병들이 일시에 조총을 쏘면서 나타났다. 의기양양하던 좌우군의 공격 대오가 예상치 못한 왜군의 벼락같은 급습에 흐트러졌다. 일격을 당한 좌우군 군사들은 비명을 지르며 갈팡질팡했다.

유극량은 좌군 선두에서 지휘하고 있던 신할을 다급하게 불렸다.

"장군! 장군!"

"……"

"진을 철수하십시오."

그러나 신할은 대답이 없었다. 아무리 둘러보아도 신할은 보이지 않았다. 죽은 장졸들은 말과 함께 쓰러져 꿈쩍도 안 했다. 홍봉상도 조총의 탄환을 맞고 죽어 있었다. 신할도 강을 반쯤 건너다가 물에 빠져 죽었다. 임진강 변으로 물러난 좌우군 장졸들은 왜군들에게 쫓겼다. 유극량은 말에서 내려 탄식하듯 중얼거렸다.

'내가 죽을 곳은 여기다.'

유극량은 달려오는 왜군을 향해 활을 쏘았다. 왜군들이 유극량의 화살을 맞고 쓰러졌다. 근접한 왜군들은 칼을 휘둘러 죽였다. 그러나 왜군들이 그물을 던져 덮치듯 무리 지어 몰려와 유극량을 향해 집중사격을 했다. 유극량은 끝까지 손에 쥐고 있던 칼을 떨어뜨렸다.

기세가 오른 왜군들은 임진강 너머까지 좌우군을 세차게 몰아붙였다. 좌우군은 왜군의 조총과 칼에 맞아 어지럽게 나뒹굴었다. 강물에 빠져 죽은 군사들은 마치 바람에 떨어진 잎사귀 같았다.

한응인은 겨우 강을 건너 목숨을 부지했다. 김명원의 군막으로 돌아온 한응인은 후퇴하자고 외쳤다.

"남은 군사를 추스르려면 후퇴해야 하오."

"어디로 갈 것이오?"

"일단 북쪽으로 가야 하지 않겠소?"

권징은 뒤도 돌아보지 않은 채 말을 타고 가평 쪽으로 달아났다. 검찰사 박충간도 벌써 말을 탄 채 도망갈 자세를 취하고 있었다. 강을 건너오던 군사들이 푸른 전포를 입고 있는 김명원과 한응인, 박충간을 보고는 부르짖었다.

"대장님이 도망가시면 우리는 어디로 가야 합니까!"

한응인은 차마 물러가지 못하고 강변으로 나아갔다. 그 사이에 박충간은 들고 있던 말채찍을 버리고서 사라져버렸다. 한응인이 눈물을 흘리며 소리쳤다.

"내가 여기 있다! 내가 여기 있다!"

남은 군사들이 한응인 앞으로 모였지만 천여 명에 불과했다. 김명원은 한응인과 함께 평양 행재소로 향했다. 김명원은 죽은 유극량이 생각나 어금니를 물었다. 장수는 전장에서 그 인품이 다 드러나는 법이었다. 명장을 잃은 슬픔이 뼛속 깊이 사무쳤다. 만약 그의 말대로 때를 기다렸다가 공격했더라면 임진강 전투는 어떤 결과가 됐을지 모를 일이었다. 적어도 왜군의 유인작전에는 말려들지 않았을 터였다. 임진강 전투는 분명 한강 전투와는 달랐다. 임진강은 한강과 달리 왜군이 도강할 수 있는 장소가 한정돼 있으므로 적은 군사로도 방어하기가 용이했다. 그런데도 행재소 대신들의 조급한 환도 욕심과 공을 세우고자 하는 장수들의 경솔한 오판이 전투를 망쳐버렸던 것이다.

행재소로 향하는 김명원이 계속해서 눈물을 흘리자 공격을 주도했던 한응인이 말했다.

"전하를 기쁘게 하고 싶었지만 수포로 돌아갔소. 그게 억울하오."

"한 장군, 내가 억울한 것은 유 별장을 잃었기 때문이오. 나는 아직까지 그만한 대장부를 본 적이 없소."

"그렇소. 유 별장은 순절했소. 신 장군은 후퇴하다 강물에 빠져 죽었고 나는 강을 건너 목숨을 부지했소. 도원수의 말씀처럼 비록 패전한 전투지만 이번 전투에 영웅이 있다면 오직 유극량 장수뿐이오."

"장수는 죽어서 사는 사람이 있고, 살아서 죽는 사람이 있소. 나는 이미 죽은 목숨이오. 행재소에 가서는 패장으로서 전하의 처분을 기다릴 것이오."

유극량은 연안 태생으로 어린 시절을 개성에서 보냈는데 무과 급제한 뒤 몇 년 만에 궁궐을 지키는 위장衛將이 되었다. 유극량의 어머니는 홍섬의 여종이었다. 그가 군관이 된 어느 날이었다. 그의 어머니가 "나는 홍 정승집 여종이었다. 젊을 때 잘못하여 옥잔을 깨뜨렸는데 죄 받을 것이 두려워 도망쳤다가 너의 아버지를 만나 너를 낳았다"고 출생의 비밀을 털어놓았다. 어머니의 이야기를 들은 유극량은 깜짝 놀라 한양으로 갔다. 홍섬을 찾아가 사정을 이야기했다. 상소하여 과거를 무효로 하고 도로 종이 되려 한다는 말까지 했다. 그러자 홍섬이 결단코 반대했다.

"네가 종이 아닌데 무슨 일로 이런 말을 하느냐?"

"어미가 말한 것입니다. 어찌 감히 법을 범해서 상전을 배반하고 임금을 속이겠습니까?"

홍섬은 유극량을 의롭게 여겨 종을 면하는 면천의 문서를 만들어주었다. 이처럼 유극량은 자신의 소신대로 행동하는 그런 사람이었다. 자신의 양심을 속일 줄 몰랐고 틀린 것을 보면 반드시 바로잡았다.

거북선 출전

선조 25년 5월 27일.

장군도 너머의 바다가 수평선부터 금빛으로 변했다. 기우는 석양이 금물을 토해내고 있는 듯했다. 석양을 등진 채 장군도 쪽에서 협선 한 척이 미끄러지듯 굴강으로 들어오고 있었다. 역광을 받아 거뭇한 협선은 경상 우수영 기를 달고 있었다. 이윽고 협선에서 내린 사내 하나가 곧장 남문으로 걸어 올라왔다. 사내가 남문 앞에 서 있는 문지기 수졸에게 소리쳤다.

"나는 경상 우수영 권관이다."

"무신 일로 와부렀소?"

"전라 좌수영 수사 나리께 공문을 전하러 왔다."

진해루 난간에서 내려다보고 있던 수문장 진무가 허락했다.

"아그덜아, 문 열어부러라. 급헌 공문을 갖고 있는갑다."

경상 우수영 권관이 남문 안으로 들어와 동헌으로 올라간 뒤 수졸들이 낄낄거렸다.

"경상 우수영은 진작에 읎어져부렀단 마시."

"그라믄 저 권관은 허깨비란 말인가?"

"그랑께 말이시."

전라 좌수영 장졸들은 경상 우수영 수군이 와해돼 산지사방으로 흩어진 것으로 알고 있었다. 개전 초기에 원균 수사가 경상 우수영 만여 명의 수군들을 해체하고 관내 진포의 전선들을 모두 자침시켜버렸다고 소문이 나 있었던 것이다. 그러나 그러한 소문은 일정 부분 맞기도 했지만 야유가 섞인 과장이었다. 경상 우수영 수군이 완전히 해체된 것은 아니었다. 수사인 원균은 일개 진의 만호처럼 세 척의 판옥선과 장졸들을 이끌면서 왜군 함대와 숨바꼭질하듯 전투를 해오고 있었다. 동헌방에 든 경상 우수영 권관은 이순신 앞에 엎드렸다.

"수사 나리, 원균 수사의 공문을 가꼬 왔십니더."

"원 수사는 시방 워디에 기신 겨?"

"노량에 계십니더."

"노량은 위험헌 곳이 아녀?"

"지가 떠날 때 하동 선창으로 들어가신다꼬 하셨십니더."

"광양 선소가 하동 선창보다는 안전헐 틴디."

"광양 선소는 전라 좌수영 관내라 하동 선창으로 가셨십니더."

"아마두 노량 바다를 오가는 배덜을 다 볼 수 있으니께 그짝으루 갔을 겨."

원균이 광양 선소로 가지 않고 섬진강을 거슬러 하동 선창으로 간 까닭은 이순신이 짐작해서 말한 그대로였다. 하동 선창은 노량으로 오고 가는 왜선들을 탐망하기가 용이했던 것이다. 이순신은 원균이 보낸 공문을 읽었다. 공문의 내용은 짧고 간단했다. 왜군 함대에 쫓기면서 급하게 쓴 흔적이 역력했다.

'적선 십여 척이 이미 사천포와 곤양에까지 쳐들어와서 저는 남해 땅 노량으로 배들을 옮깁니다.'

왜선이 사천과 곤양까지 와 있다는 것과 원균 자신은 하동 선창에 피신해 있겠다는 내용이었다.

"알았으니께 모레 갈 겨."

"수사 나리, 바로 하동으로 가 전하겠십니더."

이순신은 원균의 전령인 권관을 보낸 뒤 진해루로 올라갔다. 본영 전선들의 출진 준비는 완전히 끝났지만 전라 우수영의 이억기 전선들은 아직 오지 않고 있었다. 하긴 6월 3일까지 온다고 공문을 보내왔으니 이억기 우수사의 수군과 합세하려면 더 기다려야 했다. 그러나 왜선들이 사천과 곤양까지 와 있다고 하므로 1차 출전 때와 같이 이번에도 전라 좌수영 수군만으로 출진할 수밖에 없었다. 사천과 곤양은 하동과 남해 접경이었고, 하동과 남해는 광양과 여수 인근이었다. 왜적이 전라 좌수영의 턱밑까지 와 있는 셈이었으므로 적어도 하루 이틀 사이에는 서둘러 출진해야 했다. 이순신이 송희립에게 말했다.

"이억기 우수사가 6월 3일까정 온다구 했는디 그때까정 지다릴 수 읎는 상황이여."

"왜놈덜이 지척에 나타나뻔진게라우?"

"우덜 턱밑까정 와 있다."

"아따, 거마리멩키로 징그랍게도 달라붙는 놈덜이요잉."

"이억기 우수사에게 공문을 띄우고 몬자 출진헐 것이니께 준비혀."

이순신은 2차 출진을 결심했다. 며칠 전부터 장수들의 배치는 구상이 완료돼 있는 상태였다. 1차 출진 때와 달리 돌격장이 추가되었고, 중위장과 좌척후장, 한후장 등을 바꾸어 변화를 주었다.

"이번에는 이 우후가 출전할 겨. 이몽구가 맡았던 유진장은 윤사공이구, 정걸 조방장은 지난번 때와 같이 흥양에 남아서 좌수영 진포를 지휘헐 겨."

만호를 지낸 윤사공은 스스로 전라 좌수영으로 찾아와 이순신의 군관이 된 사람이었다. 만약의 사태에 대비하여 윤사공과 정걸을 전라 좌수영에 남겨둔 포석이었다.

"유기종 군관은 워디에 있는 겨."

"불러올께라우?"

"그려."

이순신이 유기종을 부른 까닭은 감옥에 갇혀 있는 죄인을 직접 심문하기 위해서였다. 어젯밤에 유기종에게서 보고받았지만 이순신 자신이 확인할 일이 생겼던 것이다. 죄인은 최근에 본영을 탈영했다가 잡힌 포작선 진무였다. 그는 바로 수졸로 강등이 됐다. 임시 포망장이 된 유기종은 그를 힘들이지 않고 붙잡았다. 탈영한 그는 배를 훔쳐 타고 두산도로 숨어들었는데, 방답진 봉수군에게 붙들려 임시 포망장인 유기종에게 인계됐던 것이다.

군관청에서 장기를 두며 쉬고 있던 유기종이 동헌으로 왔다.

"수사 나리, 부르셨습니까요?"

"내일 신시가 워쩌?"

"두산도에서 잡아 온 놈 말씀입니까요?"

"그놈 말구 감옥에 또 누가 있는감."

유기종은 2차 출진이 임박했음을 직감했다. 이순신은 1차 출진 때도 죄인을 효시하여 군율을 다잡았던 것이다. 이번 차례는 그 진무 출신의 죄인이었다.

"출진하시는게라우?"

"그믐날 새복에 출진헐 겨."

"지도 나갑니까요?"

"아녀, 유 군관은 윤사공 유진장을 도와야 혀. 윤 만호가 경험이 읎으니께 말여. 유진장은 본영에 생길지두 모를 사변을 책임지는 아조 중요헌 장수인 겨."

이순신이 유기종에게 본영에 남아서 유진장을 도우라고 한 것은 두 가지 이유에서였다. 하나는 뒤늦게 이순신의 군관이 된 윤사공이 아직 본영 토병들을 장악하지 못한 문제를 해결하고, 또 하나는 본영을 방어하면서 군수물자를 준비하는 일이 일선 전장의 전투 못지않게 중요하기 때문이었다.

다음 날.

진무에서 수졸로 강등된 죄인이 동헌으로 끌려왔다. 죄인은 긴 포승줄에 몇 겹이나 묶여 있었다. 동헌 마당에는 장졸들이 모여 웅성거렸다. 이순신은 동헌 마루의 호상에 앉아 죄인을 내려다보았다. 도망치다 잡힌 죄인은 뜻밖에 담담한 표정을 짓고 있었다. 죄를 지은 사람답지 않게 무표정했다. 자신이 무슨 죄를 지었는지 모르는 사람 같았다. 이순신이 물었다.

"워디서 뭐허는 놈이냐?"

"포작선에서 곁꾼을 감독허는 격군장입니다요."

"워째서 도망친 겨?"

이순신은 유기종에게 이미 보고받았지만 다시 확인했다.

"집안에 일이 생겨 해결헐라고 그랬습니다요."

"휴가를 신청허지 그랬느냐?"

"맴이 급해 미처 허지 못했습니다요."

"니 목숨이 왔다 갔다 하느니라. 숨기지 말구 말혀."

"아내가 다른 놈하고 눈이 맞어 집을 나가부렀습니다요."

"사실인 겨? 니 아내가 워디서 사는지 아는 겨?"

"모릅니다요. 두산도로 도망쳤다는 소문만 들었습니다요."

"눈이 맞은 사내는 아는 겨?"

"한때는 지하고 친허게 성님, 동상 허는 사이였습니다요. 수소문허믄 두산도 으디에 숨었는지 알 수 있을 것입니다요."

"니가 무신 죄를 저질렀는지 알기는 아는 겨?"

"탈영한 죄입니다요."

"전시 중에 탈영허믄 워치게 된다는 것두 알겄구먼."

"사형입니다요."

"알면서두 워째서 도망쳤느냐!"

"아내가 읎는디 무신 희망으로 살겄습니까요? 이래 죽으나 저래 죽으나 마찬가집니다요."

죄인은 목숨에 대한 애착이 없었다. 이미 죽기로 작정했는지 남의 사정을 말하듯 했다.

"이왕 죽기루 했으니께 임금님을 위해 싸우다 죽는 것이 낫지 않겄느냐?"

"한양을 버린 임금님도 임금님입니까요?"

"임금님은 나라님이시다. 우덜이 싸우는 것은 나라님을 위해서다. 나라를 지키고자 싸우는 겨. 알겄느냐."

"무식헌 지는 사또님 말씸을 알아듣지 못허겄습니다요."

"니가 싸우는 것은 백성들이 사는 나라를 위해 싸우는 거란 말여."

이순신이 오른손을 들어 보이자 유기종이 죄인을 동헌 밖으로 끌고 나갔다. 그제야 송희립이 다가와 말했다.

"수사 나리, 꼭 효수해야 헐께라우?"

"동헌 마당에 모인 장졸덜 모다 죄인을 죽이지 말라는 눈빛이구먼. 그러니께 나는 죽이지 않을 겨."

"그라믄 빨리 조치해야지라우."

"죄인을 죽여 군사덜의 사기가 올라갈 때가 있구, 또 죽이지 않아서 사기가 올라갈 때가 있는 벱이지."

"지가 사형을 중지시킬께라우?"

"그럴 거 읎어. 이미 유 군관에게 진무가 탈영한 사유를 보고받구 결정혔어. 오늘은 내가 사실을 확인헌 겨. 유 군관두 알지.

내가 오른손을 들었으니께."

동헌 마당 밖으로 끌려나온 죄인은 사형장으로 가지 않고 즉시 포작선 진무로 복귀했다. 이순신은 유기종에게 진무의 딱한 사정을 듣고 이미 어젯밤에 선처했던 것이다. 다시 격군장이 된 진무는 유기종의 건의로 정식 휴가를 받았다. 그러나 격군장 진무는 휴가를 반납했다. 성 밖으로 나가지 않고 2차 출진 전선에 승선했다.

이순신 휘하의 장졸들도 자시를 넘기지 않고 모두 승선했다. 의승 수군의 승선은 막판에 제외시켰다. 군사훈련을 더 받은 뒤 다음 전투에 대비하기 위해서였다. 그믐날의 밤바다는 칠흑처럼 컴컴하고 고요했다. 승선한 수졸들은 출진 명령이 내릴 때까지 토막 잠을 잤다.

이윽고 날이 새자마자 이순신의 출진 명령이 떨어졌다. 대장선과 중군선에서 화포 한 발을 쏘자 굴강 안팎에 정박해 있던 모든 전선들이 닻을 올렸다. 이어서 화포 두 발을 쏜 뒤 두 개의 깃발을 올리고 둥둥둥 북을 울리자 모든 전선들이 첨자진 대오를 만들면서 소포를 빠져나와 광양 쪽으로 향했다. 함대의 주축 전선은 거북선 한 척과 판옥선 스물두 척, 협선과 포작선 스무 척이었다.

철쇄를 횡설한 소포를 지나자 바로 광양과 남해의 바다와 하동의 섬진강 하구가 한눈에 들어왔다. 대장선 장대에 앉은 이순신이 송희립에게 지시했다.

"하동 선창에 원 수사가 있으니께 그리 알어."

"우리 수군을 보믄 달려올 것입니다요."

"노량 바다쯤에 이르믄 나타날 겨. 약속혔으니께."

원균이 노량에 있지 않고 하동 선창으로 간 까닭은 그곳의 지형을 잘 알고 있기 때문이었다. 노량은 왜선으로부터 훤히 관측되는 포구이지만 섬진강 하구인 하동 선창은 엄폐가 용이한 강변이었다. 더구나 섬진강 하구의 톱날처럼 생긴 광양 쪽 강변은 방어와 경계 진지들이 많아 왜군들이 쉽게 접근하지 못했다. 광양 선소는 아예 노량 바다 쪽에서 보이지 않는 곳에 들어가 있었다. 반면에 하동 쪽 강변의 군사 시설로는 두치진뿐이었고, 그 위의 협곡에 있는 석주관은 구례 쪽의 섬진강 강변이었다.

"이번 출전부텀 승군을 데려오겄다고 허지 않았습니까요?"

"아직은 빠른 거 같혀. 승려덜은 직접 출전허지 않드라두 헐 일이 많으니께."

의승 수군들의 일이란 탁발하여 군량미를 모으거나, 무너진 성을 쌓거나, 해자를 파거나, 석보창에서 무기를 만드는 것이었다. 그런 일들이 아니라도 진포에서 출전한 수군들 대신에 경계를 서는 일도 의승 수군의 몫이었다.

"지가 보기에는 중덜이 미덥지 못해 그란 거 같그만이라우."

"생사를 버렸다구 허는 사람덜인디 미덥기로 치자믄 처자가 있는 우덜 수군보다 더 미더운 겨."

"이번 출진에도 냉겨둔께 허는 말이지라우."

"전투가 아조 화급허믄 몰라두 쪼깐 그랴. 원래 목탁을 들구 있어야 할 중덜이 아닌감. 중덜에게 칼 들고 싸우라구 허는 것이

미안허단 말여."

대장선이 노량 바다에 이르자, 과연 원균의 전선 세 척이 하동 쪽에서 달려왔다. 이순신의 대장선에 오른 원균이 거북선을 보고서는 넋을 잃은 듯 말했다.

"이 공, 저 괴물같이 생긴 배는 무엇이오?"

"귀선, 그러니께 거북선이라 하구먼유."

"철갑을 둘렀으니 난공불락의 전선이겠소이다."

"돌격 용도로 건조헌 전선이지유."

거북선의 선장을 돌격장이라고 부르는 이유도 바로 전술적인 용도 때문이었다.

"시방 왜적덜은 워디에 있지유?"

"사천 선창에 배를 대어놓고 있다는 보고를 받았소이다. 곤양까지 왔던 왜선들이 다 사천으로 간 것 같소."

그런데 원균이 말하는 동안 왜선 한 척이 보였다. 왜선은 곤양 선창에서 하룻밤을 정박했는지 바다로 나와 사천 쪽으로 가고 있었다. 이순신 함대의 전부장 방답 첨사 이순신과 남해 현령 기효근의 눈이 번쩍했다. 두 장수가 탄 전선들이 먼저 속도를 내어 왜선을 추격했다. 두 배의 격군들이 함성을 지르며 노를 저었다. 왜선은 바다 가운데로 나갔다가 포위가 되자 다시 바닷가로 도망쳤다. 판옥선보다 작은 왜선이 도망치기에는 바닷가가 더 유리했다.

"암초가 있으니 조심해라잉."

"걱정 놔부쑈. 여그 바다는 지덜이 잘 알아분께."

판옥선은 암초가 있거나 수심이 얕은 바닷가는 피해야 했다. 왜의 관선보다 바닷물에 더 많이 잠기기 때문이었다. 판옥선이 속도를 늦춘 사이에 왜선은 바닷가에 배를 대더니 왜군들 모두가 뭍에 내린 뒤 산으로 도망쳐버렸다. 방답 첨사 이순신이 소리쳤다.

"적선을 수색한 뒤 불 질러라."

남해 현령 기효근도 민첩한 방답 첨사를 뒤따라 배에 올랐다. 그러나 이순신의 부하들이 벌써 왜선을 수색한 뒤였다. 왜선에는 왜군의 무기나 특별한 문서 같은 것은 없었다. 왜군들이 빨려고 벗어놓은 옷가지들이 너저분하게 널려 있을 뿐이었다. 이순신의 부하 수졸들이 배에 불을 지르자 기효근의 부하들이 황급히 피했다. 전라 좌수영 수졸들이 소리쳤다.

"남해 군사는 뭐한당가? 얼른 느그덜 배로 옮겨 타랑께!"

"전라도 수졸들은 번개같데이!"

이순신과 원균의 연합함대는 사천으로 진격했다. 그때 좌척후장 정운이 이순신에게 다가와 보고했다. 사천 선창에 왜선 열세 척이 정박해 있으며 사백여 명의 왜군들이 사천 선창 뒷산 산봉우리에 뱀이 똬리를 틀듯 진을 치고 있다는 보고였다.

함대는 사천 선창이 또렷하게 보이는 곳의 바다까지 가서 멈추었다. 사천 선창을 에워싸고 있는 뒷산은 칠팔 리쯤 길게 펼쳐져 있었다. 왜군들이 진을 친 산봉우리는 석성을 쌓으려고 물색한 장소 같기도 했다.

왜군들은 이순신 함대 쪽을 향해 괴상망측한 몸짓을 하고 있었다. 칼을 휘두르며 무언가를 발로 짓밟는 시늉을 해보였다. 미친 사람처럼 고함치며 괴성을 질렀다. 아군에게 겁을 주려고 하는 행동들이 틀림없었다.

마침 바다는 썰물이 되어 아군에게 더 불리했다. 공격을 서둘렀다가 거북선이나 판옥선이 개펄에 박힌다면 무용지물이 될 수도 있었다. 이순신은 군사가 별로 없는 무군지장無軍之將인 원균 수사를 불러 작전을 상의했다.

"원 공, 여그서는 화포나 화살을 쏠 거리두 아니구 허니 거짓으루 물러나는 척허믄 워쩌겄습니까?"

"싸우지 않고 물러난다는 것은 적들의 사기를 올려주는 일이 아니겠소?"

"우덜 군사가 물러나는 척해야 헐 이유가 있지유."

"이 공, 그것이 무엇이오?"

원균은 이순신의 전술 능력에 대해서는 한 치의 의심도 없었다.

"적선을 불태우구 싶지만서두 썰물 때라 우덜의 큰 배는 쉽사리 쳐들어갈 수 읎고, 뿐만 아니라 적덜은 높은 곳에 있구 우덜은 낮은 곳에 있기 땜시 지세가 불리허지유. 게다가 날이 저물고 있으니께 문제지유."

"이 공, 그렇소. 왜적은 이미 진을 치고 있으니 저물고 있는 날은 우리 편이 아니오."

"우덜이 물러나는 척허믄 적덜은 반다시 배를 타구 쫓아오겄지유. 그때 적덜을 바다 가운데루다가 불러내놓구 격멸허믄 되지유."

"왜적이 우리들을 쫓아온다는 보장은 없지 않소?"

"만약에 쫓아오지 않는다믄 밀물이 시작되는 때니께 우덜 거북선과 전선이 돌진혀서 적선이라두 부수구 태워버릴 수가 있지유."

"밀물은 우리 편이고 날은 왜적 편인 것 같소."

"저그를 봐유."

왜군들은 사천 선창 뒷산 산봉우리에서 여전히 아군을 향해서 고함치고 창칼을 휘두르며 큰 동작으로 날뛰고 있었다.

"왜적덜은 태도가 교만혀서 우덜이 짐짓 물러나는 시늉을 헌다믄 틀림읎이 배를 타고 따라 나와 싸우려 들 거유."

"이 공만이 생각해낼 수 있는 계책이오."

이윽고 이순신과 원균의 연합함대는 전선들의 뱃머리를 돌려 일 리 정도 바다 가운데로 물러났다. 이순신의 전술은 맞아떨어졌다. 왜군 이백여 명이 먼저 산기슭에서 내려와 반은 배를 타고, 반은 선창 뒤쪽 언덕에서 조총을 쏘며 왜선을 엄호했다. 그러는 동안 주변 산봉우리에 있는 왜군들까지 언덕과 선창으로 내려와 합세했다. 모두 이천여 명의 왜군들이 공격 대오를 취했다.

"원 공, 거북선이 워째서 돌격선인지 봐유. 일찍이 왜적덜이 쳐들어올 것을 염려혀서 특별히 건조헌 거북선이지유."

"지금 거북선의 위력을 볼 수 있겠소이다."

"아까두 말혔지만 거북선은 돌격용 전선이지유. 앞에는 용머리를 설치혀서 그 입으루다가 대포를 쏘구, 등에는 적덜이 달라붙지 못허게 쇠못을 꽂았으며, 갑판을 덮어버려 안에서는 밖을 볼 수 있지만서두 밖에서는 안을 볼 수 읎게 맹글었지유."

이순신은 돌격장 이기남을 대장선으로 불러 지시했다.

"날이 저무니께 빨리 끝내부러야겄다. 몬자 적진으루 돌진혀 각종 화포루다가 손을 봐줘야 허겄다."

"예, 수사 나리. 천지현황 총통으로 왜놈덜을 쓸어 없애불겄습니다요."

돌격장 이기남이 지휘하는 거북선은 연합함대에서 튀어나와 왜선이 있는 선창으로 돌진해 들어갔다. 마침 밀물이 들기 시작하여 선창은 물이 벙벙하게 차오르고 있었다. 거북선 함포사격이 천둥 치듯 했다. 왜군들도 산 위와 언덕, 그리고 배에서 조총을 쏘면서 맞섰지만 거북선 함포사격에는 미치지 못했다. 왜선에서 조총을 쏘던 왜군들은 입에서 불과 연기를 뿜어대는 거북선을 보고는 혼비백산했다. 어떤 왜군 장수는 돌진해 오는 거북선을 보면서 정신을 잃어버렸다. 거북선은 적진 깊숙한 곳에서 종횡무진 휘젓고 다녔다. 마침내 왜선들은 거북선의 함포사격에 배가 동강 나고 침몰하기 시작했다. 반파된 왜선들은 연기를 피우며 불에 타기 시작했다. 그제야 거북선은 재빠르게 연합함대 뒤로 빠졌다. 뜨거워진 포신을 식혀야 했다.

이번에는 연합함대의 전선들이 일제히 노를 재촉하여 공격했다. 전선의 화포들이 일제히 포를 쏘아댔고 사부들의 화살 공격도 장대비가 쏟아지듯 멈추지 않았다. 이순신은 대장선 갑판에서 부상을 입었다. 왜군이 쏜 조총 탄알이 왼쪽 어깨를 뚫고 등을 스쳤다. 다행히 목숨을 위협하는 심각한 중상은 아니었다. 피가 전포를 적셨으나 전투가 끝날 때까지 내색하지 않았다. 나대용도 총탄을, 이설은 화살을 맞았지만 경상이었다.

"왜적덜 소선 두 척은 불 지르지 말어!"

중위장 순천 부사 권준, 중부장 광양 현감 어영담, 전부장 홍양 현감 배흥립, 좌척후장 녹도 만호 정운, 우척후장 사도 첨사 김완, 좌별도장 우후 이몽구, 우별도장 여도 권관 김인영, 한후장 가안책, 급제 송성, 참퇴장 이응화 등이 전선을 지휘하며 번갈아 공격했다. 그러는 동안에도 김완은 소녀 한 명을 구했고, 이응화는 왜군 머리 하나를 베었다.

왜군들은 산 위에서 내려올 엄두를 못 내고 울부짖었다. 괴상한 목소리로 통곡하는 소리가 선창까지 들려왔다. 순식간에 왜선 열세 척이 불타거나 반파돼 바닷속으로 잠겼다. 그리고 불타는 왜선과 선창, 선창 뒤 언덕에는 이천육백여 구의 왜군 시체들이 널브러져 있었다.

마침내 이순신은 공격 중지 명령을 내렸다. 산 위까지 공격하여 왜적의 목을 베고 싶었지만 절제했다. 산은 숲이 울창했고 무엇보다 날이 저물어 어둑어둑해지고 있었다. 왜의 소선 두 척을 보고는 송희립이 말했다.

"수사 나리, 적선을 으째서 냉겨둔게라우?"

"적을 유인허는 계책이여. 소선을 타구 도망칠 때 모조리 잡아 없애자는 겨."

이순신은 더 캄캄해지기를 기다렸다가 하룻밤을 묵기 위해 사천 땅 모자랑포로 나와 진을 쳤다. 소선 두 척의 퇴로를 차단하기 위해 더 먼 포구로 나가지 않았다.

당포 해전

이순신과 원균의 연합함대가 정박한 모자랑포는 사천만 입구의 포구로, 사천 선창을 드나드는 배들을 경계할 수 있는 유일한 포구였다. 이순신은 어제 사천 전투에서 일부러 왜의 소선 두 척을 불태우지 않았는데, 이는 왜군 패잔병들이 사천만으로 빠져나갈 때를 기다렸다가 격멸하기 위해서였다. 그러나 어젯밤부터 새벽까지 도망치는 왜선은 없었다. 왜군들이 소선을 버린 채 산길을 타고 달아났는지도 모를 일이었다.

먼동이 부옇게 터오고 있었다. 닻을 내린 전선들도 이부자리 같은 바다안개 속에서 기지개를 켜고 있었다. 뱃전을 때리는 파도 소리는 여전히 차갑게 들려왔다. 짙은 바다안개 너머에서 척후선 한 척이 느릿느릿 대장선 쪽으로 다가왔다. 밤새 두 척의 척후선과 서너 척의 탐망선이 교대하며 바다를 정찰했던 것이다. 좌척후장 정운이 이순신에게 밤새 정찰한 결과를 보고했다.

"수사 나리, 왜선의 움직임이 아조 읎그만이라우."

"사천 바다를 빠져나가지 못헌 겨?"

"우리덜 군사가 모자랑포를 지키고 있는지 알아분 거 같당께요."

"그려. 고성 쪽으루다가 달아났을지두 물러."

"고성에도 왜적덜이 있을께라우?"

"그짝에 왜적덜이 있다믄 합세헐 수두 있겄지. 정 만호는 그짝은 위험허니께 가지 말구, 오늘은 사량 바다를 수색혀봐."

"알겄습니다요."

이순신은 성격이 급하고 저돌적인 정운에게 임무를 주었다. 고성 쪽까지 깊숙이 들어가지 말고 사천만 전방의 사량도 바다까지만 수색하라고 지시했다. 왜 수군 함대의 규모를 모른 채 함부로 고성만 쪽으로 들어갔다가는 낭패를 볼 수 있기 때문이었다. 우척후장 김완에게도 정운과 같은 임무를 주었다. 서로가 사량도 부근의 섬들을 교차해서 수색 정찰하도록 지시했다. 뱃전을 철썩철썩 세차게 치는 파도 소리가 마치 말채찍을 휘두르는 소리 같았다.

아침 식사가 배식되기 바로 전이었다. 원균이 또다시 대장선으로 왔다. 원균과 연합 작전을 펴고 있다지만 실제의 전투는 이순신의 구상대로 치러지고 있었다. 원균은 군사다운 군사가 없는 무군지장으로 연합함대의 지휘 통솔권이 없었다. 그에게는 단 세 척의 전선만 있을 뿐 장졸들은 대부분 흩어져버리고 없었다.

"이 공, 어제 맞붙어 싸울 때 남겨둔 적선 두 척이 어찌 되었는지 보고 오겠소."

"장졸덜을 보내지 그려유."

"아니오. 내가 직접 가서 적선 두 척이 어디로 도망갔는지 알아보겠소이다."

이순신이 원균의 속셈을 모를 리 없었다. 원균의 머릿속은 행재소에 자신의 전공을 알려 개전 초기의 실책을 만회해보겠다는 생각뿐이었다.

"화포나 화살에 맞아 죽은 왜적들을 찾아내 목을 베어 오겠소."

"남은 적덜이 있을지 모르니께 조심혀유."

"위험하더라도 가야겠소이다."

이미 승패가 나버린 사천 선창이었지만 다시 찾아가 이삭 줍듯이 전공을 세워보겠다는 것이 원균의 생각이었다. 이순신은 원균의 절박한 마음을 이해하고 묵인했다.

"부하덜 델꾸 가봐유."

"이 공, 고맙소."

원균이 전선 한 척을 거느리고 바다안개 속으로 사라졌다. 이순신의 부하 장수들이 원균을 곱게 볼 리 없었다. 송희립이 불만을 터뜨렸다.

"수사 나리, 맞붙어 싸운 군사는 우덜인디 으째서 원 수사를 보냅니까요?"

"원 수사 맴을 이해혀야 혀."

"우리덜이 세운 공을 가로채 갈라고 헌께 그라지라우."

"행재소에서는 수급으루다가 공을 헤아리지만 내 생각은 다른 겨. 그것보다는 힘써 싸운 것이 진짜 공이란 말여."

"명색이 사또라는 사람이 죽은 시체 목이나 베고 다니는 꼴이 한심스러워 허는 말이지라우."

"심헌 소리 그만허구 아침이나 혀."

"죄송헙니다요."

"오죽 급하믄 아침 묵는 것두 잊구서 저러겄냔 말여."

배식 당번들이 대장선 장대까지 아침을 가져왔다. 아침은 보리쌀 주먹밥 한 덩이에다 청어국 한 사발이었다. 전장의 거친 아침밥이지만 그나마 숟가락이 가는 것은 모자랑포 선창에 솥을 걸고 뜨겁게 끓인 청어국 덕분이었다. 본영에서 먹던 서대회나 피문어죽, 노래미탕 같은 싱싱한 해산물은 귀진한 뒤에야 기대할 수 있었다.

아침 식사는 눈 깜짝할 사이에 끝났다. 특히 이순신의 식사 시간은 부하 장수들 사이에서 빠르기로 유명했다. 맹수가 음식을 해치우듯 우걱우걱 삼키는 정운이나 송희립도 이순신을 따르지 못했다. 대체로 무슨 음식이든 재빠르게 먹는 것이 무관들의 습관이었다. 반면에 미식가들이 많은 문관들은 좀 달랐다. 이순신의 부하 장수들 중에서 특히 순천 부사 권준이 별났다. 쌉싸름한 고들빼기나 순천과 벌교의 짭조름하고 달달한 벌떡게장을 전쟁터까지 가지고 다니며 먹었다. 벌떡게장은 강과 바다가 합수하는 곳에서 게를 잡아 만드는데, 이삼 일 이내로 싱싱할 때 벌떡 먹어야 제 맛이 난다고 해서 붙인 게장 이름이었다.

바다안개가 걷히기 시작한 진시가 돼서야 사천 선창으로 들어갔던 원균이 돌아왔다. 빈손은 아닌 듯 원균의 표정은 밝았다.
"이 공, 왜적들은 멀리 도망가고 없었소."
"우덜 군사가 바다를 막고 있으니께 고런 방법밖에는 읎겄지유."
"뭍으로 도망치고 없어서 남아 있는 배 두 척을 불태워버렸소."
"왜적덜 목은 몇 개나 벴슈?"
"죽은 왜놈들 머리가 보이지 않아서 세 개밖에 베지 못했소. 숲속으로도 가 수색해보았지만 왜놈들 머리를 더 찾지 못했소이다."
"수고허셨구먼유. 아침 식사를 얼릉 혀유."
이순신의 수졸들이 원균의 전선에 아침 식사를 날랐다. 송희립이 배식 당번 수졸들에게 눈총을 주었다. 지체할 시간이 없으니 찬 국물을 데우지 말고 그대로 배식하라는 눈총이었다. 전장에서는 식사 시간이 지나면 배식을 중지하는 것이 불문율이었지만 이순신의 지시라 어쩔 수 없이 따르고 있었던 것이다.
원균의 장졸들은 새참 같은 아침 식사를 마친 뒤 왜군 수급의 귀를 잘라 소금을 뿌렸다. 행재소로 보내려면 소금에 절여야 썩지 않았다. 이순신은 일부러 원균의 부하들에게 시간을 주고 기다렸다. 해는 중천에 떠올라 뜨거운 모래를 뿌리는 듯했다. 여름 햇살은 얼굴을 따끔거리게 했다. 이순신은 정오가 되자 전선들의 닻을 올리라고 명했다. 함대는 가까운 사량도 바다까지 가서 다시 닻을 내렸다. 적정을 살피면서 다음 전투를 준비하기 위해서였다. 이순신 함대의 원칙은 적정을 철저하게 살핀 뒤에야 항해하는 것이었다. 목표가 정해지지 않고는 함대를 절대로 움직이지 않았다. 탐망선과 척후선을 먼저 보내 수색 정찰한 뒤에야 항해를 했다. 전공을 세울 욕심으로 무모하고 성급한 항해는 하지 않았다. 적정을 샅샅이 파악할 때까지는 안전한 바다에서 정박하거나 휴식을 취했다.

분명한 적정의 정보가 없었으므로 이순신은 사량도 바다에서 한나절과 하룻밤을 보냈다. 장수들은 수시로 이순신을 찾아와 작전을 짰고, 격군과 사부들은 푹 쉬었다. 이순신은 장대에서 자는 둥 마는 둥 하다가 거북선 훈도訓導로 사천해전을 치른 정춘을 불렀다.

"거북선 군사덜은 워뗘?"

"사기가 하늘을 찌를 듯허그만요."

"그러니께 이기는 군사가 돼야 허는 겨."

"수사 나리, 덕분에 지도 거북선을 타고 싸워봤그만요."

"성제덜을 아적 보지 못헌 겨?"

"각자 흩어져 으떤 배에 탄지 모르겄그만이라우."

"고음천 정씨 같은 집안두 읎을 겨."

이순신은 고음천 정씨 일가의 장수들에 대해서 늘 고마움을 느꼈다. 정철, 정춘, 정린 등 사촌형제와 정대수, 정언신(정철의 외아들) 같은 아래 손들이 이번에도 모두 출전해서 각자 다른 배에 타고 있었던 것이다.

"수사 나리, 사천 선창으로 거북선이 돌진했을 때 처음 신호를 지가 보냈그만이라우."

"정 훈도가 효시를 쐈단 말여?"

"성주 판관으로 나갈 때 주신 효시를 쐈당께라우."

"사천해전에 숨은 장수가 여그 있구먼그려."

"기회가 와서 효시를 쐈을 뿐이제 지가 무신 공을 세왔겄습니까요."

"아녀. 왜놈덜이 효시 소리를 듣고는 겁을 냈을 겨."

"때마침 장편전, 피령전, 화전이 날아가고 천자, 지자총통이 비바람 몰아치듯 헌께 왜놈덜이 추풍낙엽멩키로 나동그라지드랑께요."

이순신은 정춘에게 거북선의 문제점도 물었다. 사실 정춘을 부른 까닭은 격려도 하고 거북선의 여러 문제점들을 점검하기 위해서였다.

"화포 위력은 워뗘?"

"입에서 쏘는 지자총통이나 갑판에서 쏘는 천자총통은 대단했지라우. 근디……."

"뭐가 문젠 겨?"

"입에서 뿜는 냉갈이 안으로 들어와 결군이나 사부덜이 아조 부담시러왔지라우."

염초와 유황을 섞어 태우는 연기가 거북선 선실로도 들어온다는 보고였다. 왜적들에게 겁을 주려고 뿜는 연기가 안으로도 들어온다면 필히 개선할 점이었다.

"또 읎는 겨?"

"상갑판 천장이 낮아 사부덜이 허리를 구부리고 활을 쏘니께 쪼깐 불편허드그만요."

"허리를 구부리고 쏜다믄 심이 더 들 겨."

"그런께 거북선 사부덜은 판옥선 사부덜보다 키가 작어야겄지라우."

"기여."

"실지로 더 심든 군사는 곁꾼이지라우."

"곁꾼덜 불만은 뭣이여?"

"갇혀서만 있응께 답답허다고 허지라우."

"장시간 선실에만 있으니께 그럴 겨. 그러니께 교대를 철저허게 혀야 써."

"교대를 마다허고 노를 젓는 진무도 있드랑께요. 상을 줘야겄어라우."

"누군디?"

"포작선 곁꾼장으로 있다가 이번에 유기종 군관이 거북선으로 보내서 왔다는디요잉."

"한 사람이 고로코롬 희생을 허니께 사기가 올라가는 겨."

이순신은 그가 효수를 당하려다 살아난 진무라는 것을 바로 알았다. 정춘이 거북선으로 돌아간 뒤 송희립이 배식 당번 진무를 불러 아침 식사를 서두르도록 지시했다. 대장선 장대 앞에서 문득 장수로서 어떤 예감이 스쳤기 때문이었다. 이른 새벽에 나간 척후선으로부터 적정이 보고될 것 같은 직감이 들었던 것이다. 송희립이 말했다.

"수사 나리, 총상은 으쩝니까요?"

"아무것두 아녀. 못에 긁힌 정도니께 걱정허지 말어. 나대용이나 이설은 워뗘?"

"마찬가집니다요. 전투허는디 아무 지장이 읎습니다요."

"근디 워째서 아침을 빨리 준비시키는 겨?"

"하루 쉬다 본께 몸이 근질근질허그만요."

"전투가 있을 거 같은 겨?"

"지 감이지라우."

송희립의 예감은 그대로 적중했다. 한 식경이 지났을 때였다. 군사들이 아침밥을 서둘러 먹은 것이 다행이었다. 아침 햇살이 바다안개를 바삐 걷어갈 무렵이었다. 좌우 척후장들의 보고가 동시에 올라왔다. 왜선들이 미륵도 당포 선창에 정박해 있다는 것이었다. 당포는 사량도에서 동쪽으로 반나절 거리밖에 안 되는 지척이었다.

이순신은 즉시 장수들을 불러 출진 명령을 내렸다. 다만 다른 때와 달리 화포를 쏘지 않고 깃발 신호만으로 첨자진 대오를 만들었다. 연합함대의 장졸들은 몇 번의 전투를 치렀으므로 일사분란하게 대오를 갖추었다.

사량도 바다를 진시에 떠나 당포 앞바다에 도착한 것은 사시였다. 연합함대는 대오를 바로 일자진으로 바꾸었다. 왜군들은 사천 선창과 같이 당포성을 점거하고 군사를 반반으로 나누어 성 안팎을 지키고 있었다. 왜군들이 성 밖의 비탈진 언덕으로 나온 까닭은 조총의 사정거리 때문이었다. 높고 가까운 산언덕에서 쏘아대는 조총은 낮은 바다에 있는 아군 장졸들에게 위협이 되었다. 사천 선창 전투에서 이순신과 나대용이 조총의 탄알을 맞은 것도 그러한 지세 때문이었다.

다만, 선창에 정박한 왜선들은 이순신 함대의 적수가 되지 못했다. 왜선 함대 규모는 판옥선만 한 관선 아홉 척, 관선보다 작은 소선이 열두 척이었다. 관선 중에는 대장이 타는 안택선도 있었다. 왜의 대장선은 화려하게 꾸며져 있었다. 서너 길이나 되는 층루 밖은 붉은 비단 휘장이 둘러쳐져 있고, 비단 휘장 사면에는 큼지막하게 황黃 자가 쓰여 있었다. 층루 안에는 왜구 출신인 구루시마 미치유키(도쿠이 미치유키)가 붉은 일산 밑에 조금의 두려움도 없이 앉아 있었다. 붉은 비단이나 일산은 대장의 위엄을 알리는 빛깔인 듯했다.

이순신은 후방을 걱정하여 탐망선을 거제도 바다 쪽으로 보낸 뒤, 공격할 장졸들에게 바다보다 높은 산기슭에 있는 왜군의 조총을 조심하라고 주의를 주었다. 잠시 후 이순신은 공격 개시 명령을 내렸다.

"거북선은 왜장 층루선 밑까정 가서 정확허게 화포 공격을 혀."

공격 개시 명령이 떨어지자 거북선이 먼저 비호처럼 돌진했다. 왜군 대장 구루시마가 타고 있는 안택선을 들이받을 것처럼 근접해 갔다. 왜군들이 조총과 불화살로 거북선을 공격해댔지만 소용없었다. 거북선은 안택선 옆구리까지 돌진한 뒤 화포 공격을 했다. 거북선의 용머리에서 현자포가 먼저 불을 뿜었다. 곧바로 안택선의 층루 한쪽이 부서졌다. 그러나 왜군 대장 구루시마는 층루에 서서 고함치며 왜군들을 지휘했다. 거북선은 현자포에 이어 지자포와 천자포로 안택선 옆의 적선들을 향해서도 화포 공격을 했다. 사부들은 화포가 미치지 못하는 사각에 편전을 쏘아 날렸다.

거북선의 1차 공격이 끝나자 이번에는 아군 장수들이 탄 전선들이 일제히 달려 나와 공격에 가담했다. 중위장 권준은 왜장 구루시마 미치유키를 겨냥해 쉬지 않고 장전을 쏘았다. 한 발이 정확하게 구루시마의 가슴에 명중했다. 거꾸러진 구루시마가 기우는 층루에서 물건처럼 갑판으로 굴러 떨어졌다. 그러자 사도 첨사 김완과 흥양 보인 진무성이 동시에 달려들어 구루시마의 목을 베었다. 구루시마의 잘린 목을 본 왜군들이 배를 버리고 도망쳤다. 시체가 둥둥 떠 있는 바다로 뛰어드는 놈, 화포 공격으로 연기에 휩싸인 선창으로 도망치는 놈들을 아군 장졸들이 몰이꾼처럼 함성을 지르며 쫓아가 죽였다. 장졸들 일부는 왜군들의 머리를 베었다.

우후 이몽구와 소비포 권관 이영남은 안택선 안을 샅샅이 수색했다. 다른 왜선 스무 척은 이미 불에 탄 채 가라앉고 있었다. 이윽고 아군 장졸들이 도망치는 왜군들을 추포하려고 당포성으로 오르고 있었다. 사기가 오른 아군 장졸들이 도망치는 왜군들에게 야유를 보냈다. 그런데 바로 그때였다. 송희립이 이순신에게 급히 보고했다.

"수사 나리, 탐망선 보고입니다요."

"뭣인 겨?"

"소선들을 거느린 왜 대선 스무 척이 거제도를 떠나 너른 바다 한가운데 멈춰 있다고 합니다요."

"그려? 군사덜을 얼릉 복귀시키도록 혀."

이순신은 왜군을 추포하려고 뭍으로 상륙한 군사를 전선으로 되돌아오도록 지시했다. 당포는 왜 수군 함대와 맞붙어 싸우기에 불리한 포구였다.

"당포는 정면 대결허기에 지형이 마땅치 않혀."

이순신과 원균 연합함대는 서둘러 노를 재촉하여 당포를 벗어났다. 함대끼리 대적하려면 사방이 확 트인 바다가 적합했다. 왜군도 탐망선을 보내 연합함대를 정찰하고 있었다. 오 리쯤 되는 거리에서 연합함대의 동향을 살피고 있는 왜선이 포착된 것이다. 전선들이 즉각 추격했지만 왜 탐망선은 멀리 사라져버렸다. 마침, 날이 어두워지고 있었으므로 연합함대의 전선들은 더 이상 추격하지 못했다.

이순신은 척후선을 띄워놓고 창신도에 정박하기로 작전을 바꾸었다. 더 멀리 추격하다가는 위험할 수도 있기 때문이었다. 그러나 적들이 부근에 와 있으므로 어쩔 수 없이 불안한 밤을 보내야 했다. 이순신은 대장선으로 온 이몽구에게 안택선 수색 결과를 보고받았다.

"수사 나리, 금부채 한 자루를 찾아냈십니더."

"적장 것이여?"

"아마 그럴 낍니더."

금부채가 석양빛을 받아 눈부셨다. 금부채 한가운데에는 '6월 8일 수길秀吉(히데요시)'이라는 서명이 있었다. 그리고 오른편에는 우시축전수羽柴筑前守(하시바 지쿠젠노카미)라는 다섯 글자가, 왼편에는 귀정유구수전龜井流求守殿(가메이 류큐노카미도노)이라는 여섯 글자가 쓰여 있었다. 옻칠한 갑 속에 든 금부채는 히데요시가 지쿠젠노카미라는 관직을 가진 조카 하시바 히데쓰구에게 보낸 신표인 것 같았다. 히데쓰구는 1591년 11월 히데요시의 양자가 된 뒤 12월에는 간바쿠[關白]에 올랐던 것이다. 그러나 히데쓰구의 금부채가 어떤 연유로 구루시마에게 건너갔는지는 알 수 없었다.

밤에는 이영남이 안택선에서 데리고 온 울산의 사삿집 계집종 억대와 거제 소녀 모리를 심문했다. 모리는 캐물을 것이 별로 없는 것 같아 억대에게만 물었다.

"원제 포로가 됐느냐?"

"날짜는 기억나지 않고예 보름 전에 포로가 되가꼬 왜장에게 시집갔십니데이."

"왜장은 워치게 생겼더냐?"

"보통 사람보다도 크고예 심이 셌십니더. 나이는 서른 살 정도 묵은 거 같았고예."

억대는 왜장과 밤마다 잠자리를 같이하는 첩으로 생활했는지 왜장에 대해서 이러쿵저러쿵 상세하게 말했다.

"낮에는 누른 비단옷을 입고예 금관을 쓰고는 층루에 떠억 앉아 있었십니데이. 밤에는 방으로 내려가 자는데예 이불이나 비개는 억수로 사치스러왔십니더. 아침저녁으로는 왜군들이 명령을 듣고 가는데예, 잘못을 저지른 사람은 용서하지 않고 목을 벴십니더."

"그뿐인 겨?"

"아랫사람들이 술을 가지고 와서 웃고 말하기도 하데예. 지 귀에는 새가 지저귀는 것맨치로 들리서 알아듣지 못했십니더. 울산이나 동래, 전라도 같은 우리말은 그대로였십니더."

"왜장이 죽을 때두 옆에 있었던 겨?"

"이마에 상처가 났을 때만 해도 안색 하나 안 변하고 층루에 태연하게 앉아 있었십니더. 허지만 가슴 한복판에 화살이 꽂히자 소리를 내며 떨어졌십니더."

"니 고향으로 가고 싶은 겨?"

"울산으로 돌아가야 합니더."

"알았으니께 돌아가 쉬거라."

이순신은 억대와 모리를 배불리 먹인 뒤 기회를 봐서 뭍으로 보내주도록 이영남에게 지시했다.

다음 날 새벽.

이순신과 원균의 연합함대는 추도로 향했다. 척후장들이 추도에는 왜선들이 없다고 보고했지만 그래도 방심할 수 없었다. 미륵도와 거제도 부근에 큰 규모의 왜 수군 함대가 있을 것이 분명하기 때문이었다. 연합함대의 협선들은 척후선의 보고를 받아가며 추도 주변의 두미도, 노대도, 연화도, 욕지도, 연대도 등의 포구까지 나아가 수색했다. 탐망선은 먼바다의 섬을, 척후선과 협선들은 가까운 섬의 포구를 하루 동안 이 잡듯이 뒤졌다. 이순신이 정운 같은 장수들에게 입버릇처럼 하는 말은 늘 같았다.

"수색은 길게, 전투는 짧게 끝내야 허는 겨."

격군들은 수색만 하는 날도 전투할 때처럼 고달팠다. 날이 저물 때까지 노를 젓는다는 것은 결코 쉬운 일이 아니었다. 어느새 서쪽 하늘가에 눈썹 같은 초승달이 나타났다. 이순신의 연합함대는 안전한 미륵도 고둔포(고등개)로 들어가 닻을 내렸다. 노를 젓는 고단한 격군들 중에는 저녁을 먹지 않고 잠에 곯아떨어지는 사람도 있었다. 격군들에게는 잠만큼 달콤한 것이 없었다.

〈3권에 계속〉

이순신의 7년 2

초판 1쇄 2016년 4월 19일
초판 4쇄 2018년 12월 10일

지은이 / 정찬주
펴낸이 / 박진숙
펴낸곳 / 작가정신
편집 / 김종숙 황민지
디자인 / 용석재
마케팅 / 김미숙
디지털컨텐츠 / 김영란
홍보 / 박중혁
관리 / 윤미경
인쇄 및 제본 / 한영문화사

주소 (10881) 경기도 파주시 문발로 314 2층
대표전화 031-955-6230 팩스 031-944-2858
이메일 editor@jakka.co.kr 블로그 blog.naver.com/jakkapub
페이스북 facebook.com/jakkajungsin 인스타그램 instagram.com/jakkajungsin
출판 등록 제406-2012-000021호

ISBN 978-89-7288-582-5 04810
978-89-7288-580-1 (세트)

이 책의 판권은 저작권자와 작가정신에 있습니다.
이 책 내용의 전부 또는 일부를 재사용하려면 양측의 서면 동의를 받아야 합니다.

이 도서의 국립중앙도서관 출판시도서목록(CIP)은 서지정보유통지원시스템 홈페이지(http://seoji.nl.go.kr)와 국가자료공동목록시스템(http://www.nl.go.kr/kolisnet)에서 이용하실 수 있습니다.
(CIP제어번호 : CIP2016008118)